W0023293

Knaus
K

Aleksandar Hemon

Die Sache mit Bruno

Deutsch von Hans Hermann

Ihr persönliches Leseexemplar

Gebunden ca. DM 36,–.
Erstverkaufstag 16. August 2000.
Wir bitten Sie, Rezensionen nicht
vor dem Erstverkaufstag zu
veröffentlichen.

Albrecht Knaus

Titel der Originalausgabe: The Question of Bruno
Originalverlag: Nan A. Talese (Doubleday), New York

Umwelthinweis:
Dieses Buch und sein Schutzumschlag wurden auf chlorfrei gebleichtem Papier gedruckt.
Die vor Verschmutzung schützende Einschrumpffolie ist aus umweltschonender und recyclingfähiger PE-Folie.

Der Albrecht Knaus Verlag ist ein Unternehmen der Verlagsgruppe Bertelsmann.

1. Auflage

Umschlaggestaltung: Groothuis & Consorten, Hamburg
Unter Verwendung von Fotos by
Péter Timár/Paul Harris (Tony Stone)/privat.
Gesetzt aus 11/15 pt. Fairfield leicht
Satz: Filmsatz Schröter GmbH, München
Druck und Bindung: GGP, Pößneck
Printed in Germany
ISBN 3-8135-0176-0

für Sarajewo
für meine Frau

Inhalt

Inseln

1

Wir standen im Morgengrauen auf, ignorierten die dottergelbe Sonne, beluden unseren marineblauen Austin mit Koffern und fuhren dann geradewegs zur Küste; nur einmal, am Rand von Sarajewo, hielten wir kurz an, damit ich pinkeln konnte. Während der ganzen Fahrt sang ich kommunistische Lieder: Lieder über trauernde Mütter, die nach den Gräbern ihrer toten Söhne suchten; Lieder über die Revolution, dampfend und stählern wie eine Lokomotive; Lieder über streikende Bergarbeiter, die ihre toten Kameraden begruben. Als wir die Küste erreichten, hatte ich fast keine Stimme mehr.

2

An einer langen Kaimauer warteten wir auf das Schiff, und die Steine verbrannten mir die Fußsohlen, als ich meine Sandalen auszog. Die Luft war drückend schwül, durchtränkt vom Geruch des Meeres, von Auspuffgasen und dem Kokosduft des Sonnenöls der deutschen Touristen, die sich, bereits rot verbrannt und ölglänzend, am Ende des Piers für ein Foto aufstellten. Am Horizont sahen wir den dünnen Strumpf aus Rauch, dann das Schiff selber, größer werdend, in einer leichten Schräglage, wie auf einer Kinderzeichnung. Ich hatte einen runden Strohhut, auf dem alle sieben Zwerge abgebildet waren; er warf einen kurzen Halbschatten auf mein Gesicht. Um die Erwachsenen ansehen zu können, musste ich den

Blick heben. Andernfalls sah ich nämlich nur ihre knorrigen Knie, die Schweißflecken auf ihren Hemden und die hängenden Fettfalten an ihren Schenkeln. Einer der Deutschen, ein alter knochendürrer Mann, ging auf die Knie und kotzte über den Rand der Kaimauer. Das Erbrochene klatschte ins Wasser und verteilte sich dann in alle Richtungen, so wie Kinder beim Versteckspiel. Unter der Insel aus Erbrochenem, die ockerfarben und kastanienbraun auf den Wellen schaukelte, versammelte sich ein Schwarm silbergrauer Fische und schnappte mürrisch danach.

3

Das Schiff war altersschwach; die eisernen Treppenstufen machten Lärm, und an den abblätternden dünnen Rostschichten am Handlauf konnte man sich die Finger aufscheuern. Die Treppe wand sich nach oben wie ein verdrehtes Handtuch. «Willkommen», sagte ein unrasierter Mann; das Bild auf seinem T-Shirt zeigte ein auf den Wellen tanzendes Schiff mit einer Rauchschlange und darüber die Sonne mit einem U-Lächeln und Umlaut-Augen. Wir nahmen auf dem Sonnendeck Platz, und das Schiff hüpfte keuchend und rülpsend über bescheidene Wellen. Wir passierten eine Kette kleiner Inseln, die wie Autowracks am Straßenrand aussahen, und ich fragte meine Eltern: «Ist das Mljet?», und sie sagten: «Nein.» Hinter einer der versteinerten Inseln, kahl geschoren von einer wilden Feuersbrunst, lauerte ein Wind, der sich wie ein Wegelagerer auf uns stürzte; er attackierte uns mit einer Bö, riss mir den Strohhut vom Kopf und wehte ihn ins Meer. Die Haare wie ein Helm an den Schädel gepresst, sah ich zu, wie der Hut davonschaukelte, und ich begriff, dass ich ihn nie mehr wieder sehen würde. Ich wünschte mir, ich könnte in der Zeit zurückgehen und meinen Hut festhalten, bevor mir dieser heimtückische Wind wieder ins Gesicht peitschte. Das Schiff entfernte sich rasch von dem Hut, und er wurde zu einem fernen beigefarbenen Fleck in der rotzgrünen See. Ich fing an zu schluchzen und weinte mich in den Schlaf. Als ich aufwachte, hatte das Schiff an einer Insel angelegt. Es war Mljet.

4

Onkel Julius drückte mir einen harten, feuchten Kuss auf die Wange – unsere Mundwinkel berührten sich, und über meiner Lippe blieb ein Speicheltröpfchen hängen. Aber seine Lippen waren weich wie Nacktschnecken, als sei da nichts, was sie von hinten stützte. Als wir von der Anlegestelle weggingen, erzählte er uns, er habe sein Gebiss zu Hause vergessen, und dann – wie um zu beweisen, dass er die Wahrheit sagte – grinste er mich an und zeigte mir sein rosafarbenes Zahnfleisch mit den zinnoberroten Narben. Sein Rasierwasser roch stark nach Kiefernnadeln, aber ein übler Geruch nach Fäulnis und Verwesung kam von irgendwo aus seinem Inneren und vermischte sich mit der Duftwolke. Ich drückte das Gesicht in den Rock meiner Mutter. Ich hörte sein prustendes Glucksen. «Können wir bitte wieder nach Hause!», rief ich.

5

Wir gingen eine schäbige, gewundene Straße entlang, die Hitze ausströmte. Onkel Julius' Sandalen klapperten in einem einschläfernden Takt, und ich fühlte mich müde. Dichtes, trockenes Gestrüpp säumte die Straße. Onkel Julius erzählte uns, früher habe es auf Mljet so viele giftige Schlangen gegeben, dass die Leute immer und überall, selbst zu Hause, hohe Gummistiefel getragen hätten, und Schlangenbisse seien so häufig gewesen wie Schnakenstiche. Alle hätten gewusst, wie das betroffene Stück Fleisch im Bruchteil einer Sekunde abzuschneiden war, bevor sich das Gift ausbreiten konnte. Selbst Hühner und Hunde hätten die Schlangen zu Tode gebissen. Einmal, sagte er, sei eine Schlange vom Milchgeruch eines schlafenden Säuglings angelockt worden und habe sich an ihn herangemacht. Doch dann, eines Tages, habe jemand vom Mungo gehört, von dem es hieß, dass er mit Vorliebe Schlangen töte, und sie hätten einen Mann nach Afrika geschickt, und der sei mit einer ganzen Sippe Mungos zurückgekommen, und die hätten sie auf der Insel ausgesetzt. Bei der großen Menge Schlangen sei es ein wahres Paradies für sie gewesen. Man habe meilenweit gehen können, ohne etwas anderes zu hören als das Zischen von Schlangen und das Kreischen von Mungos und das Gezappel und Getümmel im Dickicht. Doch irgendwann seien alle Schlangen tot gewesen, und die Mungos hätten sich so stark vermehrt, dass die Insel zu klein für sie geworden sei. Immer häufiger verschwanden Hühner, auch Katzen. Es wurde von tollwütigen Mungos gemunkelt, und die Rede ging sogar von Monster-Mungos, infolge einer paradiesischen Inzucht. Nun suchten sie nach einer Möglichkeit, die Mungos loszuwerden. So ist das nun mal, sagte er, wenn eine Plage vorbei ist, kommt sofort die Nächste, das ist wie mit

Revolutionen. Das Leben besteht aus einer Folge von Übeln, sagte er, und dann blieb er stehen und fingerte einen Kieselstein aus seiner linken Sandale. Er hielt uns das kümmerliche graue Steinchen hin, als sei damit unwiderlegbar bewiesen, dass er Recht hatte.

6

Er öffnete das Tor, und wir gingen durch einen kleinen, gepflegten Garten mit kräftigen Tomatenstöcken, die wie Wachposten den Weg säumten. Seine Frau (er machte uns auf sie aufmerksam) stand im Hof, das Gesicht wie ein Brotlaib mit einer kleinen dicken Kartoffel in der Mitte, die Arme in die Seite gestemmt, die Waden voll blauer Flecken und Blutgefäße kurz vorm Platzen, die Knöchel angeschwollen. Sie war barfuß, und die großen Zehen waren krumm; sie änderten so plötzlich die Richtung, als strebten sie angewidert auseinander. Sie nahm meinen Kopf zwischen ihre Hände, drehte mein Gesicht nach oben und drückte dann ihren Mund auf meinen Mund und bedeckte ihn mit einer dicken Schicht aus warmem Speichel, den ich hastig an meiner Schulter abwischte. Tante Lyudmila war ihr Name.

7

Mit einem Sack voller Plastikspielsachen für den Strand erklomm ich hinter meinen gut gelaunten Eltern eine Betontreppe an der Seite des Hauses; die Stufen hatten scharfe Kanten, und Töpfe mit unbeteiligt wirkenden Blumen standen auf der Geländerseite wie Diener mit Kerzen.

8

Das Zimmer roch nach Lavendel, nach giftigem Insektenspray und sauberer, frisch gebügelter Bettwäsche. An der Wand hing die Luftaufnahme einer schlangenförmigen Insel («Mljet» stand in der unteren rechten Ecke) und auf der gegenüberliegenden Wand ein Bild des Genossen Tito, lächelnd, schwarzweiß. Unter dem Fenster war der Fußboden mit toten Stechmücken übersät – dazwischen hier und da auch eine große grün glänzende Fliege oder eine Biene –, und allen war die Überraschung noch anzusehen. Wenn ich mich auf sie zu bewegte und damit einen Luftzug auslöste, kullerten sie von mir weg, als wollten sie nicht noch einmal überrascht werden.

9

Ich lag auf dem Bett, lauschte dem Flattern der sich bauschenden Gardinen und betrachtete das Bild von Mljet. Am oberen Ende der abgebildeten Insel gab es zwei längliche Seen, die einander berührten, und in einem dieser Seen lag eine weitere Insel.

10

Ich wachte auf, und die Nacht war angefüllt mit dem Zirpen der Zikaden, so beständig, als wäre es das Motorengeräusch der Inselmaschine. Sie saßen alle draußen, rund um den Tisch unter dem Blätterdach der Rebe, die sich am Gitter hoch rankte. Eine Karaffe mit langem schlankem Hals stand, mit schwarzem Wein gefüllt, wie ein Angelpunkt genau in der Mitte des

Tisches. Onkel Julius redete, und sie lachten alle. Er riss die Augen auf und beugte sich vor; er stieß die Faust in die Luft, öffnete sie wieder und deutete mit dem Zeigefinger auf die Lücke zwischen meiner Mutter und seiner Frau; und dann zog sich die Hand wieder in die Faust zurück, doch der Zeigefinger kam erneut zum Vorschein und trommelte auf den Tisch, als gelte es eine Nachricht zu telegrafieren. Dann hörte er auf zu reden, nahm wieder die ursprüngliche Stellung ein und saß nur da, um zuzusehen, wie sie lachten.

II

Onkel Julius erzählte: «Wir brachten die Bienenzucht nach Bosnien. Bevor die Ukrainer kamen, hielten die Einheimischen ihre Bienen in Körben aus Lehm und Stroh, und wenn sie den Honig wollten, nahmen sie einfach Schwefel und töteten das ganze Volk. Mein Großvater hatte bereits drei Jahre nach seiner Ankunft in Bosnien fünfzig Bienenkörbe. Bevor er starb, war er lange krank. An dem Tag, an dem er starb, wollte er zu seinen Bienen, und sie brachten ihn hin. Stundenlang saß er bei seinen Bienenkörben und weinte und weinte, weinte ein ganzes Meer von Tränen, und dann legten sie ihn wieder in sein Bett, und nur eine Stunde später war er tot.»

«An was ist er denn gestorben?», fragte Tante Lyudmila.

«An der Ruhr. Viele Leute starben damals an der Ruhr. Sie haben sich schlicht zu Tode geschissen.»

12

Ich stieg die Treppe hinunter und meldete meinen Durst. Tante Lyudmila ging hinüber in die dunkle Ecke zu meiner Rechten – plötzlich wurde es dort strahlend hell –, und ich sah einen Betonkasten mit einem großen Holzdeckel. Sie nahm den Deckel ab, griff nach einem Blechnapf und fuhr mit der Hand in den Kasten. Ich ging an den Wasserbehälter (denn nichts anderes war der Kasten) und spähte über den Rand. An der gegenüberliegenden Wand sah ich eine weiße Nacktschnecke. Ich war mir nicht sicher, ob sie nach oben kroch oder ob sie wegen unserer plötzlichen Anwesenheit erstarrt war. Der Tau auf ihrem Rücken glitzerte, und sie sah aus wie eine abgetrennte Zunge. Ich warf einen Blick auf Tante Lyudmila, aber sie schien nichts bemerkt zu haben. Sie hielt mir den Becher hin, doch ich schüttelte den Kopf und weigerte mich, das Wasser zu trinken, das mir zudem trübe vorkam.

Also gaben sie mir eine Scheibe von einer kalten Wassermelone, und ich kaute schläfrig darauf herum. «Was ist nur los mit dir?», sagte Onkel Julius. «Du willst das Wasser nicht trinken! Was würdest du tun, wenn du fast verrückt würdest vor Durst und nur noch Wasser! Wasser! denken könntest, und es gäbe kein Wasser. Wie alt bist du denn?»

«Neun», sagte meine Mutter.

13

Onkel Julius erzählte uns, während seiner Zeit im Lager von Archangelsk hätten Stalin und sein Parlament ein Gesetz erfunden, nach dem jeder, der wiederholt zu spät zur Schule kam oder mehrere Tage unentschuldigt fehlte, zwischen sechs Monaten und drei Jahren in ein Lager musste. So kam es, dass sich 1943 das Lager plötzlich mit Kindern füllte, die nur wenig älter waren als ich – zwölf, fünfzehn Jahre alt. Sie wussten nicht, was sie im Lager tun sollten, und so nahmen die Kriminellen die hübschesten unter den Kindern mit in ihr Quartier und gaben ihnen zu essen und vergingen sich an ihnen, ihr versteht schon (nein, ich verstand es nicht). Da waren sie nun also. Sie starben wie die Fliegen, denn es war kalt, und sie verloren ihre warmen Kleider, und sie wussten nicht, wie sie das bisschen Essen und Wasser, das ihnen zugeteilt wurde, verwahren oder schützen sollten. Nur wer einen Beschützer hatte, konnte überleben. Es gab da einen Jungen namens Vanyka: ausgemergelt, ungefähr zwölf, blond, blaue Augen. Er überlebte, indem er den Schwächeren Essen klaute, verschiedenen Beschützern zu Willen war und Aufseher bestach. Einmal – ich glaube, er trank gerade Wodka mit den Kriminellen – schrie er plötzlich: «Ich danke dir, Woschd, für meine glückliche Kindheit!» Und dann mit Leibeskräften: «Ich danke dir, Stalin, für meine glückliche Kindheit!» Und sie schlugen mit Gewehrkolben auf ihn ein und führten ihn ab.

14

«Quäl den Jungen nicht mit solchen Geschichten. Er wird nie wieder schlafen können.»

«Nein, lass ihn ruhig zuhören, er soll Bescheid wissen.»

15

Dann schickten sie Onkel Julius in ein anderes Lager und dann in noch ein anderes, und er wusste gar nicht mehr, wie viel Zeit dabei verstrichen war oder wie viele Lager er durchlaufen hatte, und dann fand er sich in Sibirien wieder. Als dort im Frühjahr der Erdboden zu tauen begann, musste er große Gräber ausheben, die Toten mit einer großen Karre zum Grab bringen und sie dann hineinstopfen. Fünfzig pro Grab war die vorgeschriebene Anzahl. Manchmal musste er auf den Toten herumtrampeln, um mehr Platz zu schaffen und so den Plan zu erfüllen. Er hatte große, große Stiefel.

Eines Tages sagten sie mir, erzählte Onkel Julius, in der Einzelhaft liege ein Toter, also schob ich meinen Karren hin und lud den Leichnam auf, und auf einmal stöhnte der Leichnam: «Lasst mich sterben! Lasst mich sterben!» Ich bin fast gestorben vor Schreck und fiel hin, doch er stöhnte immer weiter: «Lasst mich sterben! Ich will nicht mehr leben!» Da schob ich die Karre hinter die Baracke und beugte mich über ihn. Er war abgemagert und hatte keine Zähne, und das eine Ohr fehlte, aber er hatte blaue, blaue Augen. Es war Vanyka! Er sah viel älter aus, mein Gott! Ich gab ihm ein Stück Brot, das ich gerettet hatte, und sagte ihm, dass ich mich an ihn erinnerte, und da erzählte er mir seine Geschichte.

16

Sie hatten ihn abgeführt und misshandelten ihn tagelang und stellten alles Mögliche mit ihm an. Dann brachten sie ihn in ein anderes Lager, und er geriet dort dauernd in Schwierigkeiten, weil er wider besseres Wissen erneut den

Mund aufmachte. Er wusste, wie man die Schwächeren beklaute, und es gab immer noch Männer, die ihn mochten. Als er einen Gebrandmarkten, irgendeinen Juden, tötete, nachdem er beim Kartenspielen verloren hatte, erntete er Beifall. Er tötete auch noch andere. Er tat schlimme, schlimme Dinge und wusste, wie man überlebte, aber er konnte nie die Schnauze halten. Also kam er auf die Insel, wo sie die Schlimmsten der Schlimmen hinbrachten. Der nächste Aufseher war auf dem Festland, fünfzig Kilometer entfernt. Man ließ es zu, dass sich die Sträflinge wie tolle Hunde benahmen und sich gegenseitig ausraubten und tot schlugen. Einmal im Monat kamen die Aufseher auf die Insel, brachten Nahrungsmittel, zählten die Leichen und Gräber und kehrten zu ihren Baracken am Ufer zurück. Eines Tages töteten Vanyka und zwei weitere Sträflinge einige der anderen, nahmen ihr Essen und ihre Kleider an sich und machten sich zu Fuß auf den Weg zum Festland. Es war ein sehr, sehr kalter Winter – jeden Tag zerbarsten Kiefern wie Streichhölzer –, und so dachten sie, sie könnten über die zugefrorene Bucht entkommen, wenn sie nur den Aufsehern aus dem Weg gingen. Aber sie verirrten sich und hatten bald nichts mehr zu essen, und Vanyka und einer der anderen beiden verständigten sich mit einem kurzen Blickwechsel darauf, den dritten Mann zu töten. Und das taten sie dann auch, und sie aßen sein Fleisch, und sie gingen und gingen und gingen immer weiter. Dann tötete Vanyka den anderen Mann und aß ihn auf. Doch die Aufseher spürten ihn mit ihren Hunden auf und fingen ihn ein, und er kam hierher in Einzelhaft, und er wusste nicht, wie lange er schon hier war. Er wollte nur noch sterben, und er rannte mit dem Kopf gegen die Wand und versuchte, an der eigenen Zunge zu ersticken. Er verweigerte jede Nahrungsaufnahme, aber sie zwangen ihn zum Essen, und sei es nur, um sein Leben zu verlängern und seine Qualen zu vermehren. «Lasst mich sterben!», schrie er, immer und immer wieder.

17

Onkel Julius schwieg, und niemand traute sich etwas zu sagen. Aber ich fragte: «Und was ist aus ihm geworden?»

«Er wurde getötet», sagte er und fuhr mit der Hand in meine Richtung, als wolle er mich aus seinem Blickfeld verbannen.

18

Ich wachte auf und wusste nicht, wo ich war und wer ich war, aber dann sah ich das Foto von Mljet und erkannte es wieder. Ich stand auf, verließ diesen Zustand des Nicht-Seins und trat in den beginnenden Tag. Es war blendend hell, aber ich hörte die fernen Strandgeräusche: das scheue Flüstern der Wellen, Echos einer unergründlichen Musik, das Gurgeln von Bootsmotoren, Kindergeschrei, das synkopische Aufklatschen von Ruderblättern. Bienen schwebten über den Blumen an der Treppe, und ich ging vorsichtig an ihnen vorbei. Mein Frühstück stand auf dem Tisch im netzartigen Schatten der Reben: ein Teller mit qualmenden matschigen Eiern, eine Tasse, aus der unentwegt Dampf aufstieg, und sieben Scheiben Brot auf einem spiegelblanken Metalltablett, aneinander gelehnt wie umgekippte Dominosteine. Es war niemand in der Nähe, nur lang gestreckte Schatten auf den Pflastersteinen des Hofes. Ich setzte mich an den Tisch und rührte meinen Milchkaffee um. Eine tote Biene kreiste, auf dem Rücken liegend, um den Strudel herum, wurde immer langsamer und hielt schließlich widerstrebend an.

19

Nach dem Frühstück gingen wir einen Trampelpfad hinunter, der wie eine lange Höhle durch das dichte Gestrüpp führte. Ich hatte meinen blau-weißen aufblasbaren Niveaball dabei, und manchmal ließ ich ihn versehentlich fallen, und dann hüpfte er wie in Zeitlupe vor uns her. Ich hörte ein Rascheln im Dickicht – vielleicht eine Schlange. Doch dann raschelte es immer heftiger, und ich stellte mir einen Mungo vor, der die Schlange tötete, sah die sich windende Schlange im blutigen Kampf mit dem Mungo, der ihr den Kopf abbeißen wollte, so wie es im Fernsehen in *Survival* zu sehen war. Ich wartete auf meine Eltern, denn ich wusste nicht, mit welchen Gefühlen ein wild gewordener Mungo auf einen neugierigen Jungen reagieren würde – würde er ihm vielleicht den Kopf abbeißen wollen?

20

Wir kamen zu dem Kieselstrand, nicht weit von dem Damm, der die zwei Seen trennte. Bevor ich ins Wasser durfte, musste ich mich eine Zeit lang auf das ausgebreitete Handtuch setzen. Links von uns lag gewöhnlich ein alter Mann, seine Haut war an manchen Stellen faltig, und ein Spionageroman lag über seinem Gesicht. Feine, weiße Haare sträubten sich auf seiner Brust; kaum wahrnehmbar hob und senkte sich der

Bauch. Eine große, metallisch grüne Fliege hockte am Rand seines Nabels. Rechts von uns saßen sich zwei alte Männer mit Strohhut und ausgebeulten Badehosen gegenüber und spielten in stiller Gelassenheit Schach; ihre teigigen Brüste blickten von oben auf das Schachbrett. Etwas weiter weg saßen drei kleine Kinder auf einem Handtuch. Sie scharten sich um eine Frau, wahrscheinlich ihre Mutter, die Tomaten und Brote mit einem blassen Aufstrich unter ihnen verteilte. Die Kinder bissen alle gleichzeitig in ihre Brote und in die Tomaten und kauten dann energisch. Es schien sie nicht zu stören, dass ihnen dabei der Saft aus den Tomaten übers Kinn lief, doch sobald sie aufgegessen hatten, wischte ihnen die Mutter mit einem fleckigen weißen Lappen die trotzigen Gesichter ab.

21

Endlich ließen mich dann meine Eltern ins Wasser, und so ging ich mit wackeligen Schritten über die unangenehmen Kieselsteine und hinein ins seichte Wasser. Ich sah Quallen mit ihren pulsierenden Bewegungen an mir vorbeiziehen. Die Steine am Boden waren mit glitschigen Flechten überzogen. Zögernd tauchte ich unter, und der Schock der Kälte gab mir das Gefühl, ganz in mir drin zu sein – mir wurde bewusst, dass meine Haut eine trennende Grenze war, die Grenze zwischen der Welt und mir. Dann richtete ich mich auf, bis zu den Brustwarzen in dem wellenbewegten See, und winkte meinen Eltern zu, und sie riefen: «Noch fünf Minuten!»

22

Manchmal beobachtete ich in dem klaren Wasser Fische, die dicht über dem Grund des Sees dahinglitten. Einmal sah ich einen Schwarm von Fischen, die mit ihren silbrigen Bäuchen und spitzen Mäulern winzigen Schwertfischen glichen. Sie bewegten sich alle wie einer, und dann blieben sie vor mir stehen, und hunderte kleiner, weit geöffneter Augen gafften mich in erschrockenem Staunen an. Dann blinzelte ich, und sie flitzten davon.

23

In der untergehenden Sonne gingen wir den Weg hinauf. Alles tauchte in einen messingfarbenen Schatten, und hier und da war ein feiner goldener Strahl zu sehen, wie ein in der Erde steckender Speer. Die Zikaden wurden lauter, und die Wärme des Erdbodens verstärkte den Duft der trockenen Kiefernnadeln auf dem Weg. Ich erreichte den Teil des Weges, der schon eine Weile im Schatten der hohen Kiefern lag, und die plötzliche Kühle machte mir bewusst, wie heiß sich meine Schultern anfühlten. Ich drückte den Daumen fest in die Schulter, und als ich ihn wieder wegnahm, erschien dort ein blasser Fleck. Dann schrumpfte er langsam und zog sich wieder in die Röte zurück.

24

Ich sah einen Mann mit einem Deutschen Schäferhund an der Leine, die er zu einem großen Teil um die Hand gewickelt hatte. Der Schäferhund versuchte einen Mungo anzuspringen, der sich an die kleine Ruine einer Steinmauer drückte. Erst als die Schnauze des Hundes dicht vor dem Mungo-Gesicht war und zuschnappen wollte, hielt der Mann den Hund zurück. Dem Mungo sträubten sich die Haare, und er fletschte die Zähne; er sah gefährlich aus, aber ich wusste, er war nur verrückt vor Angst. In seinen Augen war ein rötliches Leuchten, wie in den Augen von Menschen auf schlechten Blitzlichtfotos. Der Hund knurrte und bellte, und ich sah das rosarot und braun schimmernde Zahnfleisch und den blutdürstigen Speichel, der ihm seitlich aus dem Maul tropfte. Dann ließ der Mann den Hund vorpreschen, und für einen kurzen Augenblick gab es nur noch ein Zischen und Keuchen, Knurren und Kreischen. Der Mann riss den Hund wieder zurück, und der Mungo lag auf dem Rücken, bleckte hilflos die Zähne und streckte die Pfoten aus, wie um zu zeigen, dass er nun ungefährlich war; die Augen waren weit aufgerissen, die Pupillen bis zum Äußersten geweitet, voll grenzenloser Verblüffung. Er hatte ein Loch in der Brust – der Hund schien hineingebissen zu haben –, und ich sah das Herz, wie eine winzige Tomate, pochend, als habe es einen Schluckauf, langsamer und immer langsamer, mit allmählich länger werdenden Pausen dazwischen, und dann hörte es einfach auf.

25

Auf unserem Rückweg in der Abenddämmerung füllten sich meine Sandalen mit Kiefernnadeln, und ich musste anhalten, um sie auszukippen. Tausende von Glühwürmchen schwebten im Gebüsch, leuchteten auf und verloschen, als wären sie versteckte Feen-Fotografen mit Blitzlichtern, die Schnappschüsse von uns machten. «Hast du Hunger?», fragte meine Mutter.

26

Wir saßen oft unter dem schützenden Dach der Reben um einen rundlichen Topf mit klarem Honig und einem Teller mit Essiggurken. Onkel Julius tunkte eine Gurke in den Honig, und mehrere Bienen lösten sich von dem Honigtopf und schwebten über dem Tisch. Ich steckte den Finger hinein und versuchte ihn an die Lippen zu bringen, bevor mir der dünner werdende Honigfaden auf die nackten Oberschenkel tropfte, aber ich schaffte es nie.

Manchmal nahm mich Onkel Julius um die Mittagszeit mit in sein Bienenhaus. Er trug einen weißen Overall und einen weißen Hut mit einem Schleier, der ihm über die Brust fiel, so dass er aussah wie eine Braut. Er zündete einen zerfetzten Lumpen an, den ich in die Hand nehmen musste, um die Bienen abzuhalten. Ich mußte ganz still sein, durfte mich nicht bewegen und nicht einmal blinzeln. Ich spähte hinter seinem Rücken hervor, den qualmenden Lumpen in der ausgestreckten Hand. Er nahm den Deckel von einem Bienenkorb, vorsichtig, als fürchte er, die Insel aufzuwecken, und dann stieg das Summen auf wie eine Staubwolke und deckte uns zu. Er kratzte das Wachs zwischen den Rähmchen weg und nahm sie dann eines nach dem anderen heraus, um sie mir zu zeigen. Ich sah die sirupbraune Masse der zappelnden Bienen. «Die arbeiten die ganze Zeit», flüsterte er. «Die hören nie auf.» Ich hatte Angst, ich könnte gestochen werden, obwohl er mir sagte, die Bienen würden mich nicht angreifen, wenn ich so tat, als wäre ich nicht da. Doch die Angst wuchs immer mehr, und je länger ich darüber nachdachte, desto größer wurde das Unbehagen. Irgendwann gab ich auf und lief zum Haus zurück und stellte mich auf die Treppe, von wo ich ihn sehen konnte, unnahbar, regungslos – abgesehen von den langsamen, weisen Bewegungen seiner geschickten Hände. Ich beobachtete ihn, als wäre er auf eine Leinwand aus Olivenbäumen und Reihen von Bienenkörben projiziert; dann drehte er sich nach mir um, und ich erkannte ein eigenartiges, heiteres Lächeln hinter dem Schleier.

27

Meine Mutter und mein Vater saßen im Heck, die Füße im lauwarmen Bilgewasser, Onkel Julius ruderte, und ich saß im Bug und ließ die Füße über den Bootsrand baumeln. Immer wieder stieg die Wasseroberfläche mit einer sanften Welle an, und dann tauchten meine Füße in die Kühle des mentholgrünen Wassers. Mit der ruhigen Bewegung der Ruder, ihrem Knarren und Platschen, glitten wir auf die Insel zu. Es gab dort ein mausgraues Steinhaus mit kleinen tief liegenden Fenstern, und davor eine Reihe von krummen Olivenbäumen. Onkel Julius hielt Kurs auf einen kurzen verlassenen Landungssteg. Beim Aussteigen strauchelte ich, aber Onkel Julius griff nach meiner Hand, und einen Moment lang schwebte ich über dem zitternden See, über einem aufgeweichten Brotlaib und einer verführerisch lächelnden Frau auf einer Illustriertenseite, die wie Treibeis im Wasser schwamm.

28

«Diese Seen», sagte Onkel Julius, «waren im 16. Jahrhundert ein sicherer Zufluchtsort für Piraten. Hier horteten sie ihre Beute, und sie brachten ihre Geiseln hierher und folterten und töteten sie – genau hier, in diesem Haus –, wenn sie kein Lösegeld bekamen. Es heißt, dass in diesem Haus Gespenster umgehen, die toten Seelen dreier Kinder, die sie an Fleischerhaken aufhängten, weil ihre Eltern kein Lösegeld zahlen wollten. Später war hier ein Nonnenkloster, und manche Leute glaubten, selbst die Nonnen seien keine Nonnen, sondern Hexen gewesen. Noch später wurde das Haus von den Deutschen als Gefängnis genutzt. Und heute ist es sogar ein Hotel, aber es kommen fast nie Touristen hierher.»

29

Wir betraten die klangvolle Kühle einer großen gemauerten Eingangshalle. Es gab eine Rezeption, aber sie war nicht besetzt, und ein lächelnder Tito hing über dem Bord mit den nummerierten Fächern. Dann gingen wir durch einen langen Tunnel und danach durch eine niedrige Tür, wo jeder außer mir den Kopf einziehen musste, in einen zellenähnlichen fensterlosen Raum («Das war mal eine Nonnenzelle», flüsterte Onkel Julius); durch eine weitere Tür (die anderen mussten wieder in die Knie gehen und den Kopf einziehen, als verbeugten sie sich) betraten wir den Speisesaal, in dem lange Holztische standen und auf den Tischen zwei parallel angeordnete Reihen von Tellern samt Besteck. Wir nahmen Platz und warteten auf den Ober. Eine zitroneneisgelbe Eidechse, so groß wie ein neuer Bleistift, saß hinter Onkel Julius' Rücken an der Mauer. Offensichtlich verdutzt, fixierte sie uns mit einem starren Marmorauge, und dann huschte sie blitzschnell die Wand hinauf zu einem verborgenen Fenster.

30

Das erzählte uns Onkel Julius:

«Als junger Student in Moskau, in den Dreißigerjahren, hab ich den ältesten Mann der Welt gesehen. Es war in einer Biologie-Vorlesung in einem gigantischen Amphitheater, es gab hunderte von Sitzreihen, tausende von Studenten. Sie brachten einen alten Mann herein, der nicht mehr gehen konnte; er wurde von zwei Genossen getragen, denen er die Arme um die Schultern gelegt hatte. Seine Beine hingen zwar frei herab, aber im Übrigen war er zusammengerollt wie ein Baby. Sie sagten, er sei hundertachtundfünfzig Jahre alt und irgendwo im Kaukasus zu Hause. Sie legten ihn in Seitenlage vorne auf den Tisch, und er fing an zu weinen wie ein Baby. Daraufhin gaben sie ihm ein Stofftier – eine Katze, glaube ich, aber ich kann es nicht mit Sicherheit sagen, da ich ganz oben in einer der letzten Reihen saß. Es war, als blickte ich durch das falsche Ende eines Teleskops. Und der Dozent erzählte uns, der alte Mann weine die ganze Zeit, nehme nur flüssige Nahrung zu sich und ertrage es nicht, wenn man ihm sein Lieblingstier wegnehme. Er schlafe viel, wisse den eigenen Namen nicht und habe keine Erinnerungen. Er könne nur ein paar Wörter sagen, wie Wauwau, Pipi und dergleichen. Da kapierte ich, dass das Leben ein Kreislauf ist, dass du letztlich, wenn du hundertachtundfünfzig Jahre alt wirst, genau dorthin zurückkehrst, wo du angefangen hast. Es ist wie bei einem Hund, der seinem eigenen Schwanz nachjagt, es ist alles umsonst. Wir leben und leben, und am Ende sind wir genau wie dieser Junge hier» (er zeigte auf mich), «wir wissen nichts, wir erinnern uns an nichts. Du kannst ebenso gut heute schon aufhören zu leben, mein Junge. Du kannst ebenso gut aufhören, denn es wird sich nichts ändern.»

31

Als ich nach einer Nacht voller beunruhigender Träume aufwachte, lagen die Koffer da wie mit offenen Mäulern, und meine Eltern stopften sie voll mit zerknitterter Unterwäsche und Hemden. Onkel Julius kam mit einem Glas Honig daher, das so groß war wie mein Kopf, und gab es meinem Vater. Er blickte auf das Foto von Mljet und legte dann die Fingerspitze auf den Punkt in der rechten oberen Ecke, unweit der Zwillingsseen, die wie aufgerissene Augen aussahen. «Wir sind hier», sagte er.

32

Die Sonne war noch nicht hinter dem Hügel heraufgekommen, es gab noch keine Schatten, und alles sah irgendwie gedämpft aus, wie unter einem feinen Gazeschleier. Wir gingen die schmale Straße hinunter, und der Asphalt war kalt und feucht. Ein Mann mit einem Bündel toter Fische, in deren karminroten Kiemen noch die Angelhaken steckten, kam uns entgegen. Er sagte: «Guten Morgen», und lächelte.

Wir warteten an der Anlegestelle. Ein schäbiges Boot, an dem die Farbe abblätterte und an dessen Bug in blassen Buchstaben *Pirat* zu lesen war, nahm mit stotterndem Motor Kurs auf das offene Meer. Am Steuer stand ein Mann, in dessen rechtem Arm ein Anker eintätowiert war. Er trug ein zerrissenes schwarz-rotes Flanellhemd, schwarze Fußballhosen und keine Schuhe, seine Füße waren geschwollen und verdreckt. Er blickte geradeaus auf die Fähre, die in den Hafen einfuhr. Die Fähre wurde langsamer, bis sie zögernd im Wasser trieb, und dann ließ sie mit lautem Krach ihre Landeklappe in der Art einer Zugbrücke herunter. Es war nicht das Schiff, mit dem wir gekommen waren, aber derselbe Mann mit dem schaukelnden Schiff auf dem T-Shirt sagte wieder: «Willkommen», und lächelte, als habe er uns erkannt.

Wir kamen an denselben Inseln vorbei. Sie waren wie schwere, geknetete Brotlaibe, wie aus dem Hinterteil eines riesigen Schiffes gefallen. Auf einer der Inseln – und wir fuhren dicht daran vorbei – war eine Herde Ziegen zu sehen. Sie schauten leicht verwirrt zu uns herüber, und dann verloren sie, eine nach der anderen, das Interesse und machten sich wieder ans Grasen. Ein Mann mit einer Kamera, wahrscheinlich ein deutscher Tourist, fotografierte die Ziegen und überließ dann die Kamera seinem sommersprossigen, blauäugigen Sohn. Der Junge richtete die Kamera auf die Sonne, aber der Mann ermahnte ihn lachend und drehte ihn und die Kamera in unsere Richtung, während wir ihn angrinsten, hilflos.

33

Von der Küste waren es nur vier Stunden bis nach Hause, und ich schlief, unbeeindruckt von der Hitze, die ganze Zeit, bis wir in Sarajewo waren. Als wir nach Hause kamen, lagen die verdorrten Pflanzen und Blumen mitten in der orangen Lichtflut der untergehenden Sonne. Alle Pflanzen waren verwelkt, weil der Nachbar, der sie hätte gießen sollen, überraschend an einem Herzinfarkt gestorben war. Die Katze, die über eine Woche lang nichts zu fressen bekommen hatte, war abgemagert und fast verrückt vor Hunger. Ich rief sie, aber sie wollte nicht kommen; sie sah mich nur an, unauslöschlichen Hass in den Augen.

Leben und Werk des Alphonse Kauders

Alphonse Kauders ist der Verfasser der *Bibliographie des Forstwesens, 1900–1948*, vom Verband der Ingenieure und Techniker 1949 in Zagreb veröffentlicht. Dabei handelt es sich um eine Spezialbibliographie aus dem Bereich des Forstwesens und der Forstwirtschaft. Das Material ist in dreiundsiebzig Gruppen unterteilt und umfasst 8800 Artikel und Dissertationen. Bibliographische Einheiten sind nicht nummeriert. Der Verfasser der *Bibliographie des Forstwesens* war der Erste, der das gesamte Forstwesen in einem einzigen Werk katalogisiert hat. Die Arbeit ist als einflussreich beurteilt worden.

Alphonse Kauders hatte einen Hund namens Rex, dessen Welpen er im Laufe der Zeit Josip B. Tito schenkte.

Alphonse Kauders hatte eine geheimnisvolle Erkrankung der Prostata, und im Laufe der Zeit sagte er: «Seltsam sind die Wege des Urins.»

Alphonse Kauders sagte zu Rosa Luxemburg: «Lass mich ein kleines Stück eindringen, nur ein Stückchen, ich werde vorsichtig sein.»

Alphonse Kauders sagte: «Und was ist, wenn ich immer noch hier bin.»

Alphonse Kauders war der einzige Sohn seines Vaters, eines Lehrers. Sie sperrten ihn in eine Irrenanstalt, nachdem er versucht hatte, zur gleichen Zeit sieben siebenjährige Mädchen zu belästigen. Sein Vater, ein Lehrer. (Der Unterschied ist nicht groß, darum geht es.)

Alphonse Kauders sagte zu Dr. Joseph Goebbels: «Das Schreiben ist ein nutzloses Unterfangen. Es ist, als signierten wir jedes Gas- oder sagen wir Luftmolekül, das ja – wie wir alle wissen – nicht sichtbar ist. Doch signiertes Gas oder signierte Luft lässt sich leichter einatmen.»

Dr. Joseph Goebbels sagte: «Ich würde sagen, zwischen Gas und Gas gibt es Unterschiede.»

Alphonse Kauders war der Eigentümer des Revolvers, mit dem König Alexander ermordet wurde.

Eine von Alphonse Kauders' sieben Frauen hatte einen Tumor von der Größe eines dreijährigen Kindes.

Alphonse Kauders sagte: «Die Menschen sind so hässlich, dass man sie von der Verpflichtung befreien sollte, ein Foto in ihrem Personalausweis zu haben. Oder wenigstens in ihrem Parteibuch.»

Alphonse Kauders hatte das leidenschaftliche Verlangen, eine Bibliographie pornographischer Literatur zu erstellen. Er hatte 3700 pornographische Bücher im Kopf. Die Magazine nicht gerechnet.

Richard Sorge sagte von Alphonse Kauders' Winden: «Sie hörten sich an wie Seufzer, pure herzzerreißende Schmerzenslaute, die wellenähnlich aus den Tiefen der Seele aufstiegen und sich dann irgendwo ganz hoch oben verloren.»

Alphonse Kauders musste einmal sieben Tage lang auf allen Vieren kriechen, denn er war von siebenundsiebzig Bienen in den Penis gestochen worden.

Alphonse Kauders besaß vollständige Listen von sexuell höchst freizügigen Frauen in Moskau, Berlin, Marseille, Belgrad und München.

Alphonse Kauders war, horoskopisch gesehen, Jungfrau. Aber nur horoskopisch gesehen.

Alphonse Kauders trug niemals eine Uhr, niemals.

Berichten zufolge verblüffte der fünfjährige Alphonse Kauders seine Mutter dadurch, dass er in der häuslichen Vorratskammer für «systematische Ordnung» sorgte.

Alphonse Kauders sagte zu Adolf Hitler in München, als sie ihren siebten Krug Bier leerten: «Herrgott, meiner steht immer stramm, wenn er gebraucht wird. Und er wird immer gebraucht.»

Alphonse Kauders
  a) hasste Wälder,
  b) liebte Feuersbrünste.
Diese Neigungen vereinten sich aufs Glücklichste mit seiner Leidenschaft für Waldbrände, die er sich mit großem Vergnügen anschaute, wann immer er Gelegenheit dazu hatte.

Josip B. Tito sagte von Alphonse Kauders' Winden: «Sie hörten sich an wie sämtliche Sirenen Moskaus am 1. Mai, dem Internationalen Tag der Arbeit.»

Alphonse Kauders schwängerte Eva Braun, und sie brachte zur gegebenen Zeit ein Kind zur Welt. Nachdem aber Adolf Hitler eine neue Ordnung und Disziplin auf den Weg brachte und Eva Braun verführte, schickte sie, berauscht von des Führers Männlichkeit, das Kind in ein Konzentrationslager und zwang sich zu glauben, es sei nur für den Sommer.

Alphonse Kauders hasste Pferde. Oh, wie Alphonse Kauders Pferde hasste.

Alphonse Kauders kam mit der Zeit wahrhaftig zu der Überzeugung, dass sich der Mensch im Verlauf der Geschichte selber erschuf.

Alphonse Kauders stand flüsternd hinter Gavrilo Princip – während Gavrilo der Urin die Beine hinunterlief, während Gavrilos schwitzende Hand, die einen schweren Revolver umklammerte, in der Tasche zitterte – Alphonse Kauders flüsterte: «Schieß schon, Bruder, was bist du nur für ein Serbe?»

Alphonse Kauders beschrieb seine Beziehung zu Rex: «Wir, in ständiger Angst lebend, hassen einander.»

Berichten zufolge verbrachte Alphonse Kauders einige Jahre in einem Heim für jugendliche Straftäter, nachdem er in einer einzigen Woche sieben Waldbrände gelegt hatte.

Alphonse Kauders sagte: «Ich hasse Menschen fast so sehr wie Pferde, weil immer zu viele um einen herum sind und weil sie Bienen töten und weil sie furzen und stinken und weil sie immer mit irgendwas daherkommen, und am schlimmsten ist es, wenn sie mit lästigen Revolutionen daherkommen.»

Alphonse Kauders schrieb an Richard Sorge: «Ich kann nicht sprechen. Die Dinge um mich her sprechen nicht. Still und tot sind sie, wie Steine in einem Fluss, sie rühren sich nicht, sie haben keine Bedeutung, sie sind kaum richtig da. Ich starre sie an, flehe sie an, mir etwas zu sagen, irgendetwas, sie sollen mich dazu bringen, ihnen Namen zu geben. Ich flehe sie an zu existieren – aber sie surren nur im Dunkeln, wie ein Radio ohne Programm, wie eine leere Großstadt, sie wollen nichts sagen. Nichts. Ich halte den Druck der Stille nicht aus, selbst Geräusche sind reglos. Ich kann nicht sprechen, Wörter haben für mich keine Bedeutung. Zuweilen weiß mein Rex mehr als ich. Viel mehr. Gott segne ihn, er schweigt.»

Alphonse Kauders konnte die ersten fünfzig Seiten des Berliner Telefonbuches auswendig hersagen.

Alphonse Kauders war der Erste, der zu Stalin sagte: «Nein!» Stalin fragte ihn: «Hast du eine Uhr, Genosse Kauders?», und Alphonse Kauders sagte: «Nein!»

Alphonse Kauders erzählte einmal Folgendes: «In unserer Partei gibt es zwei wichtige Gruppen: die Verrückten und die Mörder. Die Verrückten verlieren den Verstand, die Mörder morden. Natürlich gibt es in diesen beiden Gruppen keine Frauen. Frauen gehören der Gruppe an, die sich ‹Die Frauen› nennt. In erster Linie dienen sie als Vorwand für blutige Kämpfe zwischen den Verrückten und den Mördern. Die Verrückten stellen die bessere Fußballmannschaft, aber die Mörder verstehen sich auf den Umgang mit dem Messer wie sonst niemand in unserer modernen Welt.»

Alphonse Kauders hatte siebenmal Gonorrhöe und nur einmal Syphilis.

Alphonse Kauders kommt in der *Enzyklopädie der UdSSR* nicht vor. Andererseits kommt er auch in der *Enzyklopädie Jugoslawiens* nicht vor.

Alphonse Kauders sagte: «Ich bin ich, alles andere sind Geschichten.»

Dr. Joseph Goebbels sagte von Alphonse Kauders' Winden: «Sie ähneln dem Heulen einer ewigen einsamen Sirene, Kummer in seiner reinsten Form.»

Eine von Alphonse Kauders' sieben Frauen hatte ein kurzes Bein. Andererseits hatte sie auch ein langes Bein. Die Arme waren mehr oder weniger gleich lang.

In den Archiven der UdSSR liegt ein Manuskript, das auf Alphonse Kauders zurückgehen soll:

«1) unter die Zunge schießen(?);
2) symbolische Bedeutung (?); Tod auf dem Erdboden (?); im Wald (??); bei einem Ameisenhaufen (?); bei einem Bienenstock;
3) nimm nur eine Kugel;
4) die Strafe: Ich werde wiedergeboren, wenn diese Kugel fehlgeht, und ich hoffe, dass das nicht geschieht;
5) leg dich flach nieder, damit das ganze Blut in den Kopf strömt;
6) verbrenne alle Manuskripte => jemand könnte glauben, sie seien etwas wert;
7) erfinde eine Liebe (?);

8) die Strafe: Ich gebe niemandem die Schuld, besonders ihr nicht (?);
9) räume das Zimmer auf;
10) schreibe an Stalin: Koba, wozu hast du meinen Tod gebraucht?
11) nimm eine Flasche Wasser mit;
12) sag kein Wort, bis das Datum feststeht.»

Einer von Alphonse Kauders' sieben Trauzeugen war Richard Sorge.

Alphonse Kauders abonnierte sämtliche pornographischen Magazine Europas.

Alphonse Kauders nahm in Sibirien seinen eigenen Blinddarm heraus, und er wäre wahrscheinlich gestorben, wenn sie ihn nicht im allerletzten Moment ins Lagerkrankenhaus geschafft hätten. Und dazu kam es nur, weil er den Banditen im Nachbarbett wegen heimlicher Nachtgebete denunziert hatte.

Alphonse Kauders sagte zu Eva Braun: «Geld ist nicht alles. Es gibt auch noch Gold.»

Alphonse Kauders war ein leidenschaftlicher Bienenzüchter. Im Laufe seines Lebens führte er grimmige und gnadenlose Kriege gegen Parasiten, die die Bienen erbarmungslos ausbeuten und als Varroa-Milben bezeichnet werden.

Alphonse Kauders sagte: «Das schönste Feuer (von Waldbränden abgesehen), das ich je erlebt habe, war, als der Reichstag in Flammen stand.»

Die eigentliche Idee, Alphonse Kauders ins Leben zu rufen, kam zuerst seiner (zukünftigen) Mutter. Sie sagte zu Alphonse Kauders' (zukünftigem) Vater: «Ich finde, wir sollten uns leidenschaftlich lieben und Alphonse Kauders ins Leben rufen.»

Sein Vater sagte: «In Ordnung. Aber lass uns vorher einige, du weißt schon, einige Bilder ansehen.»

Alphonse Kauders war Mitglied in sieben Bibliotheken, sieben Imkerverbänden, sieben kommunistischen und einer nationalsozialistischen Partei.

Alphonse Kauders erzählte Folgendes: «In der Grundschule lenkte ich die Aufmerksamkeit auf mich, indem ich mir die Faust in den Mund stopfte. Mädchen von anderen Klassen strömten scharenweise herbei, um zu sehen, wie ich mir die Faust in den Mund stopfte. Mein Vater, ein Lehrer, strahlte vor Glück, wenn er sah, wie mich alle diese Mädchen umschwärmten. Einmal kam ein Mädchen auf mich zu, das ich sehr begehrte. Und ich war so aufgeregt, dass ich versuchte, mir beide Fäuste in den Mund zu stopfen. Ich opferte meiner Leidenschaft zwei Schneidezähne. Von dem Tag an wurde ich wegen meiner Verrücktheiten beachtet. Dieser seltsame Vorfall bestimmte wahrscheinlich den weiteren Verlauf meines Lebens. Von da an habe ich nie wieder geredet.»

Auf einer Ausgabe der *Bibliographie des Forstwesens, 1900 bis 1948*, die in Zagreb aufbewahrt wird, steht folgende handschriftliche Notiz: «Seit dem Tag meiner Geburt warte ich auf den Tag des Jüngsten Gerichts. Und der Tag des Jüngsten Gerichts kommt nie. Und je länger ich lebe, desto klarer wird mir das. Ich bin nach dem Tag des Jüngsten Gerichts auf die Welt gekommen.»

Alphonse Kauders erzählte Folgendes: «Wenn Rex und ich uns stritten, und das passierte fast jeden Tag, lief er weg und blieb tagelang verschwunden. Und er erzählte mir nie etwas. Mit einer Ausnahme. Da sagte er: ‹Die Auffangstation für streunende Hunde ist voller Spione.›»

Am Vorabend des Zweiten Weltkriegs sagte Alphonse Kauders in Berlin zu Ivo Andric: «Ein stabiles System gibt es nach wie vor nur in den Köpfen von Wahnsinnigen. In den Köpfen anderer Menschen gibt es nichts als Chaos, genau wie in ihrer Umgebung. Vielleicht steht die Kunst als eines der letzten Widerstandsnester gegen das Chaos. Vielleicht auch nicht. Zum Teufel damit, was soll's.»

Am Vorabend des Ersten Weltkriegs sagte Alphonse Kauders zu der schwangeren Frau des Erzherzogs Franz Ferdinand: «Lass mich ein kleines Stück eindringen, nur ein Stückchen, ich werde vorsichtig sein.»

Auf einem von Alphonse Kauders' sieben Grabmälern steht geschrieben: «Ich bin verschwunden, und ich bin wieder aufgetaucht. Jetzt bin ich hier. Ich werde verschwinden, und ich werde zurückkommen. Und dann werde ich wieder hier sein. Alles ist so einfach. Man braucht nur Mut, sonst nichts.»

Alphonse Kauders schrieb einer seiner sieben Frauen Briefe «voll von schweinischen Details und kranken pornographischen Phantasien». Stalin untersagte, dass solche Briefe mit der sowjetischen Post versandt wurden, denn «unter denen, die Briefe öffnen und lesen, sind viele brave, schüchterne Familienväter». Also vertraute Alphonse Kauders seine Briefe zuverlässigen Kurieren an.

Alphonse Kauders sagte: «Ich – ich bin kein menschliches Wesen. Ich – ich bin Alphonse Kauders.»

Alphonse Kauders sagte zu Richard Sorge: «Ich bezweifle, dass es eine größere Leere gibt als die Leere verlassener Straßen. Deshalb ist es besser, ein paar Panzer oder Leichen auf den Straßen zu haben, wenn nichts anderes möglich ist. Denn Alles ist besser als Nichts.»

Alphonse Kauders drückte einmal Gavrilo Princip einen Revolver an die Schläfe, denn der hatte mit seiner Zigarette eine Biene versengt.

Alphonse Kauders sagte einmal zu Stalin: «Koba, wenn du noch einmal Bucharin erschießt, bekommen wir Streit.» Und Bucharin wurde nur einmal erschossen.

Alphonse Kauders sagte zu Eva Braun – im Bett, nach sieben gemeinsamen, aufeinander folgenden Orgasmen, von denen vier in die Annalen eingegangen waren –, Alphonse Kauders sagte also zu Eva Braun: «Es sollte eine Möglichkeit geben, den Menschen zu verbieten, dass sie reden, vor allem aber, dass sie miteinander reden. Man sollte ihnen verbieten, Uhren zu tragen. Man sollte mit den Menschen alles tun können.»

In weiten Kreisen wird angenommen, dass das wenig bekannte und unter einem Pseudonym veröffentlichte pornographische Werk «Sieben süße kleine Mädchen» von Alphonse Kauders stammt.

Alphonse Kauders sagte irgendwann einmal von den ersten Tagen der Revolution: «Wir brachten alle wild gewordenen Pferde um. Wir steckten leere Häuser in Brand. Wir sahen Soldaten weinen. Massen strömten aus den Gefängnissen. Alle hatten Angst. Und wir hatten nichts als unseren Groll.»

Obgleich Alphonse Kauders alles Volkstümliche aus tiefster Seele hasste, fast so sehr, wie er Pferde hasste (Gott im Himmel, wie sehr Alphonse Kauders Pferde hasste!), prägte er eine Volksweisheit: «Nimm nie eine Biene von einer Stute.»

Joseph V. Stalin sagte von Alphonse Kauders' Winden: «Oft ließ Genosse Kauders während der Sitzungen unseres Zentralkomitees, wie sagt man, einen Wind abgehen, und wenige Augenblicke später konnten alle Genossen nur noch hilflos weinen. Mich selbst eingeschlossen.»

Alphonse Kauders war der Eigentümer des Revolvers, mit dem Lola, eine zwölfjährige Prostituierte aus Marseille, ermordet wurde.

Ivo Andric sagte von Alphonse Kauders: «Seine ganzen Eingeweide wurden in einer geheimen Operation entfernt. Es blieb nur eine Hülle aus Haut, in deren Schutz er gefahrlos von einer Bibliographie pornographischer Literatur träumen konnte.»

Alphonse Kauders verbrachte die Nacht vom 5. auf den 6. April 1941 an den Abhängen des Avala und wartete darauf, Belgrad in Flammen zu sehen.

Alphonse Kauders tötete seinen Hund Rex mit Gas, nachdem Rex versucht hatte, ihn im Schlaf abzumurksen, weil Alphonse Kauders überall Mausefallen aufgestellt hatte, um sich an Rex dafür zu rächen, dass er auf seine nagelneue Uniform gepinkelt hatte.

Alphonse Kauders widmete sich irgendwann auch der Malerei. Das einzig erhaltene Bild, Öl auf Leinwand, trägt den Titel *Die Klassenwurzeln des Tätowierens* und hängt im Nationalmuseum in Helsinki.

Alphonse Kauders sagte zu Josip B. Tito: «Vor ein paar Tagen oder auch Jahren, was soll's, habe ich bemerkt, dass ein Baum unter dem Fenster vor einem meiner sieben Zimmer zehn Meter gewachsen war. Es gibt nicht viele Leute, die überhaupt bemerken, dass Bäume wachsen. Und wenn, dann sind es wahrscheinlich Holzarbeiter.»

Gavrilo Princip sagte von Alphonse Kauders' Winden: «Sie hörten sich etwa so an: Pfffffuuummmiiuuimmschsss.»

Alphonse Kauders hatte zwei eheliche Söhne und zwei eheliche Töchter. Die Übrigen waren unehelich. Der eine Sohn wurde als Kriegsverbrecher in Madona in Litauen erschossen; der andere war ein berühmter Kricketspieler und Mitglied des australischen Nationalteams. Die eine Tochter arbeitete als Dolmetscherin auf der Jalta-Konferenz; die andere entdeckte im Regenwald am Amazonas eine bis dahin unbekannte Insektenart, die der Biene ähnlich war und schließlich den Namen Virgo Kauders bekam.

Alphonse Kauders sagte: «Die Literatur hat an und für sich nichts Menschliches. Auch nicht an und für mich.»

Alphonse Kauders brachte seine Bibliographie der pornographischen Literatur nie zum Abschluss.

Anmerkungen zu Kauders

J. B. Tito war über fünfunddreißig lange Jahre hinweg der kommunistische Führer Jugoslawiens. Meine Kindheit war durchsetzt mit Geschichten von seinen rechtschaffenen Taten. Am besten gefiel mir immer die Geschichte, wie er mit zwölf Jahren einmal in der häuslichen Speisekammer einen ganzen gekochten Schweinskopf fand, der dort für Weihnachten aufbewahrt wurde, und sich, ohne seinen Brüdern und Schwestern etwas zu sagen, darüber hermachte – ein ominöser Schritt für ein künftiges kommunistisches Staatsoberhaupt. Danach war ihm tagelang übel (Überdosis Fett), und darüber hinaus wurde er zur Strafe vom Weihnachtsessen ausgeschlossen. Später verlor er dann das Interesse an Weihnachten, nicht aber seine Vorliebe für Schweine und Köpfe.

Rosa Luxemburg war eine deutsche Kommunistin, die zusammen mit Karl Liebknecht nach dem Ende des Ersten Weltkriegs eine Revolution auf den Weg bringen wollte und dann damit unterging. Rosa Luxemburg war ein furchtbar netter Name für eine Revolutionärin.

König Alexander war ein jugoslawischer König; er wurde 1934 von einem makedonischen Nationalisten – mit großzügiger Unterstützung kroatischer Faschisten – in Marseille ermordet. Der schwache Propaganda-Apparat des ersten Königreichs Jugoslawien verkündete salbungsvoll, seine letzten Worte seien gewesen: «Kümmert euch um mein Jugoslawien.» Wahrscheinlicher ist allerdings, dass er sich an seinem eigenen Blut verschluckte, während ein schweißnasser französischer Geheimpolizist mit dem eigenen Leib Alexanders Ex-Leib und künftigen Leichnam abschirmte. Ich sah in der Tatsache, dass ein Alexander von einem Makedonier ermordet wurde, immer so etwas wie eine besonders hübsche Note in einer Farce.

Richard Sorge war ein sowjetischer Spion in Tokio, getarnt als Journalist und später Presseattaché in der deutschen Botschaft. Er informierte Stalin, dass Hitler den Angriff auf das Mutterland vorbereitete, aber Stalin vertraute Hitler und schenkte der Information keine Beachtung. Als ich das erste Mal von Sorge las, war ich zwölf, und ich beschloss, noch bevor ich das Buch zu Ende gelesen hatte, Spion zu werden. Mit sechzehn schrieb ich ein Gedicht über Sorge und nannte es *Der einsamste Mann der Welt*. Die erste Zeile: «Tokio atmet, und ich atme nicht.»

Gavrilo Princip war der junge Serbe, der das Attentat auf den österreichischen Erzherzog Franz Ferdinand und seine schwangere Frau Sophie verübte und damit effektiv den Ersten Weltkrieg auslöste. Zu der Zeit war er achtzehn Jahre alt und hatte die ersten Stoppeln über der schmalen Oberlippe und dunkle Ringe um die Augen. Er bekam lebenslänglich, hatte aber nur noch wenige Jahre, ehe er in einem düsteren kaiserlichen Gefängnis, wo er wiederholt verprügelt wurde, an Tuberkulose starb. In Sarajewo waren bei der Lateinerbrücke, von deren Ecke aus er jene historischen Kugeln in das Gehirn des Fötus gejagt hatte, seine Fußabdrücke im Beton verewigt (der linke Fuß von West nach Ost, der rechte von Südost nach Nordwest). Als kleiner Junge stellte ich mir immer vor, wie er da bis zu den Knöcheln im frisch gegossenen Beton stand und auf die Kutsche des Erzherzogs wartete, bereit, den Lauf der Geschichte zu ändern. Als ich sechzehn war, passten meine Füße perfekt in seine Fußgräber.

Die Enzyklopädie der UdSSR ist ein Buch, von dem es ungezählte und oft obskure Ausgaben gibt. Historische Figuren (wie die Chefs von Stalins Geheimpolizei) werden in einer Ausgabe gerühmt und sind dann in einer anderen spurlos verschwunden. Es gibt Länder, deren kostbare Bodenschätze von der bunten Weltkarte der Enzyklopädie peinlich genau (mit der jährlichen Fördermenge in Klammern) aufgeführt werden, und in einer anderen Ausgabe hat sie ein Ozean verschluckt, genau wie Atlantis, ohne dass das Blubbern der Luftblasen jemals die Oberfläche der Weltkarte erreicht. Dieses großartige Buch lehrt uns, wie die Wahrscheinlichkeit des Fiktiven durch die Exaktheit des Details erreicht wird.

Die Enzyklopädie Jugoslawiens hatte dagegen nicht die geringste Chance, jemals vollständig veröffentlicht zu werden, da sie zu viele widersprüchliche Geschichten umfasste; im Grunde gibt es also gar kein enzyklopädisches Jugoslawien, was aber durch eine schnöde Wende der Geschichte völlig belanglos geworden ist, denn vom alten Jugoslawien ist nicht viel geblieben.

Nikolai Bucharin, von Lenin zum «Liebling der Partei» ernannt, war Mitglied des Politbüros und – vom großen Stalin abgesehen – in den Dreißigerjahren wahrscheinlich der wichtigste Sowjet-Ideologe, wofür er mit der Anklage belohnt wurde, gleichzeitig für die Vereinigten Staaten, Großbritannien, Frankreich und Deutschland spioniert zu haben. Als er zum

Tode verurteilt wurde, überraschte das niemanden, aber alle bekamen es mit der Angst zu tun, denn es war der Beginn einer der größten Säuberungsaktionen Stalins. Aus seiner Todeszelle schickte er Stalin einen Brief, der mit den Worten begann: «Koba, warum hast du meinen Tod gebraucht?» Diesen Brief soll Stalin lange Zeit in der Schublade seines Schreibtischs aufbewahrt haben. Bucharin kooperierte bereitwillig mit denen, die gegen ihn ermittelten, und ließ sich nicht zum Märtyrer der Tyrannei Stalins machen. Wenn er in einem Danteschen Inferno ist, wird er in der Speisekammer der Hölle ewig mit seinem Schweinskopf gegen die Mauern rennen.

Ivo Andric, ein Bosnier, war der einzige jugoslawische Schriftsteller, dem je der Nobelpreis zugesprochen worden ist. 1941 arbeitete er in der jugoslawischen Botschaft in Berlin, wo er half, Treffen unterwürfiger jugoslawischer Politiker mit Hitler zu organisieren. Er war ein Gentleman und schilderte in seinen Romanen, wie Menschen in den Gang der Geschichte verwickelt werden. Bei der Verleihungszeremonie redete er über die Bedeutung von Brücken. In seiner Jugend hatte er mit der Vorbereitung des Attentats auf den Erzherzog zu tun.

Am **6. April 1941** wurde Belgrad im Morgengrauen schonungslos von der Luftwaffe bombardiert. Es war der Beginn des deutschen Angriffs auf das Königreich Jugoslawien, der noch elf weitere unselige Tage dauerte.

Avala ist ein wie eine Brust geformter Berg in der Nähe von Belgrad mit dem Grabmal-Tumor für den Unbekannten Serbischen Soldaten, errichtet nach dem Ersten Weltkrieg.

Die **Jalta-Konferenz** brachte Churchill, Roosevelt und Stalin an einen Tisch. Das Ende des Krieges war in Sicht, und sie sahen wie die Sieger aus («Ich hätte gern ein Stück Deutschland»). Als 13-Jähriger sah ich ein Foto dieser drei großen Männer in Jalta; sie saßen in drei Korbsesseln, und den Hintergrund bildeten stehende Menschen, deren Namen so unbedeutend waren wie ihre Taten. Die drei Führer der freien Welt hatten so etwas wie ein undeutliches Grinsen auf ihren runden Gesichtern, so als hätten sie gute, harte Arbeit verrichtet («Nehmen Sie noch etwas Deutschland»). Als 13-Jähriger dachte ich, das Bild sei gleich nach dem Essen aufgenommen worden, weil das, wie mein Vater immer sagte, die beste Zeit ist, denn gleich nach dem Essen sind alle «satt und zufrieden». Ich dachte, mit dem schwachen Grinsen verdeckten sie ihre Versuche, die letzten Essensreste zwischen den Zähnen herauszubekommen. Sie starren mich an, voll vom Borschtsch, vom lieblichen Krim-Wein und von Plänen für die Welt. In wenigen Augenblicken wird Churchill einschlafen, und ich werde ein alter Mann sein, dem es an Bedeutsamkeit fehlt, nicht aber an Erinnerungen.

Und Sie sollten jetzt weiterlesen.

Der Spionagering Sorge

GESCHICHTE: Beschreibung oder Darstellung von Dingen, so wie sie sind oder gewesen sind, in einer fortlaufenden, wohl geordneten Erzählung ihrer hauptsächlichen Tatsachen und Umstände. Die Geschichte gliedert sich im Hinblick auf ihren Gegenstand in die Geschichte der Natur und die Geschichte der menschlichen Handlungen. Die Geschichte der menschlichen Handlungen ist die fortlaufende Erzählung einer Serie von denkwürdigen Ereignissen.

ENCYCLOPAEDIA BRITANNICA,
Erste Auflage (1769–1771)

Das Buch war kastanienbraun, und auf dem Rücken stand in schwarzen schrägen Buchstaben *Spione des 2. Weltkriegs*; vorne auf dem Buchdeckel waren schwarze Buchstaben eingeprägt, winzige Gräben mit goldenen Rändern, und da hieß es *Die größten Spione des Zweiten Weltkriegs*. Das Buch war groß und schwer. Ich wollte es mir auf die Knie legen, aber sein Gewicht drückte mir die Beine auseinander, so dass das Buch zuklappte und zu Boden glitt. Daraufhin legte ich mich auf den Bauch, stützte den Kopf auf das Gerüst meiner Hände und las. Wenn meine Ellbogen zu schmerzen begannen, legte ich mich mit der Wange auf die dickere Hälfte des Buches, klappte die andere Hälfte hoch und spürte sofort die klebrige Feuchtigkeit, die meine Wange mit dem Gesicht eines Spions verband; nur noch Zentimeter lagen dann zwischen Geheimnissen aus dem Zweiten Weltkrieg und meinen gierigen Pupillen.

Es gab massenhaft Schwarzweißfotos in dem Buch: eine aus fünf Männern bestehende Kolonne, die Hände im Genick verschränkt, eingekreist von Soldaten mit Gewehren im Anschlag; wenn ich die Augen zusammenkniff, sahen sie aus wie schwarzweiße Schmetterlinge; der Kopf eines dicklichen Mitglieds der *Roten Kapelle*[1], mit einem asymmetrischen Ge-

---

[1] Offenbar kam die Information, dass deutsche Streitkräfte im Begriff waren, die Sowjetunion anzugreifen, zuerst vom Netzwerk der *Roten Kapelle*. Da der Deutsch-Sowjetische Nichtangriffspakt für wirksam gehalten wurde und unklar war, aus welcher Quelle die Information stammte, wurde sie von Moskau praktisch ignoriert. Als aber Sorge

sicht: die Nase ein wenig nach links verschoben, das rechte Auge fast ganz geschlossen, scheinbar schlafend, die schwachen Lippen mit Mühe aufeinander gepresst, als staue sich hinter ihnen ein Sturzbach aus Blut – und sein Gesicht verriet mir, dass sie ihm Handschellen angelegt hatten, die ihm blutende, brennende Wunden in die geschwollenen Handgelenke schnitten; ein Bild von General Montgomery, stehend, die Arme in die Seite gestemmt, im Profil, den Blick in die linke obere Ecke des Bildes gerichtet, das ewige Barett parallel zur Blickrichtung: General Montgomerys Doppelgänger, nur der Kopf, der mich mit seltsamer Nachdenklichkeit ansah, als sei ihm schmerzhaft bewusst, dass er nie General Montgomery würde sein können; eine Reihe weiß gekleideter Menschen mit verbundenen Augen vor dem schussbereiten Exekutionskommando, und ein lächelnder Offizier mit erhobenem rechten Arm, der in die obere rechte Ecke des Bildes zeigte. Und fast am Ende des Buches kam dann Sorge – «beim Aufbruch zu seiner Mission in Japan»[2] –, eingerahmt von einer Tür hinter seinem Rücken, stehend, die Bei-

---

von Tokio aus die Bestätigung schickte, wurde die Information an den großen Stalin persönlich weitergeleitet. Der schenkte ihr jedoch keine Beachtung und entschied sich dafür, Hitler und dem Nichtangriffspakt zu vertrauen. Sorges aus Tokio übermittelter Bericht über die deutschen Absichten wurde als «zweifelhafte und irreführende Information» zu den Akten gelegt.

[2] Sorge flog mit Junkers' erstem kommerziellen Flug zwischen Deutschland und Japan von Berlin nach Yokohama, mit kurzen Aufenthalten in New York und Vancouver. Abgesehen von dem Bordbuch des Fluges 1995, das im Deutschen Luftfahrtmuseum in Frankfurt aufbewahrt wird, gibt es keine Aufzeichnungen von diesem historischen Unterfangen. Es existiert keine Passagierliste, aber es ist fast sicher, dass der Flug annähernd ausgebucht war. Es scheint, dass die Passagiere aus aller Welt kamen und dass der Flug stürmisch war («Die Winde über

ne etwas auseinander (linker Fuß nach Nordwesten, rechter Fuß nach Nordosten), in einem dunklen Trenchcoat, eine Hand in der Tasche, die andere ein wenig verkrampft um den Griff einer Hand- oder Fototasche gelegt; und der Kopf: scheußliche Ohren, groß und unförmig; die Lippen fest geschlossen, als nagten die Zähne an der Innenseite der Unterlippe; das Dreieck seiner Nase mit einem breiten Sockel und zwei tiefen Furchen an seiner Spitze, in den Mundwinkeln zwei dunkle Flecken; lichtlose Zwillingslöcher, an deren Grund seine Augen lagen; und der tintenschwarze Helm des Haares.

Das Bild war offensichtlich eine Montage. Sorges Unruhe war mit dem verschleierten Körper eines anderen belastet. Man sah die scharfe Trennungslinie am Rand seines Kragens, wo sein Kopf – in einem düsteren Labor guillotiniert – einem kopflosen Trenchcoat aufgesetzt worden war; zudem gab es auf der linken Seite einen unerklärlichen Überschuss an Hals-

---

dem Pazifik waren einfach schrecklich!»); dass irgendetwas mit der Heizung nicht stimmte, so dass die Passagiere froren, obwohl Pelzmützen und Lederhandschuhe herbeigezaubert wurden; dass sonst niemand während des Fluges schlief; dass das Essen genießbar war, es aber aus irgendeinem Grund kein Wasser gab, so dass alle Champagner tranken (auf Junkers' Kosten); dass das Flugzeug mitten in der Nacht irgendwo über dem Pazifik fast abstürzte; dass sich zuerst Männer, dann Frauen überall im Flugzeug erbrachen und dass das Erbrochene am Boden festfror; dass sich Sorge kurz mit einer gewissen Mary Kinzie, einer amerikanischen Dichterin, anfreundete, was den New Yorker Klatsch-Kolumnisten nicht entging. Am 9. September 1933 landeten Sorge und seine unbekannten Mitpassagiere am frühen Nachmittag auf dem Flughafen von Yokohama; um Champagner und Hummer erleichtert, rochen sie stark nach Erbrochenem, und Teilchen unverdauter Nahrung tauten an ihren Schuhsohlen auf. Einige von ihnen waren stolz auf den deutschen Flugzeugbau und seine Verlässlichkeit, andere waren froh, noch am Leben zu sein.

Fleisch.[3] Aber ich glaubte, dass Sorge in diesem Trenchcoat steckte. Ich glaubte, dass er sich anschickte, in dieser geisterhaften Tür hinter seinem Rücken zu verschwinden. Ich glaubte an die Vollständigkeit dieses Bildes, ich glaubte an das Augenscheinliche, und ich vertraute Büchern. Ich war zehn.

Im Winter 1975 kam mir zum ersten Mal der Gedanke, dass mein Vater[4] ein Spion sein könnte. Er hatte an der Leningrader Hochschule für Energetik studiert und war oft unterwegs gewesen, in Leningrad oder Moskau[5] oder Sibirien, weit weg jedenfalls. Am Silvesterabend des Jahres 1975 wurde mein Vater von einem Schneesturm überrascht und saß im Flughafen in Moskau fest; meine Mutter[6] stand am Fenster und blickte hinaus auf die Schneeflocken, die wie Fallschirme auf Sarajewo herabschwebten; ich machte meine Runden durch die Wohnung und

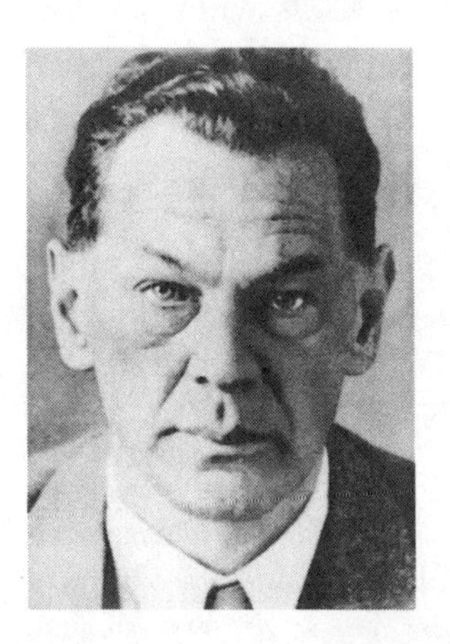

---

[3] In den frühen Sechzigerjahren wurde in der entstalinisierten Sowjetunion die Kampagne zur Verherrlichung Sorges in Gang gesetzt, und es wurden etliche Bücher publiziert, die Sorges Bilder und bis dahin unveröffentlichte Dokumente aus sowjetischen Archiven enthielten. Die meisten dieser Bücher wurden gleichsam mit fiktiven Zugaben ausgeschmückt. Zur gleichen Zeit wurden eine Straße in Moskau und ein Tanker nach Sorge benannt. Im Frühjahr 1965 gaben die sowjetischen Behörden ihm zu Ehren eine Briefmarke im Wert von 4 Kopeken heraus. Die Sondermarke zeigte Sorges Gesicht von vorn auf einem scharlachroten Hintergrund, zusammen mit einer Wiedergabe der Medaille «Held der Sowjetunion».

dachte dabei vage an meinen abwesenden Vater; vor allem aber wartete ich gespannt darauf, dass Väterchen Frost ankam – aus dem Nikolaus war im sozialistischen Jugoslawien Väterchen Frost geworden, und der kam am Silvesterabend –, denn ich wollte ihn sofort ansprechen und ihn zwingen, den schlichten Füllfederhalter und den flauschigen Pullover, die er beide im Voraus geschickt hatte, gegen ein paar Utensilien

---

[4] Vater: Wilhelm Richard Sorge, ein deutscher Ingenieur, ein stämmiger Mann mit einer dicken Warze im Nacken und buschigen Augenbrauen. Arbeitete in den aserbaidschanischen Ölfeldern, als er sich heftig in Sorges Mutter verliebte. Sorge wurde in Baku gezeugt und geboren.

[5] Sorge reiste (von Tokio über New York, angeblich wollte er Wiesbaden besuchen) 1935 zum letzten Mal nach Moskau. In New York traf er erstmals Mary Kinzie wieder. In ihren Memoiren mit dem Titel *The History of Nothingness* schildert sie Sorge: «Als ich ihn 1935 wieder sah, war er ein heftiger Mann geworden, ein starker Trinker. Von dem Charme des romantischen Idealisten, des weltoffenen Schriftstellers, in den ich mich während des Fluges mit der Junkers verknallt hatte, war wenig geblieben. Er war allerdings immer noch ein außergewöhnlich gut aussehender Mann: seine kalten blauen Augen, umgeben von rundem Dunkel, hatten seine Neigung zu boshafter Selbstverspottung bewahrt. Er sagte: ‹Meine Persönlichkeit ist gespalten zwischen einem Mann, der sich selbst hasst, und einem Mann, den ich hasse.› Seine Haare waren immer noch von einem kräftigen Schwarz, aber die Wangenknochen und der mürrische Mund waren müde.» (S. 101)

In Moskau suchte Sorge Jekaterina Maximowa auf, die er mutmaßlich im Jahr 1933 geheiratet hatte und die 1943 in einem Lager in Sibirien zu Tode kam, als ihr der eifersüchtige Vormann einer Arbeitsgruppe mit einem scharfen Stück Eis die Kehle durchschnitt. Sorge freute sich darauf, General Bersin zu treffen, aber Bersin war inzwischen durch General Semjon Petrowitsch Urizki ersetzt worden, der dann im November 1937 als japanischer Spion verhaftet und erschossen wurde.

[6] Mutter: Nina Kobelew, eine klassische russische Schönheit (große Augen, knochige rosarote Wangen, rundliche Nase, kleiner Mund mit

einzutauschen, die man als Spion brauchte. Ein giftiger Füllfederhalter[7], ein Spezialkoffer für die Maskierung[8] (mit einem falschen Schnurrbart und Kontaktlinsen, die mir eine andere Augenfarbe verliehen), eine Mikro-Kamera in einer Streichholzschachtel und eine Zyankali-Kapsel – das waren die Dinge auf meiner Wunschliste. Des Umhergehens und sehnsüchtigen Wartens müde, fragte ich meine Mutter, was sie davon hielte, wenn ich Spion würde, und sie sagte, es würde ihr nicht viel ausmachen, aber sie würde um mich fürchten, so wie sie um meinen Vater fürchtete; sie wäre einsam und traurig, wenn ich meine Identität verändern und sie vergessen würde, und sie sagte, sie wünsche sich, dass ich besser sei als mein Vater und nicht ständig in fremden Gegenden unterwegs. In dieser Nacht, in der ich, Väterchen Frost

---

dicken Lippen, spinnwebartiger Schnurrbart-Schatten, lange seidenweiche Haare usw.), die Tochter von Wilhelms Hausherrn in Baku. Sorge wurde nach 37 Stunden anhaltenden starken Wehen am 4. Oktober 1895 geboren. Weisen wir noch auf eine offenkundige Tatsache hin: Deutschland war sein Vaterland, Russland sein Mutterland.

[7] Nachdem er eingewilligt hatte, ein volles Geständnis zu schreiben, verlangte Sorge einen (schwarz-grünen) *Pelikan*-Füllfederhalter und ein Notizbuch mit festem Deckel und unbedruckten Seiten. Yoshikawa persönlich lieferte ihm das Gewünschte. Sorge dankte ihm und sagte in dürftigem Japanisch: «Ehrenwerter Herr Staatsanwalt, dieser Füllfederhalter ist ein giftiger Füllfederhalter.» Yoshikawa antwortete: «Ehrenwerter Herr Spion, es ist der erlösende Füllfederhalter.» Dann lachten sie beide.

[8] Sorge veränderte sein Aussehen nie, nahm aber immer wieder neue Namen an. Max Clausen gegenüber prahlte er, er habe mehr Namen als Frauen («Und das will was heißen, Max!»). Er nannte sich I. K. Sorge, R. Sonter (Moskau, 1924–1928); Johann, Sebastian (Schweden, 1928); Christopher, Christian (England, 1929); Johnson, Jim, Gimon, Marlowe (Schanghai, 1930–1932); Richard Sorge (Tokio, 1933–1934); und es gab noch viele andere, unbekannte, flüchtige Namen.

entgegenfiebernd, neben dem Plastikbaum einschlief, stellte ich mir meinen Vater in einer fremden Gegend vor, wie er in einem schwarzen Trenchcoat heimlich über einen dunklen Korridor ging, vor einer Tür stehen blieb, sich umdrehte und in das tunnelähnliche Dunkel spähte, wie er dann mit irgendetwas, das er in der Hand hielt, die Tür aufschloss und den Raum betrat (wobei mein träumender Blick wie eine Kamera durch die Wand ging und ihm folgte), wie er im Dunkeln die Schreibtischschublade fand, die dort stehende Lampe anmachte und sie vom Fenster wegdrehte, das Schloss der obersten Schublade aufbrach, die Streichholzschachtel aus der Tasche zog, die Akte aus der Schublade nahm und mit der Streichholzschachtel (deren Klicken ich nachzumachen versuchte: sllt sllt) die Dokumente[9] mit ihren verschwommenen Überschriften fotografierte. Aber halt, ich höre Schritte, dumpf

---

[9] Sorges Aktivitäten waren weit weniger aufregend, als sich ein begieriger Leser erhoffen würde. In seinem schriftlichen Geständnis sagt Max Clausen hinsichtlich der Jahre zwischen 1933 und 1939: «Sechs gefährliche Jahre vergingen ohne Zwischenfall», und verweist dann auf das Einerlei des Spionenalltags. Sorges alltägliche Arbeit war es, geduldig verschiedene – zuweilen banal erscheinende – Informationen zu sammeln: allerlei Geplauder aus den Verhandlungen zum Antikominternpakt; ein Gerücht über Veränderungen im Kabinett; die eigentliche Substanz in den großspurigen Aussagen eines betrunkenen Soldaten über das militärische Leben in Mandschuko; die Affäre eines verheirateten Mannes mit der Frau eines anderen – eine nützliche Information für die Kartei der Zukunft; Hinweise auf aufrührerische Bestrebungen unter jungen Armee-Offizieren, von Miyagi aus der Ferne mitgebracht; Klatsch und Tratsch unter ausländischen Journalisten; eine unbedachte Bemerkung des deutschen Botschafters: «Alles ist in Berlin begeistert von der Idee, Russland anzugreifen.» 1936 erhielt Sorge jedoch die Stellung eines inoffiziellen Sekretärs beim deutschen Militärattaché, Oberstleutnant Ott («einem ehrlichen, angenehmen, leichtgläubigen Mann, mit öligen, militärisch geschnittenen Haaren und tau-

und schwer, ich mache das Licht aus, die Schritte schließen die Tür, durchbohren die Dunkelheit mit der Taschenlampe, wie mit einem Schwert. Ich fürchte, er (sie?) könnte meine Angst riechen, mein Herz pocht so laut wie eine Lokomotive, die Tür geht zu, und alles ist in Ordnung, aber ich habe nicht den Mut, erleichtert zu sein. Ich trete hinter dem Vorhang hervor und fotografiere weiter, und dann höre ich eine Frau schluchzen, und da ist eine zweite Tür, und ich mache die Tür auf, und ein Lichtstrom überflutet mich, und eine Japa-

---

sendundeiner Geschichte aus dem Ersten Weltkrieg»), und 1939 wurde er Presseattaché der deutschen Botschaft. Diese Position verschaffte ihm Zugang zu Dokumenten, die als vertraulich, wenn nicht sogar als streng geheim galten. Nur vereinzelt fotografierte er ein Dokument, so etwa im Fall der vorbereitenden Unterlagen für den Antikominternpakt. Im Allgemeinen gab es keinen Grund für Heimlichkeiten, denn er nahm jedes gewünschte Dokument in sein improvisiertes Büro mit (eine ehemalige Kaffeeküche, die seit der Feier zum Jahrestag der Machtergreifung Hitlers nach Bier stank), wo er es in aller Ruhe fotografierte oder sich sogar Notizen machte. In seinem Artikel in der *Literaturnaja Gaseta* vom 20. Januar 1965 mit der Überschrift «Der Mann, der nie genug wusste», bemerkt Victor Wenikow treffend: «Ein Spion ist vor allen Dingen ein Mann der Politik, der in der Lage sein muss, scheinbar zusammenhanglose Vorkommnisse zu begreifen, zu analysieren und in Verbindung zu bringen. Er braucht das breite Wissen eines Historikers, die Fähigkeit zu akribischem Beobachten, den geistigen Elan und das Denkvermögen Tolstois. Spionage ist kontinuierliche, herausfordernde Arbeit, und der Spion entwickelt sich dabei immer weiter. Am allerwenigsten glich Sorge dem Typ des Geheimagenten, wie ihn gewisse westliche Autoren geschaffen haben. Er brach keine Türen auf, um Dokumente zu stehlen: Die Dokumente wurden ihm von deren Besitzern selbst gezeigt. Er brauchte keine Pistole, um in irgendwelche Räumlichkeiten einzudringen: Die Türen wurden ihm liebenswürdigerweise von den Hütern des Geheimnisses geöffnet. Er brauchte nicht zu töten. Aber er selbst wurde selbst von der brutalen Maschinerie ermordet.»

nerin[10] sagt mit einem traurigen Lächeln: «Du musst jetzt schlafen gehen. Zieh dich aus.»

Von seinen Reisen in die Sowjetunion brachte mir mein Vater langweilige sowjetische Spielsachen mit, die alle irgendwie sauer und ölig rochen: ein graues Spielzeugauto (*Wolga*),

---

[10] Im Oktober 1935 lernte Sorge im *Rheingold* Miyake Hanako kennen, eine Geisha mit leicht sozialistischen Neigungen. («Wie viele andere Frauen habe ich früher mal linkslastige Romane gelesen.») Sorges zahllose Frauengeschichten störten sie nicht. («Es ist doch nur natürlich, dass ein berühmter Mann mehrere Geliebte hat.») Nach Sorges Hinrichtung wandte sich Hanako-san an die strengen Behörden und setzte ihnen hartnäckig mit der Bitte zu, ihr Sorges Leichnam zu überlassen. Der schmucklose Sarg fand sich in dem für namenlose Landstreicher reservierten Teil des Friedhofes, der dem Gefängnis in Sugamo angegliedert war. Die Verwesung war weit fortgeschritten, und nur ein großes Skelett war übrig geblieben. Der große Schädel (sie drückte ihm einen Kuss auf die einstige Stirn) und die Knochen waren die eines Ausländers; und es gab eindeutige Zeichen dafür, dass die Knochen Schaden genommen hatten – die bleibenden Folgen von Sorges Kriegsverletzungen. Hanako untersuchte (während sie sich ein Lächeln vorstellte) die Zähne und erkannte sie an den Goldbrücken wieder (von dem Gold ließ sie sich 1946 einen Ring anfertigen). Sie ließ den Sarg zu dem ruhigen Tama-Friedhof außerhalb von Tokio bringen. Der «Verein zur Unterstützung der Opfer im Fall Ozaki» sammelte Geld für Sorges Grabstein, auf dem, englisch und japanisch, die Inschrift steht: «Hier ruht der tapfere Fremde, der sein Leben lang gegen den Krieg und für den Frieden auf der Welt gekämpft hat.» Im Frühsommer 1965 ließ sich Hanako-san überreden, die Sowjetunion zu besuchen. Am Schwarzen Meer («Dieses Meer ist nicht so schwarz wie unseres», meinte sie, worauf die vielen Begleiter höflich lächelten) sah Hanako-san im Kurort Jalta eine Aufführung des Stückes *Presseattaché in Tokio*, das sich mit Sorges Leben in Tokio auseinander setzte und in dem sie selbst von einer gewissen Jekaterina Maximowa dargestellt wurde.

das sich klebrig anfühlte und einen abscheulichen hohen Heulton erzeugte, wenn man es bewegte (was selten geschah); ein mausgrauer Plastik-Bahnhof für meine längst aufgegebene Eisenbahn; eine olivgrüne Kanone, die kleine (in kotzfarbenem Orange gehaltene) Plastik-Kugeln ausspuckte und augenblicklich von meiner Mutter beschlagnahmt und in der Folge beseitigt wurde; eine Fülle an Büchern über die siegreiche Rote Armee[11], die ich nicht lesen konnte, weil sie russisch geschrieben waren, aber ich mochte die Bilder der Helden (einfache Bauerngesichter, in panischer Angst vor der

---

[11] Sorge arbeitete für die Vierte Abteilung, die Sektion des Geheimdienstes der Roten Armee, was keinem der Mitglieder seines Rings (Clausen, Vukelic, Ozaki, Miyagi) bekannt war – sie sprachen alle von der «Zentrale in Moskau» und waren glücklich, für den Frieden in der Welt arbeiten zu können. Jan Karlowitsch Bersin (der eigentlich Peter Kyuzis hieß) war der allwissende Chef der Vierten Abteilung. Er war der Sohn armer lettischer Eltern, geboren 1890 in Madona. Im Alter von neunzehn Jahren wurde er von der zaristischen Polizei verhaftet, weil er in ein Mordkomplott verwickelt war (der Plan, im *Bolschoi* eine Handgranate auf den Chef der Ochrana zu werfen, war gescheitert); er wurde zum Tode verurteilt und dann wegen seiner Jugend begnadigt. Er verbrachte einige Zeit im Gefängnis, tauchte aber 1917 als Mitglied der Bolschewiki in Petrograd wieder auf und war beim Sturm auf den Winterpalast dabei. Er war Stellvertretender Innenminister in der lettischen Sowjetregierung, als ihn im Frühjahr 1919 der militärische Erfolg der Weißen Armeen veranlasste, das Kommando der Lettischen Schützendivision zu übernehmen. Seine erste Tat als neuer Befehlshaber bestand darin, seinem Vorgänger (der Name ging verloren) wegen «revolutionärer Schwäche» den Prozess zu machen und ihn zu verurteilen, um ihn dann vor der versammelten, erstarrten Schützendivision mit seiner *Luger* mit einem gezielten Schuss durchs linke Auge hinzurichten. (Das Gehirn des unglückseligen früheren Befehlshabers klatschte auf den wie gelähmt dastehenden politischen Kommissar, der sich später das Leben nahm.) Der Mythos von dieser Hinrichtung begleitete Bersin, als er zum Chef der Vierten Abteilung gemacht wurde,

Kamera des Armee-Fotografen), die ein deutsches Maschinengewehr ausschalteten, indem sie sich auf den Gewehrlauf warfen, oder mit einem umgeschnallten Bündel Handgranaten in einen entsetzten deutschen Schützengraben sprangen. Doch zu Beginn des Jahres 1975, nach kalten Nächten im Flughafen, brachte er mir etwas Unbeschreibliches mit: einen tragbaren Telegrafen. Er steckte in einer grauen (versteht sich) Schachtel mit einem Heftchen, auf dem in Schwarzweiß ein lächelnder Junge mit gigantischen Kopfhörern abgebildet war (in der Schachtel waren allerdings keine Kopfhörer). Mein Vater packte aus: zwei Summertasten (die Sender) und eine Spule glänzenden Kupferdrahts. Dann trug er den einen Sender in unser Esszimmer und den anderen ins Schlafzimmer (summ-summsumm-summ), und der elektrische Strom (sagte er) lief mit einer im Morsecode verschlüsselten Nachricht[12] über den Boden im Schlafzimmer, vorbei an den eingerollten Socken meines Vaters (er zog immer sofort die Socken

---

und Sorge hörte davon am Vortag ihrer ersten Begegnung. Bersin und Sorge freundeten sich rasch an. (Sorge: «Ich respektierte seine blutroten Narben im Gesicht und sein strahlend graues Haar.») Sie redeten sich mit Kosenamen an: Bersin war Starik, Sorge war Ika. 1935 wurde Bersin festgenommen und als deutscher Spion mit einer Klaviersaite erwürgt (eine recht phantasievolle Form der Hinrichtung). Sorge erfuhr offenbar nie von Bersins politischem Tod. Nach seinem letzten Besuch in Moskau, 1935, erwähnte er ihn allerdings auch nie mehr. Sorge gab nie zu, für die Rote Armee gearbeitet zu haben, und nach seiner Verhaftung in Japan behauptete die Sowjetunion, er habe für die Komintern gearbeitet, die angeblich nicht der Gerichtsbarkeit der sowjetischen Behörden unterstand.

[12] Die verschlüsselten Nachrichten mit Berichten über die Aktivitäten Sorges (und seiner Mitspione) wurden regelmäßig gesendet, allerdings zu verschiedenen, vorher vereinbarten Zeiten. Max Clausen war der Telegrafist (und nur der Telegrafist). Sorge vertraute seiner offen-

aus, wenn er nach Haus kam), weiter durch die Küche, kroch rasch an den Füßen meiner Mutter vorbei (die dem Bad zustrebte, um sich mal wieder zu übergeben), verschwand dann unter dem Esszimmerteppich (um zu verhindern, dass jemand, höchstwahrscheinlich ich, über den Couchtisch stolperte und sich an dessen Glasplatte «zerstückelte») und erreichte dann zu meiner Verblüffung den vor mir stehenden Sender. Ich konnte die Nachricht nicht entschlüsseln und deshalb auch nicht darauf antworten, was den Ehrgeiz in mir weckte, das Morse-Alphabet zu lernen. Mein Vater kannte es sehr gut (was meinen Verdacht bestärkte), und so nahm er sich vor, es mir beizubringen. Er klopfte Botschaften auf den Ess-

----

kundigen Ignoranz und seinem («fast bewundernswerten») Mangel an Willenskraft. Gefunkt wurde aus Vukelics Wohnung im Bunka-Komplex gegenüber einem ziemlich übel riechenden Kanal namens Chanomizu – «ehrenwertes Teewasser»; oder aus Clausens Wohnung im Akasaka-Distrikt, wo die Fenster ständig mit Vorhängen aus trocknenden Bettlaken und Unterwäsche zugehängt waren; oder – ganz selten – aus Sorges Wohnung (Nagasakacho 30) in Azabu, einem wohlhabenden Viertel der Stadt. Das Buch, das zum Verschlüsseln der Nachrichten benutzt wurde, war eine Ausgabe der gesammelten Werke Shakespeares, wahrscheinlich eine der Cambridge-Ausgaben aus den späten Zwanzigerjahren. Max Clausen: «Wir funkten erst die Nummer des Stückes in dem Buch (wir nannten es *das Buch*), dann die Nummer des Aktes, dann die Nummer der Szene, die wir unserer Chiffrierung zugrunde legten. Ich hatte noch nie Shakespeare gelesen und fand ihn ziemlich langweilig, aber Sorge konnte aus jedem beliebigen Stück längere Passagen zitieren. Ich erin-

tisch (während meine Mutter einen Krater in den Kartoffelbrei grub und die Augen verdrehte), und ich versuchte sie zu entschlüsseln und vergaß zu kauen und zu schlucken, so dass der Kartoffelbrei in meinem Mund flüssig wurde. Er klopfte «beeil dich» an die Tür des Badezimmers, wo ich mich von einem Buch in Bann schlagen ließ. Ich wurde allmählich besser, und einmal schickte ich ihm sogar ein paar einfache Botschaften («will Hund»), aber die Geduld meines Vaters reichte nur für ein, zwei Wochen, dann hatte er zu tun, dann reiste er wieder in die Sowjetunion. Ich übte den Morsecode noch eine Zeit lang, doch dann hörte ich auf damit, weil es langweilig war, Nachrichten ins Nichts zu schicken. Ein paar Mal spielte ich eine komplette Spionage-Szene durch: Ich schlich mich ins Schlafzimmer meiner Eltern (wo sich meine Mutter arglos *Meine Lieder – Meine Träume* ansah) und an den Schreibtisch meines Vaters, fotografierte das Zeug in der unverschlossenen obersten Schublade (Rechnungen vor allem)

---

nere mich, dass wir einmal eine Szene benutzten – aus welchem Stück, habe ich vergessen –, in der von ‹Gottes Spähern› die Rede war. Sorge sagte den ganzen Abschnitt auf (ich weiß noch, dass auch Schmetterlinge darin vorkamen) und sagte dann: ‹Wir sind Gottes Spione, nur dass es keinen Gott gibt›, und wir fanden das irre komisch und lachten wie verrückt.»

Die Passage, auf die Clausen anspielt, stammt aus *König Lear* und lautet:

«… so wolln wir leben,
Und beten, singen, alte Sagen uns erzählen
Und lachen über goldne Schmetterlinge,
Und arme Schufte hörn vom Hof palavern;
Und reden auch mit ihnen, wer gewinnt
Und wer verliert; wer steigt, wer fällt; und tun, als
Verstünden wir's Geheimnis aller Dinge,
Als wärn wir Gottes Späher …»

mit einer Streichholzschachtel (einer *wirklichen* Streichholzschachtel), kroch dann hinter dem Rücken meiner nichts ahnenden, vor sich hin dösenden Mutter aus dem Schlafzimmer und ging in meinen geheimen Schutzraum unter der Glasplatte des Couchtisches, um von dort glücklos verschlüsselte Nachrichten ins Schlafzimmer zu schicken; dabei stellte ich mir vor, dass sie etwas bedeuteten und von jemandem am anderen Ende des Kupferdrahtes empfangen wurden. Das alles war vorbei, als ich die Glasplatte zertrümmerte und mich beinahe enthauptete; dabei hatte ich nur geübt, im Dunkeln zu sehen (scharf zu sehen, sollte ich sagen) – eine Fähigkeit, die nach meiner Überzeugung jeder Spion brauchte, von einem bedeutenden Spion ganz zu schweigen. Meine Mutter baute die Telegrafenlinie ab, und mir blieb nur noch die Möglichkeit, Nachrichten auf dem Weg der Telepathie zu verschicken (ein kurzer und nur zum Teil erfolgreicher Versuch). Als mein Vater im April aus der Sowjetunion zurückkam, brachte er mir einen Fußball aus Schweinsleder mit, der viel zu leicht und grauenhaft verformt war.

Als meine Mutter ins Krankenhaus ging, um meine kleine Schwester Hanna (4. Juli 1975–31. Januar 1985) zur Welt zu bringen, war mein Vater wieder mal unterwegs. Diesmal war er in Baku in der Sowjetrepublik Aserbaidschan (von wo er mir im August vier Bohrtürme aus Blech mitbrachte, dazu eine Schachtel mit kleinen Röhren, die eine Pipeline ergeben hätten, wären sie je zusammengesteckt worden). Ich war immer wieder längere Zeit allein zu Hause, und Genosse Tito persönlich behielt mich dabei ständig im Auge. Das glaubte ich jedenfalls, weil mir Branko Vukelic erzählt hatte, man dürfe den Namen Titos nicht vergeblich im Munde führen, denn

Genosse Tito habe Fernseh-Monitore in seinem Palast in Belgrad, auf denen er jeden einzelnen Bewohner Jugoslawiens in jedem Augenblick seines Lebens sehen könne.[13] «Angenommen», sagte Branko Vukelic, «du gebrauchst Titos Namen, um zu schwören, und danach lügst du, oder du gebrauchst Titos Namen in einem Fluch, dann kann er dich sehen. Und wenn er dich sieht, beschließt er vielleicht, zu sterben und uns alle zu bestrafen.» Von da an achtete ich sehr darauf, nicht zu fluchen, um nicht am Tod des Genossen Tito (oder, was das angeht, am Tod eines anderen) schuldig zu werden. Es war aber tröstlich zu wissen, dass ich überwacht wurde, wenn ich ganz allein war, denn wenn mich jemand hätte entführen wollen

---

[13] Am Anfang von Sorges Einsatz in Japan sagte Bersin zu ihm: «Das Einzige, auf das Sie sich verlassen sollten, ist die Allgegenwart der Überwachung. Die Augen werden überall und nirgends sein.» Sorge wusste nur zu gut, dass er beobachtet wurde: Sogar während des Fluges mit der Junkers spürte er einen Blick an seinem Körper kleben (auch wenn der von Mary Kinzie gekommen sein könnte). In Japan waren es dann die folgenden Punkte, die Sorge auf die Überwachung hinwiesen:

a) Er wurde von Maritomi Mitsukado, einem Reporter für *Juji Shimpo*, beobachtet, der ihn dauernd in irgendeiner Bar oder auf einer Party ausfindig machte und ihm dann eine durchsichtige Frage stellte, wie zum Beispiel: «Glauben Sie, dass diese Tyrannei ewig dauern wird?» (Sorge: «Welche Tyrannei denn?»);

b) sein Dienstmädchen und sein Wäschemann wurden häufig von der Polizei verhört und gefoltert;

c) eine Frau, mit der er schlief (der Name ging verloren), stand mitten in der Nacht auf und durchwühlte seine Taschen, fand aber nichts;

d) in Bars und Restaurants und sogar im Hotel Imperial wurde er ständig von Geheimpolizisten in Zivil beobachtet (die in der unbekümmerten Menge auffielen, weil sie sich zu sehr auf ihn konzentrierten);

e) in seiner Abwesenheit wurden immer wieder seine Wohnung und speziell seine Koffer durchsucht;

(sei es die Polizei oder der Teufel persönlich), wäre das bemerkt worden, und man hätte mich zweifellos aus der Gewalt der hinterlistigen Schurken befreit. Es bedeutete auch, dass ich mir nach dem Gang zur Toilette die Hände waschen musste, dass ich weder in der Nase bohren, den Rotz an die Unterseite des Stuhls schmieren noch rülpsen konnte wie ein

- -

f) vor allem aber war es eine Ahnung, die er verfeinerte, ein Gefühl, dass er immer jemandes Blick im Genick hatte, wie eine Warze.
Sorge: «Wenn du weißt, dass sie dich beobachten, nimmst du eine Rolle an und spielst sie, sogar im Schlaf – sogar, wenn du träumst. Für den größten Teil meines Lebens spielte ich Richard Sorge, und ich war ein anderer, ich war anderswo. Die allgegenwärtige Überwachung lässt alles anders aussehen – du siehst die Welt mit den Augen eines anderen. Alles ist gegenwärtiger – wirklicher –, weil du nichts für dich allein siehst.»

Schwein. Ich versuchte die Kameras aufzuspüren, die die Bilder von unserem Haus in Titos Amtssitz übertrugen. Als meine Mutter und mein Vater fort waren, suchte ich in Blumenvasen; ich suchte hinter den Bildern an der Wand, und ein Bild, auf dem sie in ihren Flitterwochen in Wien zu sehen waren, ging dabei kaputt (wofür sie mich, als sie aus dem Krankenhaus kam, gnadenlos verprügelte); ich suchte in Lampen und Lichtschaltern; ich suchte überall, und als einziges Kamera-Versteck, das ich mir vorstellen konnte, blieb der Fernseher (Marke *Futura*). Es war ein vollkommen logischer Standort, denn vom Fernseher aus war fast jeder Winkel unserer Wohnung zu sehen – genau genommen alles außer dem Schlafzimmer meiner Eltern. Wenn ich allein sein wollte, ging ich in ihr Schlafzimmer und legte mich in ihr Bett, roch die ätherischen Rückstände ihrer abwesenden Körper und blickte auf ihr Hochzeitsbild an der gegenüberliegenden Wand (sie lächeln, und eine runde Lampe hinter ihnen verkörpert den Mond) und hatte dabei immer noch den Verdacht, dass sich Titos Kamera hinter ihrem Glück verbarg.

Zum Zeitpunkt der Geburt meiner armen Schwester war ich immer noch von der Vorstellung besessen, dass mein Vater ein Spion war, aber es war mir nicht gelungen, greifbare Beweise zu finden. Mein Verdacht hatte sich noch verstärkt, weil mein Vater lange Telefongespräche auf Russisch führte und seinen Gesprächspartner nie genannt hatte; weil immer wieder Briefe (in bunten, mit viel sagenden Briefmarken verzierten Umschlägen) aus Moskau, Wladiwostok,[14] Stockholm oder New York ankamen; weil er so geheimnisvoll lächelte,

---

[14] Funkverbindung hielt Sorges Gruppe hauptsächlich mit Wladiwostok (Code-Name: Wittenberg) und – selten – mit Moskau (Code-Name: München).

wenn wir die Nachrichten anschauten, als wisse er mehr als die verbindlichen Sprecher; weil er über die Politiker solche Bemerkungen machte wie: «Der macht's nicht mehr lang», oder: «Der ist so gut wie tot»; weil er sich oft hinter die Schlafzimmertür zurückzog und nie jemanden wissen ließ, was er da machte.

Als Tito nach Kuba ging (im Fernsehen ein Bild von Tito und Castro: sie umarmen sich, zeigen lächelnd ihr künstliches Gebiss, Tito in seiner weißen, kunstvoll gearbeiteten Marschall-Uniform, Castro in schlichtem Olivgrau, dazu der unsterbliche lockige Bart), rechnete ich mir aus, dass ich nun nicht mehr überwacht wurde, oder allenfalls von einigen seiner untergeordneten Beamten, die sich nicht so fürsorglich um mich kümmern würden wie Tito selber. Also beschloss ich, etwas zu riskieren und die Schubladen, Schränke, Anzüge und Koffer meines Vaters zu durchsuchen, die sich bequemerweise alle im Schlafzimmer befanden, außerhalb der Reichweite von Titos Männern. Ich zog sogar den Stecker des ohnehin ausgeschalteten Fernsehers heraus und legte noch eine dicke Turkmenendecke über das Gerät. Vorsichtig nahm ich das Hochzeitsbild von der Wand und ließ die Rollläden herunter. Zuerst ging ich durch (zwei) Koffer und fand (zwei) Hotel-Prospekte: vom Lux[15] in Moskau und von einem Holiday Inn in Wien, mit Bildern von Empfangsschaltern, öden

---

[15] Eine zum Schein ausgesprochene Einladung des Moskauer Marx-Engels-Forschungsinstituts und seines renommierten Wissenschaftlers Tschitschikow, veranlasste Sorge, 1924 Deutschland endgültig zu verlassen und nach Moskau zu gehen. Nach einigen Wochen in verschiedenen Wohnungen (nur die Kakerlaken waren überall gleich) landete Sorge schließlich im Hotel Lux in Zimmer 101. Das Lux war der Ort, wo alle für die Komintern arbeitenden ausländischen Genossen wohnten. Und einen Tag, nachdem er die Socken ausgezogen, ein giganti-

Zimmern und Schwimmbecken. Der Prospekt vom Hotel Lux hatte eine lächelnde russische Schönheit auf der Titelseite (seidig glänzende Zöpfe, rosige Wangen, große Augen usw.). Auf dem Prospekt vom Holiday Inn war das Bild einer geräumigen Eingangshalle mit einem mächtigen Leuchter, aufgelöst in glitzernde Kristalltränen, die von oben ins Bild

---

sches (mit obskuren Fingerabdrücken übersätes) Glas Wodka gekippt und seine beiden Koffer (der eine voller Bücher: *Das Kapital, Doktor Faustus, Seven Sweet Little Girls* usw.) ausgepackt hatte, wurde er tatsächlich schon von den Genossen Pjatnitski, Kuusinen und Klopstock aufgesucht. Die drei Aktivisten der Komintern waren dafür berüchtigt, dass sie immer in unmittelbarer Nähe zueinander blieben. («Man nannte sie die ‹Drei Könige›, aber Ende der Dreißigerjahre verschwand dann, glaube ich, Klopstock.») Sie redeten die ganze Nacht auf ihn ein, schlossen dabei Freundschaft mit ihm und hatten keine Mühe, ihn für die Informationsabteilung der Komintern anzuwerben.

PJATNITSKI: «Die Komintern ist keine Partei, sondern eine weltweite Organisation aus nationalen kommunistischen Parteien. Sie arbeitet hart für den Weltkommunismus, für die Eingliederung der ganzen Welt in eine einzige kommunistische Gesellschaft.»

KUUSINEN: «Sie ist also bestrebt, das Privateigentum an den Produktionsmitteln, die Ausbeutung und Unterdrückung der Klassen und den Rassismus abzuschaffen und die Länder der Welt gemäß einem Gesamtplan zu vereinigen.»

KLOPSTOCK: «Ihrem Wesen nach und in der Theorie ist die Komintern das Gehirn, das die Aktivitäten der einzelnen Abteilungen lenkt und ihre Bemühungen unterstützt, für dieses Stadium in der Entwicklung des Weltkommunismus ein Ziel zu erreichen.»

ALLE: «Willkommen!»

In den Dreißigerjahren wurde das Hotel Lux praktisch zu einem Straflager, denn bei ausländischen Genossen war immer damit zu rechnen, dass sie zu ausländischen Spionen wurden. Die Hotelbewohner wurden in ihrem revolutionären Treiben stark eingeschränkt, da sie immer darauf warteten, dass die NKWD-Schritte vor ihrer Tür Halt machten. Wenn ein Auto mitten in der Nacht geräuschvoll vor dem Hotel anhielt, konnte das ein, zwei Selbstmorde zur Folge haben. Die Behingen. Ich durchsuchte die Innentaschen des Koffers und fand Visitenkarten (in verschiedenen Sprachen, in diversen Alphabeten); ich fand unleserliche Notizen auf Servietten und entwerteten Bahnfahrkarten; ich fand ein Feuerzeug (eine Miniatur-Kamera? Nein!) und eine Packung sowjetischer Zigaretten (Sputnik, mit dem protzigen Bild eines aufsteigenden Raumschiffs auf der Schachtel); ich fand mysteriöse Gummiobjekte (Kondome, wie mir ein paar Jahre später klar wurde).

Nun möchte ich, dass der Leser die Rolle der Kamera übernimmt, mit dem Objektiv auf mich zugeht und mir dann über die Schulter späht und meinem Blick folgt. Ich möchte, dass sich die Kamera auf die Objekte konzentriert, die ich gleich aufdecken werde. Ich möchte, dass das prickelnde Gefühl beim Entdecken mit der Exaktheit des Details wiedergegeben wird. Ich möchte das dokumentiert sehen. Scheinwerfer an. Aufnahme.

Der linke Schrank. Zuerst die Unterwäsche. Du musst unter der sorgfältig aufgeschichteten Pyramide der Unterhemden nachsehen. Nichts. Unter den Unterhosen. Ein Buch, mit Bildern: *Figurae Veneris – Ein Leitfaden für Liebende.*[16] Män-

---

wohner ließen grundsätzlich kein Reinigungspersonal in ihr Zimmer, und nach einer Weile wurde das Säubern der Zimmer ganz eingestellt. So kam es, dass sich die schon vorher nicht aufzuhaltenden Kakerlaken explosionsartig vermehrten. 1941 war von den Hotelgästen aus den Dreißigerjahren keiner mehr da – bis auf die mittlerweile gigantischen Kakerlaken und einen wahnsinnigen, sterbenden Genossen aus Jugoslawien, den ein dummer bürokratischer Irrtum dort festhielt.

[16] Neben *Deutscher Imperialismus* (1927), einer Untersuchung des

ner und Frauen, nackt, in akrobatischen Stellungen, mit Haaren zwischen den Beinen. Vergiss es. Handtücher. Nichts. Bettdecken. Ein mit Stoff bezogenes Notizbuch, auf dem Mutters Name steht, mit einem Schloss, kein Schlüssel. Verdammt. Lass es liegen, als sei nichts gewesen. Jetzt die Schubladen. Schriftstücke, Dokumente, in drei getrennte, verwirrende Stapel sortiert. Erster Stapel: Grundrisse eines Hauses,[17] dazu

---

politischen Willens, der zu dem Blutbad des Ersten Weltkriegs führte, und *Kapitalbildung und Rosa Luxemburg* (1922), einer Untersuchung über Leben und Theorien der großen deutschen Revolutionärin, war Sorges wichtigstes Buch *Marxismus und Liebe* (1921), ein Werk über menschliche Beziehungen im Kontext gnadenloser Ausbeutung. In seiner Einführung schreibt Sorge: «Daher ist Liebe in einer Klassengesellschaft nicht möglich, denn jede menschliche Beziehung ist eine Beziehung aus Eigentum, Ausbeutung und ideologischer Unterjochung. Liebe als gedankliche Konzeption kann nur in einer klassenlosen Gesellschaft erreicht werden, wo ein Mann ein Mann ist und eine Frau eine Frau. So wie die entschlossene Intensivierung des Klassenkampfes, mit der die Grausamkeit des Kapitalismus bloßgestellt wird, zur Revolution führt, so würde die Intensivierung rein sexueller Beziehungen die Unmenschlichkeit individueller menschlicher Beziehungen bloßstellen. Das daraus folgende objektivierte Vakuum der Unmenschlichkeit würde schlicht eine revolutionäre Aktion erfordern. Liebe, um zusammenzufassen, ist nicht das, was wir jetzt brauchen – was wir jetzt brauchen, ist Sex!» Verschiedene Wissenschaftler vertreten die Auffassung, *Marxismus und Liebe* sei eher ein Produkt von Sorges unerfülltem Verlangen nach Christiane, der Frau Kurt Gerlachs, seines Lehrers an der Universität Kiel, als ein Produkt fleißiger Forschungsarbeit. Andere versuchten nachzuweisen, dass *Marxismus und Liebe* (und einige Artikel wie «Analverkehr und Revolution» aus dem Jahr 1923) Wilhelm Reich beeinflussten. Sorge selbst war nicht gerade stolz auf seine frühen theoretischen Werke: «Ich bin überzeugt, dass mein Umgang mit diesen schwierigen theoretischen Fragen plump und unreif war, und ich kann nur hoffen, dass die Nazis jedes einzelne Exemplar verbrannt haben.»

[17] Sorges Haus war von der Art, die man in Japan damals ein *bunka*

Tabellen mit Zahlen, die unten auf der letzten Seite addiert waren: 1782, zweimal unterstrichen. Zweiter Stapel: Diplome und Lebensläufe. Blättre ein wenig: «... arbeitete daran, wirksamere Wege der Energie-Übertragung zu entwickeln ... besonders interessiert an internationalen Netzen ... Hochachtungsvoll.» Dritter Stapel: Vier Aktenordner. Erster Ordner: Rezepte. Zweiter Ordner: Bezahlte Rechnungen. Dritter Ordner: Ein Diplom: «... bescheinigen wir hiermit, dass er sein Studium an der Universität von Sarajewo erfolgreich abge-

----

jutaku nannte, eine «zeitgemäße Wohnung», und das hieß, nach europäischen oder amerikanischen Maßstäben, ziemlich klein. Für Alphonse Kauders, der Sorge 1939 besuchte, war es «kaum mehr als eine zweigeschossige Hundehütte in einem kleinen Garten». In dem Raum im Obergeschoss, den Sorge als Arbeitszimmer nutzte, umgab ihn ein großes Durcheinander, das seine Freunde amüsierte (Kauders: «Es war wie ein Verdun aus Gegenständen.») und sein Hausmädchen entsetzte («Deutsches Schwein!»), denn es herrschte dort ein scheinbares Chaos aus Büchern, Landkarten, Zeitschriften und Zeitungen. Kauders erinnert sich, dass viele Bücher mit volkswirtschaftlichen Themen darunter waren (bemerkenswert: Bücher zum Tarifsystem der Geishas), dass es (von Gimon bezogene) amerikanische Filmzeitschriften gab und einiges an «ganz interessanter asiatischer Pornographie». Es gab ein paar exquisite japanische Kunstdrucke und teure Stücke aus Bronze und Porzellan. An den dünnen Wänden hingen Fotos von japanischen Bachdämmen und ein Foto von Greta Garbo. In dem Zimmer gab es auch ein Grammophon und einen Vogelkäfig mit einer zahmen Eule, die mit heimischen Mäusen und Kakerlaken gefüttert wurde. Sorge achtete japanische Bräuche: An der Haustür zog er die Schuhe aus, und auf der Treppe und auf dem winzigen Flur trug er immer Samtpantoffeln. Wie die Japaner schlief er auf einer Matratze, die auf den *tatami* lag, und benutzte ein kleines rundes, hartes Kopfkissen. Kauders beschreibt Sorges Badezimmer und erinnert sich, dass sich der Sauberkeitsfanatiker Sorge täglich schrubbte, «als wäre es das letzte Mal, und dann mit angezogenen Knien in einen hölzernen Bottich kletterte, der mit siedend heißem Wasser gefüllt war».

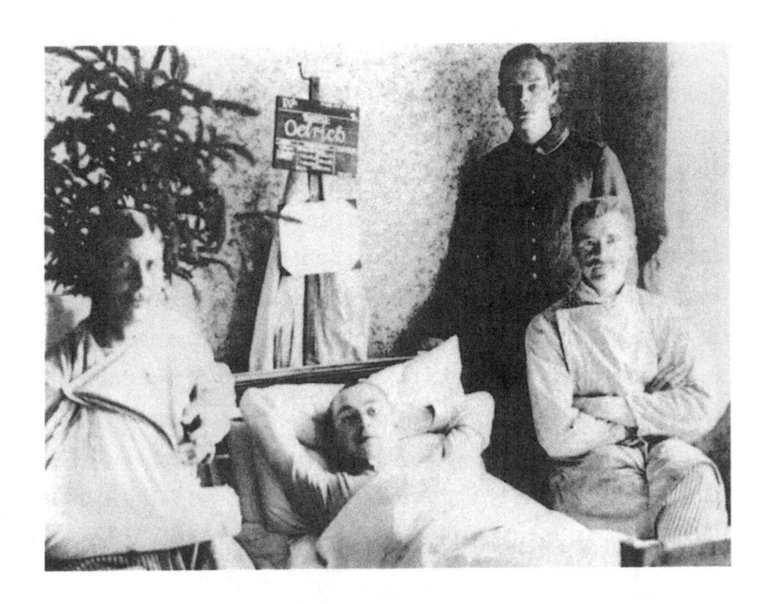

schlossen und den Titel *Ingenieur für Energie-Übertragung* erworben hat.» Ein vierter Ordner: Bilder von der Hochzeit. Mutter, die den Hochzeitskranz hält. Vater, der sie über dem linken Ellbogen anfasst, als fordere er sie auf, über den Bildrand zu treten. Mutter lachend, mit vorgerecktem Kinn. Vater, wie er sich in einer fragenden Geste anschickt, die Arme auszubreiten. Mutter und Vater in der Mitte des Bildes, ein Mann und eine Frau, die mit symmetrischem Grinsen aus entgegengesetzten Richtungen ins Bild treten. Vater drückt die Frau an sich, die mit dem Rücken zur Kamera steht (Zoom). Glitzernde Schweißtropfen auf Vaters Stirn. Mutter drückt die Frau an sich (Zoom). Tränen erreichen die Nasenflügel. Auf jedem Bild eine Kugelleuchte im Hintergrund: ein strahlender, falscher, unbeweglicher Mond. Schnitt.

Der mittlere Schrank. Kamera an. Zuerst das Fach über den Anzügen. Schachteln voller Dias, fast alle aus der UdSSR, der Rest von Ferienaufenthalten an der Adria. Willkürlich herausgeholt: die geborstene Zarenglocke und daneben ganz klein mein Vater; Vater zwischen zwei Wachen vor dem Lenin-Mausoleum: Er lächelt in die Kamera, die zwei identischen Wachen hinter seinem Rücken heben mit geübt ausdruckslosem Gesicht für immer das ausgestreckte linke Bein an, während die schlanken Gewehre in die oberen Ecken des Bildes zeigen. Mutter und Vater in Badeanzügen und ich als Baby in Strampelhosen vorne im Bild und hinter uns Opa[18] und Oma (Oma mit schwarzem Kopftuch und in einem zugeknöpften schwarzen Kleid), an einem Kiesstrand, und unmittelbar vor uns drei Handtücher wie Fußabstreifer. Seht euch das an: Vaters Kamera *(Leica)* und eine zylindrische Plastikbox mit einem Teleobjektiv. Ein Fläschchen Valium[19]

---

[18] Sorges Großvater, Adolf Sorge, war zu Marx' Lebzeiten Sekretär der Ersten Internationalen gewesen. Opa Adolf erzählte Sorge seine ganzen Kinderjahre hindurch Marx-Geschichten: Im Juli las Marx immer Shakespeare (auf Englisch) und die griechischen Tragödien (auf Griechisch); Marx und Engels spielten gern Tennis (wobei Marx immer verlor), und die Funktionäre der Ersten Internationalen schauten ihnen zu und bewegten dabei den Kopf hin und her, «links-rechts, links-rechts, wie das Pendel einer Uhr»; Opa Adolf holte Marx oft zu Hause ab und ging mit ihm angeblich zu einer Versammlung, doch in Wirklichkeit deckte er Marx' heimliche Treffen mit seinem (kurz zuvor gefeuerten) Hausmädchen; Marx hatte eine pathologische Angst vor dem Zahnarzt – Engels oder Opa mussten immer mitgehen und ihm die Hand halten, während Blut seinen unsterblichen Bart durchtränkte; geradezu andächtig nahm Marx das Manuskript des *Manifestes der Kommunistischen Partei* in die Hände, wohl wissend, dass es die Welt für immer verändern würde, «eine Welt, die von Philosophen bis dahin nur in Ansätzen interpretiert wurde».

[19] Während seines Aufenthaltes in Schanghai war Sorge häufig in den berüchtigten Opiumhäusern anzutreffen. 1932, mitten in der Zeit der Belagerung Schanghais, erlebte Sorge in Gong Lis Opium-Bar das Gefühl einer physisch gespaltenen Persönlichkeit: Sorge trat aus sei-

(«Für Kinder unzugänglich aufbewahren»). Ein Stoß unbeschriebener Blätter. Eine Schachtel mit Briefumschlägen. Ein Adressbuch. A: Alilujew, Alexander, Rue de Victorie 101, Paris; B: Bulgakow, Sergej, Andrejewski Uzhwis 45, Kiew; W: Wadimowitsch, Wladimir, Postfach 6165, Genf. Ein Glas mit einem Bild des Sputniks (der den kleiner werdenden Planeten zurücklässt), voller Kugelschreiber und noch nicht angespitzter, jungfräulicher Bleistifte. Ein *Pelikan*-Füller, schwarz und grün. Ein Haufen Hotelprospekte: das Hotel Luxembourg in Paris – ein lächelnder Küchenchef an einem Herd, auf dem nicht zu identifizierende Kleckse in der Pfanne brutzeln; das Hotel Tripoli in Tripoli – eine Lobby mit trostlosen, um einen einsamen Tisch gruppierten Sofas, menschenleer, als sei durch das Blitzlicht jedes Leben zum Stillstand gebracht worden. Ein Notizbuch im Taschenformat (Zoom) mit Wortpaaren, englisch und serbokroatisch: *birth–rodjenje*; *blind–slijep*; *work–rad*; *arrest–hapsiti*; *son–sin*; *mother–majka*; *money–novac*; *death–smrt*. Der rechte Schrank. Gehen wir durch seine Anzüge. Blauer Anzug: nichts. Zweiter blauer Anzug: nichts. Schwarzer Anzug: nichts in den Außentaschen, ein persönliches Thermometer in der Innentasche. Grauer Anzug: die Mitgliedskarte der Partei,[20] ein Schlüssel, ein kleiner Zettel mit einer örtlichen Telefon-

---

nem eigenen Körper und überließ ihn seinem genussvollen Opiumrausch, während er sich – mit einer nostalgischen deutschen Sehnsucht nach Schützengräben – unter die Verteidiger mischte und Handgranaten an kümmerlich gekleidete und bewaffnete Chinesen verteilte; ohne Angst vor den japanischen Kugeln halluzinierte er über «das Auge des allgegenwärtigen Heckenschützen, die ungeheure Präzision des überragenden Scharfschützen».

[20] Sorge wurde im Oktober 1934 in Tokio von der Auslandsorganisation der NSDAP in die Partei aufgenommen. In seiner Ansprache, die

nummer (Zoom) und einem «S» darüber, eine Schachtel mit Streichhölzern (Aeroflot), ein Plastiklöffel, eine rot-weiß-blaue Murmel. Weißer Anzug: nichts in den Außentaschen, nichts in den Innentaschen. Aber da unten in der kleinen Tasche ist etwas. Es ist ein winziger Plastikzylinder, wie ein Pillenfläschchen, mit einem grauen Deckel. Man muss den Deckel nach unten drücken, ein Film ist drin (könnte ich bitte mehr Licht haben), ich ziehe ihn auseinander: Schnappschüsse (Negative) von Schriftstücken, eines nach dem anderen, insgesamt vierunddreißig, die letzten zwei Bilder zeigen einen Staudamm, wie es scheint, und da ist eine winzige Gestalt (Zoom, verdammt noch mal), nein – nicht zu erkennen. Was steht in den Schriftstücken? Sie sehen aus wie Dokumente (die Überschriften verschwommen), sie scheinen auf Russisch geschrieben. Würden Sie bitte diese Kamera abschalten und das Zimmer verlassen; ich brauche jetzt

---

einem ausschweifenden Trinkwettbewerb vorausging, sagte Oberstleutnant Ott: «Wir alle spüren, dass unsere Sache mit Dr. Richard Sorge, unserem geliebten Landsmann, und all seiner Energie noch stärker werden wird. Könnte es eine bessere Gelegenheit geben, wieder einmal an die zeitlosen Worte unseres Führers zu erinnern: ‹Wir haben hunderttausende höchst kluge Bauern- und Arbeitersöhne. Wir werden für ihre Ausbildung sorgen und haben bereits damit begonnen, und wir wünschen ihnen, dass sie eines Tages die führenden Positionen in Staat und Gesellschaft einnehmen, zusammen mit dem Rest unserer gebildeten Schichten, und nicht die Angehörigen des fremden Volkes. Dieses fremde Volk, das es verstanden hat, sich überall einzuschleichen und alle führenden Positionen an sich zu reißen, werden wir mit großer Entschlossenheit bekämpfen und verdrängen, denn wir wollen unser eigenes Volk in diesen Positionen haben.› Ich bin zutiefst überzeugt, dass Dr. Richard Sorges Blut die Reinheit des deutschen Blutes nur noch steigern wird. Willkommen, Richard, willkommen!»

meine Ruhe, ich habe soeben den Beweis gefunden, dass mein Vater ein Spion ist.[21]

Außer fettigen Spielsachen (für mich) und großen Dosen mit eingesalzenem Fisch (für meine Mutter) brachte mein Vater auch Geschichten aus der UdSSR mit: über seine Fahrten die Wolga hinunter, vorbei an einer Stadt nach der anderen, aufeinander geschichtete Würfel, Fabrikschornsteine und eine gewaltige Lenin-Statue (mit einem Schritt nach vorn, in die Zukunft weisend); über den größten Staudamm der Welt am Jennisei – den kochenden Strom am Fuß des Dammes – zu sehen, sagte er, sei, «als sehe man die Teilung des Roten Meeres»; über die Turkmenen, die rassige Pferde ritten, als seien

---

[21] Die Beamten der Geheimen Staatspolizei machten mit der typisch bürokratischen Gründlichkeit eine Bestandsliste der Dinge, die bei Sorges Festnahme in seinem Haus beschlagnahmt wurden. Diese schlichten Gegenstände – die greifbaren Instrumente der Spionage – sollten die ersten unerbittlichen und substanziellen Glieder in der Beweiskette sein, die dann gegen ihn aufgebaut wurde. Dazu gehörten drei Kameras, eine Kopier-Kamera mit Zubehör, drei Objektive (einschließlich eines Teleobjektivs), das zum Entwickeln von Filmen erforderliche Zubehör, zwei Filmrollen mit fotografierten Dokumenten (was das für Dokumente waren, geht aus der Polizeiakte nicht hervor), eine schwarze lederne Brieftasche mit 1782 Dollar, sechzehn Notizbücher mit Einzelheiten über Kontakte mit Agenten und Notizen in einer unbekannten Sprache, Sorges Mitgliedskarte der NSDAP (die Beiträge waren bis 1951 im Voraus bezahlt) und eine Liste der Parteimitglieder in Japan, zwei Ausgaben der Gesammelten Werke Shakespeares (keine bibliographischen Angaben), sieben Seiten Berichte und Tabellen (auf Englisch) und schließlich – das Verhängnis – zwei Seiten eines maschinegeschriebenen Entwurfs der abschließenden Vollzugsmeldung (ebenfalls auf Englisch), die am 15. Oktober nach «Wittenberg» gefunkt werden sollte.

sie aus ihnen herausgewachsen; über tausende von Meilen der Taiga, wo prähistorische Tiere lebten und wo man nie gefunden würde, wenn man sich verirrte; über Orte, wo der Wodka so billig war, dass niemand Wasser trank. Viele Geschichten drehten sich um Professor Wenikow – mein Vater nannte ihn immer Professor Wenikow, als sei er so getauft worden. Die Geschichten um Wenikow waren Geschichten über Ruhe und Gelassenheit: über lange Gespräche am immer warmen Samowar, bei erschwinglichem Kaviar und marinierter Hechtleber; über Spaziergänge am Newski-Prospekt und russische Kinder, die auf der zugefrorenen Newa Eishockey spielten; über Wenikows Kindheitserinnerungen: die Kirschgärten rund um Kiew, die Badefreuden im Dnjepr, die Zeit, die er mit neunzehn Jahren als Partisan im letzten Krieg verbrachte;[22] über seine schöne Frau und seine zwei Mädchen, die immer komplizierte mathematische Probleme lös-

---

[22] Sorge: «Im Sommer 1914 machte ich Ferien in Schweden und kehrte mit dem letzten noch verfügbaren Schiff nach Deutschland zurück. Der österreichische Erzherzog war in Sarajewo ermordet worden, und der Erste Weltkrieg brach aus. Ich meldete mich sofort als Freiwilliger und wurde Soldat, ohne meiner Schule Bescheid zu geben oder mich um die Abschlussprüfung zu kümmern. Diesen Zeitabschnitt könnte man mit ‹Vom Schulhaus zum Schlachthaus› überschreiben.» Sorge kam an die Ostfront (Galizien). Er schloss dort Freundschaft mit einem alten Steinmetz aus Hamburg, einem echten Linken, und als dessen Kopf vor Sorges Augen in tausend Stücke gerissen wurde, flog ihm ein Stück des Schädelknochens ins Gesicht und hinterließ eine bleibende Narbe. Im Juli 1915 wurde Sorge durch ein Schrapnell am linken Bein verwundet. 1916 traf ihn eine Kugel im Rücken und riss ihm die Gedärme heraus. Sorge wurde bei vollem Bewusstsein in ein Feldlazarett gebracht und blickte mit teilnahmslosem Staunen auf die zuckenden Eingeweide in seinen Händen. Die erschöpften Ärzte machten ihm keine Hoffnung, aber sie flickten ihn zusammen und überließen ihm ein Bett. Sorges Bettnachbar, ein jüdischer Junge,

ten, wenn sie nicht gerade Duos für Klavier und Cello spielten; über Schachpartien[23] in der öffentlichen Sauna. Mein Vater behauptete, Wenikows Zuhause sei auch sein Zuhause in der Sowjetunion.

Mit Hilfe einer gefälschten Einladung des Micronet-Forschungsinstituts in Sarajewo (die mein Vater mit seinen Beziehungen besorgte) konnte uns im Sommer 1976 Professor Wenikow besuchen. Er kam um fünf Uhr morgens an, nachdem er von Budapest nach Sarajewo sechzehn Stunden durchgefahren war (und nur hin und wieder einen Schluck Wodka getrunken hatte, um wach zu bleiben). Er vermied es zu läuten und klopfte stattdessen vorsichtig an unsere Tür, offensichtlich noch nicht ganz da. Vater und Mutter standen zögernd auf (wobei Mutter Hanna in die Arme nahm) und wechselten furchtsame Blicke, noch nicht in der Lage, aus ihren Träumen aufzutauchen. Mein Vater spähte durch das Guckloch («Professor Wenikow!»), öffnete die Tür und zog ihn rasch herein und warf noch einen Blick auf den Gang, bevor er die Tür zumachte. Eine Zeit lang flogen ihre Ausrufe hin und her (Vater: «Professor Wenikow!», Wenikow: *«Ai, moi Pjotr! Moi*

---

schlug sich am Bettrahmen den eigenen Schädel ein, während Sorge hilflos dalag und sich vor Schmerzen krümmte. Anfang 1917 war Sorge wie durch ein Wunder voll wiederhergestellt und wurde erneut an die galizische Front geschickt, wo er in seiner Division einer der besten Scharfschützen wurde, darauf spezialisiert, feindliche Heckenschützen auszuschalten.

[23] Sorge war leidenschaftlicher Schachspieler. Er spielte gegen Kurt Gerlach (Sorge: 25 – Gerlach: 50), Pjatnitski, Kuusinen und Klopstock (Sorge: 12 – Pjatnitski, Kuusinen, Klopstock: 12), Bersin (Sorge: 131 – Bersin: 127), Clausen (Sorge: 1 – Clausen: 0), Ozaki (Sorge: 50 – Ozaki: 49), Hanako (Sorge: 111 – Hanako: 0), Ott (Sorge: 45 – Ott: 12); und er spielte täglich gegen sich selbst.

Pjotr!»), dann zeigte mein Vater auf Mutter und mich und machte mit den Händen eine Bewegung, als öffne er die Tür, hinter der wir uns versteckten («*Molodetz, Pjotr! Molodetz!*»). Wenikow hatte einen birnenförmigen Leib, auf dem ein kahler

Kopf saß (mit einer knopfartigen Warze auf der Stirn). Seine Augen waren müde – rote Risse schossen auf die türkisfarbene Iris zu. Obwohl er von einer Duftwolke aus Schweiß, Zwiebeln und Wodka umgeben war, konnte ich dennoch den öligen Geruch meiner Spielsachen ausmachen.

Wenikow badete und rasierte sich, trug dann aber dasselbe Hemd wie vorher (ein weißes Hemd mit einem Muster aus Birnen samt Blättern an den Stengeln). Wir frühstückten, und Wenikow verschlang begeistert einen Haufen Bananen (meine Mutter machte mir mit einem strengen Blick klar, dass niemand außer Wenikow die Bananen anfassen durfte); die gekochten Eier und der Wurstaufschnitt interessierten ihn nicht im Geringsten. «In Leningrad ist schwer an Bananen heranzukommen», übersetzte mein Vater Wenikows Bemerkung zum Bananenschälen. Nach dem Frühstück machte Wenikow seine (zwei) Koffer auf und zog eine Menge rundlicher Matrjoschkas heraus, eine nach der anderen (wir hatten bereits dutzende davon in einem etwas abseits stehenden Regal). Dann drückte er meinem Vater eine in eine Seite der *Literaturnaja Gaseta* gewickelte Flasche *(Stolichnaja)* in die Hand. Während mein Vater die Flasche auspackte, nahm Wenikow die Matrjoschkas auseinander, jede eine Wiederholung der anderen und jede in eine andere Richtung blickend, als wären sie alle blind. «*Nu!*», sagte Wenikow und berührte den Kopf der größten Matrjoschka. «*Nu!*»

An dem Abend sahen wir alle *Brigadoon* im Fernsehen (von Wenikow mit einem gemurmelten «*Duraki!*» kommentiert). Trotz der Proteste meines Vaters bestand er darauf, in seinem Auto zu schlafen – einem Wolga, der an einen gigantischen schwarzen Kakerlak erinnerte und vor unserem Mietshaus stand.

«Warum schläft er nicht hier?», fragte ich.

«Er fühlt sich in einem fremden Land nicht wohl», sagte mein Vater. «Er hat Angst, wie jemand behandelt zu werden, der er nicht ist.»

Für mich stand mehr oder weniger fest, dass mein Vater ein Spion war, und irgendwie lernte ich, damit zu leben. Ich konnte immer noch einen Schatten über sein Gesicht huschen sehen – einen Schatten von etwas, das er getan hatte und von dem niemand etwas wissen durfte. Er führte immer noch Telefongespräche auf Russisch, und der Film vervielfältigte sich. Wenikow händigte ihm einen Umschlag aus, und er schloss ihn in der untersten Schublade seines Schreibtischs ein. Die Gespräche, die sie auf Russisch miteinander führten, hinter der Schlafzimmertür oder wenn sie vor meiner Mutter und mir hergingen, hörten sich nie wie Gespräche an – eher wie Belehrungen oder genaue Instruktionen. Ich konnte mich allerdings nie zu der Überzeugung durchringen, dass Wenikow ein Spion war – nicht, nachdem ich gesehen hatte, wie er eine Banane schälte (und die Abwärtsbewegung der Schale mit den Augen verfolgte) oder ein Baklava verschlang oder mit Julie Andrews summte und die Hand im Rhythmus mittanzen ließ, während er *Meine Lieder – Meine Träume* im Fernsehen sah. Ich nahm an, dass er als günstige Tarnung benutzt wurde oder einfach ein naiver Kurier war.[24]

Die Wenikow-Wochen verstrichen ereignislos: Er spielte Schach mit meinem Vater (Mutter: «Wie steht's?» Vater: «Hunderteinunddreißig zu hundertsiebenundzwanzig.»), kaufte bei Schmugglern billige italienische Jeans für seine Mädchen

---

[24] Sorge: «Eine einwandfreie und glaubhafte Tarnung ist für einen Spion absolut unerlässlich. Ich habe als Zeitungsreporter gearbeitet und dabei festgestellt, dass der Auslandskorrespondent alle Möglichkeiten hat, die unterschiedlichsten Informationen einzuholen, dass er aber von der Polizei scharf beobachtet wird. Nach meiner Überzeugung ist es für einen Agenten das Beste, als Intellektueller aufzutreten: als Professor, als Schriftsteller, als Wissenschaftler. Ganz allgemein besteht die intellektuelle Klasse aus Menschen durchschnittlicher oder unterdurchschnittlicher Intelligenz, und der Agent, der sich eine solche Tarnung zulegt, kann ziemlich sicher sein, von der Polizei unentdeckt zu bleiben. Überdies kann er als Intellektueller mit weitreichenden Beziehungen zu akademischen Kreisen (nützlich auch als Quellen oder Übermittler von Informationen) Umgang mit Menschen pflegen, die Informationen besitzen, ohne es zu ahnen, so dass er ihnen scheinbar lächerliche Fragen stellen und damit Vertrauen aufbauen kann. Für mich sind Intellektuelle die verhätschelten Haustiere dieser Welt, die in den Hinterhöfen der Geschichte Löcher graben. Sie können sich frei bewegen, ohne Verdacht zu erregen.»

(Ein Schmuggler zu seinem Komplizen: «Gib mir einmal Größe dreißig für Breschnew!»), ging ins Kino[25] *(Man lebt nur zweimal, Liebesgrüße aus Moskau, Wahre Geschichten VI)*, redete mit meinem Vater hinter verschlossenen Türen. Wir beobachteten seinen Wolga kurz vor dem Schlafengehen und sahen nackte Haut blitzen, wenn er seinen knallroten Pyjama anzog. Gegen Ende der dritten Woche, am Ende des Tages, der einen Kinobesuch *(Arabische Nächte)*, ein gutes Essen (bosnische Küche) und viel köstlichen türkischen Kaffee mit sich brachte, willigte Wenikow ein, in meinem Zimmer zu schlafen. Zwischen meinen Eltern liegend (meine Schwester in ihrem Kinderbettchen), hörte ich Wenikows gleichmäßiges Schnarchen, das gelegentlich durch ein Schmatzen seiner Lippen unterbrochen wurde. Mutter: «Er bleibt nicht für immer hier, oder?» Vater: «Er muss zurück. Er hat Frau und Kinder dort.» Ich: «Warum können sie nicht hierher kommen?» Vater: «Das geht nun mal nicht.»

Tags darauf packte Wenikow seine Sachen, noch bevor wir aufgestanden waren (obwohl meine Schwester erbarmungslos brüllte – um Alarm zu schlagen, nehme ich an), früh-

---

[25] In den Akten der Frankfurter Polizei aus dem Jahr 1927 gibt es einen vagen und unbestätigten Bericht, dem zufolge ein Dr. Richard Sorge am 24. Januar 1926 in die USA gereist ist; er soll einige Zeit in Kalifornien verbracht und in den Filmstudios in Hollywood gearbeitet haben. Sorge selbst sprach jedoch nur einmal – auf dem Weg nach Japan – davon, in Amerika gewesen zu sein. Herr Alexander Hemon, wissenschaftlicher Mitarbeiter im Archiv des deutschen Auswärtigen Amtes, hält es für möglich, «dass es sich bei dem von der Polizei 1924 und 1925 in Frankfurt identifizierten Dr. Richard Sorge gar nicht um den sowjetischen Spion handelte, der in Tokio arbeitete und mit geheimnisvollen Aufträgen im Ausland tätig war, sondern um einen anderen Mann, von dem wir nichts wissen».

stückte mit uns in aller Eile, küsste mich dann auf die Stirn, ließ sich von meiner Schwester den Zeigefinger schütteln, umarmte meine Mutter und meinen Vater (und klopfte ihm theatralisch auf den Rücken), setzte sein Kakerlakenauto in Gang und fuhr zurück nach Leningrad. «Er ist wieder zu Hause», verkündete mein Vater zwei Tage später nach einem kurzen Telefongespräch. In meinem Zimmer hinterließ Wenikow den Duft seines neu gekauften Rasierwassers *(Pitralon)* und einen zerknüllten braunen Socken unter meinem Bett.

Im Oktober 1977 wurde mein Vater verhaftet.[26] Es gab keine quietschenden Reifen mitten in der Nacht, keine marmorgesichtigen Männer in Ledermänteln, keine verängstigten, zit-

---

[26] Für Dienstag, den 7. Oktober 1941, hatte sich Sorge zu einem routinemäßigen abendlichen Treffen mit Ozaki im Restaurant *Asien* im Mantetsu-Gebäude verabredet. Er wartete an dem Abend vergeblich, trank reichlich Sake und flirtete geistesabwesend mit einer Frau («sie hatte was von Mary Kinzie»), die am Nachbartisch *escargots* in sich hineinschlang. Miyagi sollte zwei Tage später in Sorges Haus kommen, erschien aber nicht. Am Freitag, dem 10. Oktober, tauchten – wie vorher abgesprochen – Clausen und Vukelic in einer Atmosphäre wachsender Unruhe bei Sorge auf. Vukelic rief Ozakis Büro an und erhielt keine Antwort. Clausen: «Die Stimmung war gedrückt, und Sorge sagte mit ernster Miene – als sei unser Schicksal schon besiegelt: ‹Weder Joe noch Otto sind gekommen. Bestimmt sind sie von der Polizei verhaftet worden.›»

Als Vukelic und Clausen Sorges Haus verlassen hatten und ihrem eigenen Schicksal entgegengingen (Vukelic starb in der Krankenabteilung des Gefängnisses an Fleckfieber, Clausen verbrannte bei einem amerikanischen Luftangriff in seiner Gefängniszelle), kam Sorge nicht zur Ruhe und schlief stattdessen hektisch mit Hanako, die sanfter und

ternden Nachbarn, die sich nicht trauen, durch den Türspion zu spähen, keine zersplitternden Türen – nicht einmal das Trommeln von Fäusten an der Tür. Sie telefonierten einfach. Er legte den Hörer auf und sagte zu meiner Mutter: «Die

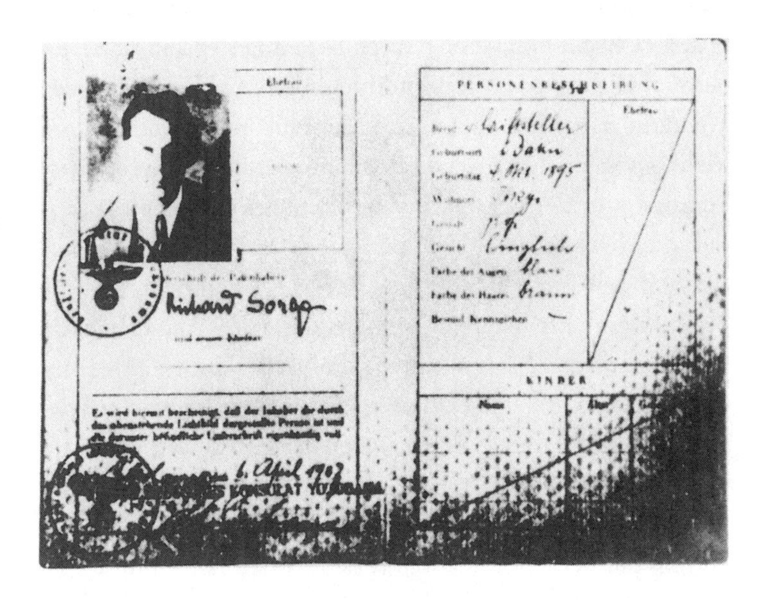
Richard Sorge
KINDER
Name

wollen mich zu irgendeinem Verkehrsdelikt befragen. Muss ein Missverständnis sein. Ich bin bald wieder zurück.» Er schlüpfte barfuß in Tennisschuhe *(Puma)* und war weg. Er

- -

zärtlicher war denn je. Um zwei Uhr in der Nacht klopfte ein von zwei uniformierten, schläfrigen Polizisten begleiteter Beamter in Zivil (der Name ging verloren) höflich an Sorges Tür; als keine Reaktion kam (weil sich Sorge und Hanako einem weiteren Höhepunkt näherten), rief er: «Wir kommen wegen Ihres Verkehrsunfalls neulich.» Sorge kam in Schlafanzug und Pantoffeln an die Tür und wurde ohne weitere Erklärung in ein unauffälliges schwarzes Polizeiauto gepackt, wobei er (flüsternd, um die Nachbarn nicht zu wecken) gegen die seiner Meinung nach rechtswidrige Verhaftung protestierte.

kam in dieser schlaflosen Nacht nicht wieder und auch nicht am nächsten Tag. Meine Mutter telefonierte unermüdlich und verzweifelt, doch kein Gespräch dauerte länger als ein, zwei Minuten, denn niemand wollte mit ihr reden. Ihre Angst wuchs, und sie versuchte sie (lautlos schluchzend) zu unterdrücken, während Hanna pausenlos jammerte (und sich weigerte, ihre flüssigen Mahlzeiten zu essen). Dass ich mich der Vorstellung hingab, mein Vater sei ein Spion, war nie viel mehr gewesen als ein Versuch, meine unausgefüllte Kindheit auszuschmücken, aber nach Vaters Verhaftung wurde es plötzlich greifbare Wirklichkeit. Ich platzte fast vor Stolz darauf, dass ich sein Spionendasein geahnt hatte, während ich gleichzeitig Angst hatte, weil mir langsam klar wurde, dass wir es da mit einer Sache zu tun hatten, die mein bescheidenes Begriffsvermögen überstieg. Meine Gliedmaßen wurden schwerer und größer, meine Bewegungen unkontrolliert. Ich hatte ständig das Bedürfnis, mich unter dem Bett oder im Schrank zu verstecken, aber stattdessen sah ich nur meiner Mutter zu, die die heulende Hanna in den Armen hatte und deren Oberkörper vor und zurück pendelte wie ein Metronom.

Vier Tage nach dem Verschwinden meines Vaters kam Slobodan. Er läutete geduldig an der Wohnungstür, während meine Mutter mal durch den Spion spähte, mal mich anblickte und überlegte, ob sie die Tür öffnen sollte. «Ich bin ein Freund», verkündete Slobodan. Meine Mutter machte die Tür auf, ließ aber die Kette vorgelegt. «Gnädige Frau», sagte er und hielt ihr die aufgeschlagene Brieftasche hin. «Ich bin Inspektor[27] Slobodan.» «Staatssicherheit», murmelte meine

---

[27] Der für Sorges Verhör unmittelbar verantwortliche Staatsanwalt war Yoshikawa Mitsusada von der Ideologischen Abteilung des Tokioter Bezirksgerichts. Yoshikawa hatte beträchtliche Kenntnisse auf dem

Mutter. «Kein Grund, hysterisch zu werden», sagte er. «Ich bin hier, um zu helfen.» Meine Mutter schob die Kette zurück und ließ ihn herein. Er ging direkt ins Esszimmer, ohne die Schuhe auszuziehen, setzte sich und fuhr sich mit einem Taschentuch über die dicken Brillengläser und die breite Stirn, während Mutter und ich ihn wie gelähmt beobachteten.

«Es muss Ihnen klar sein, gnädige Frau, dass wir alles wissen.[28] Wir haben beobachtet, wir haben mitgehört, wir wissen Bescheid», sagte er. «Es muss Ihnen auch klar sein, dass wir Ihnen nichts vorwerfen. Wir gehen davon aus, dass Sie von den Aktivitäten Ihres Ehemannes keine Ahnung hatten. Wenn Sie etwas gewusst hätten, dann hätten Sie uns informiert, nicht wahr? Sie können mich jederzeit unterbrechen. Ich habe nämlich das Gefühl, dass Ihr hübscher Mund gerne plappern würde. Nette Kinder übrigens. Sind es Ihre ei-

---

Gebiet der aktuellen politischen und volkswirtschaftlichen Theorien, einschließlich des Marxismus. Es wurde gemunkelt, er sei als Student an der Kaiserlichen Universität in Tokio selber Marxist gewesen. Bald nach seinem Abgang von der Universität hatte er eine umfassende Untersuchung über das Tarifsystem der Geishas geschrieben. Es scheint, als hätten sich die beiden gegenseitig bewundert. Yoshikawa: «In meinem ganzen Leben habe ich keinen Menschen gesehen, der seine Größe gehabt hätte.» Nach diesem Satz bei ihrem letzten Treffen bat Sorge Yoshikawa um Milde für Hanako-san. «Irgendwann wird sie einen Professor heiraten und ein langweiliges und glückliches Leben führen. Tun Sie ihr nichts.»

[28] Einige der Informationen Sorges, anscheinend unbedeutend, wurden von der Vierten Abteilung an die GPU weitergeleitet, die damit den Grundstock für den berüchtigten «Index» des KGB schuf. Der Index war eine riesige Sammlung biographischer und persönlicher Daten von allen, die vielleicht irgendwann einmal – und sei es noch so unwahrscheinlich – dem sowjetischen Geheimdienst nützlich werden

genen? Kleiner Scherz – die sehen *genau*so aus wie Sie. Wie heißt denn das kleine Mädchen? Das wird mal eine attraktive Frau, glauben Sie mir. Sie können mich jederzeit unterbrechen. Sie sollten nicht so schlecht von mir denken, gnädige Frau. Ich bin ein umgänglicher Mensch, aber ich liebe dieses Land; ich finde, wir haben etwas Besonderes hier, etwas, das es sonst nirgends auf der Welt gibt, und diese Meinung teile ich mit vielen Menschen, glauben Sie mir. Wir wollen nicht, dass dieses Land und alles, wofür unsere Väter schwer geblutet haben, mit Schmutz beworfen wird – es gehört uns, und wir wollen es behalten. Und wem das nicht passt – der

---

könnten. Der Index enthielt Informationen über sexuelle Vorlieben (erworben durch voyeuristische Kamera-Überwachung oder verführerische Agenten und Agentinnen); über Ess- (Quittungen aus Restaurants usw.) und Schlafgewohnheiten (nächtliche Anrufe, Überwachung mit Kameras); über Verbindungen zu Sportvereinen; über die bevorzugte Lektüre (Abonnementslisten, Unterlagen von Bibliotheken usw.) und oft Aufzeichnungen von scheinbar zusammenhanglosen Geschichten, die es demjenigen, der für das betreffende Individuum zuständig war, erleichterten, die Zielperson richtig einzuschätzen. Die Information machte es möglich, dass man jemanden erpresste oder dass man im Falle einer Rekrutierung die richtige Vorgehensweise festlegte oder dass man das öffentliche Bewusstsein mit rufschädigenden Details impfte.

Während des Kalten Krieges brachten Überläufer zahllose Geschichten über den Index mit, und sie behaupteten fast ohne Ausnahme, der offizielle Slogan sei gewesen: «Wir wissen alles!» Zu Zeiten, als es noch keine Computer gab, hatte nur die Nazi-Gestapo eine vergleichbare Organisation, aber sie war nicht annähernd so detailliert und allumfassend wie der Index. Schon seit den Sechzigerjahren wird immer wieder behauptet, auch in den USA bauten staatliche Stellen (CIA, FBI oder beide) nach Prinzipien, die dem Index ähnlich seien, eine Computer-Datenbank auf, aber es hat dafür nie eine offizielle Bestätigung gegeben.

kann ja gehen, nach Amerika[29] oder sonst wohin, wen juckt das schon. Stimmen Sie mir nicht zu? Denken Sie nicht genauso?»

Meine Mutter sagte: «Genosse Slobodan, ich möchte, dass Sie augenblicklich verschwinden!»

«Mit Vergnügen, aber vorher habe ich noch ein paar Kleinigkeiten zu erledigen. Ich brauche ein hübsches Foto von Ihrem Mann, für die Zeitungen. Nein? Dann bin ich so frei und suche nach diesem und jenem. Sie können gerne zusehen – damit ich nicht in Versuchung komme, etwas für mich selbst einzustecken.»

Meine Mutter würgte ein paar Mal, legte dann Hanna in ihr Bettchen und hastete ins Bad. Ich hörte, wie sie sich übergab; es klang, als huste sie.

«Diese Frauen, die kotzen immer gleich. Wenn ich dir etwas raten darf, mein Junge, dann halt dir die Frauen vom Leib. Magst du deinen Papa? Das nehm ich doch stark an. Als ich in deinem Alter war, da hatte ich immer ein Versteck, wo ich meine Kostbarkeiten aufbewahrte, Murmeln und heikle Bil-

---

[29] General Charles A. Wiloughby, zu Zeiten MacArthurs Chef des Militärgeheimdienstes (1941–1951), beschlagnahmte alle japanischen Sorge-Unterlagen, die die Einäscherung Tokios überlebt hatten, und trug mit einer Untersuchung des Falles Sorge dazu bei, dass zu Hause in den Vereinigten Staaten von Amerika so manches kommunistische Netzwerk aufgedeckt wurde. In seinem Buch *Shanghai Conspiracy: The Sorge Spy Ring* (1952) macht er die treffende Feststellung: »Obwohl die Aktivitäten Dr. Richard Sorges und seiner Gefährten der Geschichte angehören, sollten die Methoden ihrer Arbeit als eine klare Warnung für Gegenwart und Zukunft dienen. Sie betreffen nicht nur den Nachrichtenoffizier, sondern jeden anständigen Bürger. Die Konsequenzen sind teilweise erschreckend. Man fragt sich langsam, wem man noch trauen kann, welcher harmlos erscheinende Freund plötzlich als ein Feind entlarvt werden könnte.»

der und so, du weißt schon, was ich meine. Hast du auch so ein Versteck? Hat dein Vater so ein Versteck? Zeigst du mir das mal?»

Meine Mutter kam zurück.

«Ich habe gerade Ihren Jungen gefragt, was er einmal werden will: Was willst du denn einmal werden, junger Mann?»

«Journalist», sagte ich.

«Kluger Junge, sehr gut. Du wirst es noch mal weit bringen. Und wenn Sie mir jetzt zeigen würden, gnädige Frau, wo Ihr Mann seine persönlichen Dinge aufbewahrt, dann wäre ich Ihnen unendlich dankbar. Nein? Also dann seh ich mich jetzt ein bisschen um, wenn es Ihnen nichts ausmacht.»

Er stand auf und ging im Esszimmer umher; er zog ein paar Bücher aus dem Regal, blätterte sie gleichgültig durch und stellte sie wieder zurück. Er sah uns an, lächelte, sagte: «Entschuldigung», und verschwand im Schlafzimmer.

Mutter und ich hörten Geräusche von dort: das Hantieren mit Koffern, das Quietschen einer Schublade, das Knacken einer verschlossenen Schublade, das Getöse, mit dem allerlei Dinge auf dem Boden landeten. Meine Mutter hatte nach meiner Hand gegriffen und hielt sie fest – ihre Hand war feucht und schlaff. Slobodan kam mit einem Koffer aus dem Schlafzimmer und steckte sich etwas in die Tasche. Er hielt mir eine kleine Schachtel hin (mit dem Bild einer Biene, die auf einer Blume landet) und sagte: «Kondome, mein Junge. Hätte dein Vater so was benutzt, wärst du vor Jahren in einem Abwasserkanal gelandet, um dort langsam zu verrotten.» Meine Mutter riss ihm die Schachtel aus der Hand und sagte: «Raus jetzt!»

«Wenn Sie mir etwas sagen wollen, rufen Sie mich einfach an. Mein Chef sagt immer, für die Liebe gibt es politische

Grenzen.[30] Rufen Sie mich bitte an.» Er schrieb die Telefonnummer an die Wand neben der Eingangstür: 71–782, machte die Tür auf und war draußen. Bevor meine Mutter die Tür schloss, rief er in dem hallenden Gang: «Wir sollten uns mal treffen, jetzt, wo Sie allein sind.»

Meine Mutter öffnete widerstrebend die Tür zum Schlafzimmer: ein offener Koffer, ein Haufen Anzüge (die Haken an den Kleiderbügeln sahen aus wie Schwanenhälse), das Sputnik-Glas zerbrochen, Kugelschreiber und Bleistifte überall verstreut, wie Leichen. Auf dem Bett waren zwei symmetrische fußförmige Dellen zu sehen, und um sie herum auf der Bettdecke kleine Wellen.

---

[30] Im August 1941 wurde Hanako-san von der Ideologischen Abteilung der Staatsanwaltschaft vorgeladen und von einem Mann namens Nakamura dringend aufgefordert, die Beziehungen zu Sorge abzubrechen («Die wissen nicht, was Loyalität bedeutet! Die wissen nichts

Nach einem Monat oder so machten Hanna und ich mit unserer Mutter einen Besuch bei Vater im Gefängnis. Der Besuchsraum sah aus wie eine heruntergekommene Hotel-Lobby, mit fleckigen und zerfetzten Sofas und Sesseln, die zu einzelnen Gruppen zusammengestellt waren. Vater kam herein, begleitet von einem Wärter[31] in einer ausgebleichten blauen Uniform (die Mütze bis zu den Augenbrauen heruntergezogen). Mutter brach sofort in Tränen aus und nahm Vater in die Arme. Er setzte sich zwischen Hanna *(«Tata! Tata!»)* und mich und legte uns die Arme (mit schmalen, blutigen Ringen an den Handgelenken) um die Schultern. Von seinem linken Eckzahn war oben ein Stück abgebrochen, und unter dem linken Ohr, wo der Kiefer ansetzt, hatte er einen riesigen blauen Fleck, als werfe das Ohr einen Schatten.

---

vom Wert der Familie!»). Die für Sorge typische, boshafte Reaktion bestand darin, Nakamura zum Essen einzuladen – eine Einladung, die auf peinliche Art und Weise ignoriert wurde.

[31] Im Gefängnis in Sugamo bemühte sich – etwas überraschend – Inspektor Ohashi, der oberste Aufseher, um Sorges Freundschaft. Nachdem Sorge sein Geständnis geschrieben hatte, brachte ihm Ohashi jeden Tag Zeitungen nach Sugamo, zusammen mit Nachschub für Sorges eigenen Tee. Manchmal tranken sie in Sorges Zelle zusammen Tee. (Sorge: «Sollte ich hingerichtet werden, Inspektor Ohashi, wird mein Gespenst zurückkommen, um Sie zu jagen.») Als im Oktober 1944 der Tag der Hinrichtung festgelegt worden war, brachte Ohashi Obst und Sake mit und gab, wie er es nannte, eine «Abschiedsparty» für Sorge. Ohashi erbat sich von Sorge ein Abschiedsgeschenk – vorzugsweise Sorges schwarze italienische Schuhe mit Ledersohlen und seidenen Schnürsenkeln. Nachdem Sorge zur Hinrichtung abgeführt war, wurde das auf Hochglanz gebrachte Paar Schuhe in seiner Zelle gefunden (mit den Spitzen zur Wand); in ihnen steckten sauber zusammengelegte seidene Socken und eine Nachricht für Ohashi: «Ich werde nie vergessen, wie freundlich Sie in der schwierigsten Zeit meines ereignisreichen Lebens zu mir waren.»

«Ich habe nichts Unrechtes getan», sagte er.

«Halt dein Drecksmaul!», brüllte der Wärter.

«Haben sie dich gefoltert[32]?», fragte Mutter.

«Ein, zwei Ohrfeigen.»

«Halt dein Drecksmaul!»

«Wie geht's in der Schule?», wollte Vater von mir wissen.

«Gut.»

«Für die Geschichtsarbeit hat er die beste Note in der Klasse[33] bekommen.»

«Gut», sagte er. «Gut.»

«Was wollen die eigentlich von dir?», fragte Mutter.

---

[32] Bevor Sorge zu Yoshikawa gebracht wurde, hatte er die obligatorischen Verhöre durchzustehen, die von untergeordneten Ermittlern im Wesentlichen mit eher routinemäßigen Foltermethoden durchgeführt wurden: Sorge musste stundenlang im konventionellen japanischen Stil in kniender Stellung verharren, während ihn drei Ermittler immer wieder schlugen, ihm mit den Füßen in die Kniekehlen traten oder ihm mit Judogriffen Kopf und Arme verdrehten. Zuweilen zündeten sie Haare an oder durchbohrten besonders empfindliche Körperstellen (Brustwarzen, Hoden, Anus). Von Zeit zu Zeit machte Sorge einfach die Augen zu und versuchte, die ungeheuren Schmerzen zu ignorieren. Dann wurde der kurze Trancezustand durch einen kräftigen Fausthieb gegen das Ohr oder in den Nacken durchbrochen – die Schmerzen waren so intensiv, dass sich Sorge immer wieder unkontrollierbar erbrach. Natürlich unterschrieb er sein Geständnis nicht unter Folter.

[33] Auf der Oberrealschule war Sorges bester Freund ein jüdischer Junge namens Franz, mit dem er das Interesse an deutscher Geschichte teilte – insbesondere an Barbarossa und Bismarck. Die Freundschaft ging schlagartig zu Ende, als Franz ihn einmal zu küssen versuchte, während sie über dem Buch von Barbarossas Feldzügen saßen und sich all die Bilder ansahen, Bilder von in schweren Rüstungen steckenden deutschen Rittern auf stämmigen gepanzerten Pferden.

«Sie verhören mich. Sie wollen, dass ich eine Erklärung unterschreibe.»[34]

«Halt dein verdammtes Drecksmaul! Ich sag es nicht noch mal.»

Vater wurde nach einem kurzen (nicht öffentlichen) Prozess zu drei Jahren Zwangsarbeit verurteilt und am 7. Januar 1978 ins Gefängnis von Zenica gebracht. Ein Bericht im Fernsehen zeigte meinen Vater (und vier unbekannte Männer) in Handschellen im Gerichtssaal, während der Off-Kommentar von der «Verbreitung ausländischer Propaganda» sprach, vom «Feind im Innern, der nie schläft», von «Tito und seiner Vision», von der Notwendigkeit «zu beschützen, wofür unsere Väter schwer geblutet haben».

«Wir erleben das nicht zum ersten Mal», sagte die Stim-

---

[34] Sorges Widerstand war gebrochen, als sie ihm im Büro des buddhistischen Priesters in Sugamo die unterschriebenen Aussagen von Clausen, Vukelic, Ozaki und Miyagi zeigten. Yoshikawa richtete folgenden Appell an ihn: «Was ist mit Ihren Verpflichtungen als Mensch unter Mitmenschen? Ihre Freunde, die ihr Leben und das Leben ihrer Familien aufs Spiel gesetzt haben, um mit Ihnen für *Ihre* Sache zu arbeiten, haben gestanden und können nun hoffen, damit eine Strafmilderung zu erwirken, und sei sie noch so gering. Wollen Sie sie ihrem Schicksal ausliefern? Wollen Sie sie verraten? Wollen Sie als der typische Mann aus dem Westen in Erinnerung bleiben, ein Mann, der nur an sich selber denkt? An Ihrer Stelle würde ich gestehen.» Sorge sagte: «Ehrenwerter Herr Staatsanwalt, ich bin geschlagen, und dazu gratuliere ich Ihnen.» Dann verlangte er den Füllfederhalter (einen schwarz-grünen *Pelikan*) und Papier (Notizbuch mit festem Deckel, unbedruckte Seiten). Er schrieb ein autobiographisches Geständnis, das ungefähr 50 000 Worte umfasste und so begann: «Zum ersten Mal in meinem Leben will ich die Wahrheit sagen: Ich bin seit 1928 Kommunist.»

me. «Und wir werden es auch in Zukunft erleben: heuchlerische Intellektuelle verbreiten abweichende Meinungen wie tödliche Krankheitserreger. Aber wir geben ihnen zur Antwort: Haltet euch vom klaren Strom unseres Fortschritts fern, sonst zermalmen wir euch wie Schnecken!»[35]

Die Jahre, die mein Vater im Gefängnis verbrachte, verliefen ruhig: Meine Schwester wuchs, lernte sprechen, lernte traurig zu sein; meine Mutter wurde schweigsam; und ich durchlief all die Stationen des Heranwachsens: Stimmbruch, Rebellieren, Lesen (*Der Fremde, Der Prozess, Die Verwandlung*), erste Liebe (eine Nina, bis ihr Vater ihr jedes Treffen mit mir verbot). Aber ich hatte an all dem nur halbherzig teil, als geschehe es mit einem anderen, und ich beobachtete alles mit lustloser Verwunderung. Niemand besuchte uns, und wir gingen nie aus. Nur Slobodan rief hin und wieder an. («Dein Vater ist mit verzweifelten Männern hinter Gefängnismauern eingesperrt, mein Junge, da braucht deine Mutter jede Unterstützung, die sie bekommen kann.») Einmal im Monat besuchten wir Vater. Wir saßen dann zusammen auf der Bank

---

[35] Weder die deutsche noch die japanische und sowjetische Öffentlichkeit wurde je über Sorges Verfahren und Hinrichtung informiert. Tatsächlich gab es von keiner dieser Regierungen eine offizielle Stellungnahme, wenn man davon absieht, dass der deutsche Botschafter in Tokio (der kurz zuvor beförderte Ex-Oberstleutnant Ott) ein kurzes Telegramm schickte, mit dem der Fall aus der Sicht Berlins abgeschlossen war: «Der deutsche Journalist Richard Sorge, der, wie bereits gemeldet, wegen Spionage für die Sowjetunion zum Tode verurteilt worden ist, ist nach einer Mitteilung des Außenministeriums am 7. November erhängt worden.» (Halten wir eine weithin bekannte Tatsache fest: Der 7. November 1944 war der 27. Jahrestag der Oktoberrevolution.)

im Innenhof des Gefängnisses, selbst im Winter, und tauschten belanglose Informationen über unser abgeschirmtes Leben aus; allzu sehr war uns bewusst, dass uns die Wärter im Hintergrund und der Scharfschütze auf dem Wachturm im Blickfeld hatten. Im Frühjahr 1979 saßen Mutter und Vater zwei Stunden lang auf der Bank, die meiste Zeit stumm, während ich verirrte Schmetterlinge für Hanna einfing, und mürrische Häftlinge, den Blick auf das Genick des Vordermannes gerichtet, liefen im Kreis um einen Wärter herum, der die Kommandos gab: «Links-rechts! Links-rechts!» Als wir nach Hause kamen (nach zwei Stunden in einem Bus voll betrunkener, kotzender Soldaten), brach meine Mutter beim Aufknöpfen ihres (schwarzen) Hemdes in Tränen aus, setzte sich auf den Stuhl und weinte stundenlang; auf meine Fragen ging sie nicht ein und stieß mich stattdessen von sich.

Im September 1979 schrieb ich mein erstes Gedicht[36]; ich brauchte noch nicht einmal eine Stunde dazu – es war, als halluzinierte ich. Das Gedicht hieß «Der einsamste Mann der Welt». Es ging dabei um Sorge, und mehr als alles andere war es Selbstmitleid aus zweiter Hand. Ich übersetze dieses Ge-

---

[36] 1919 schrieb Sorge ein Gedicht, das mit der Zeile begann: «Ewig ein Fremder, auf der Flucht vor sich selbst», und las es in Gerlachs politischem Salon vor einem Publikum aus linksgerichteten Universitätsprofessoren und natürlich Christiane und Kurt. Kurt Gerlach machte sich gnadenlos über Sorgens poetischen Instinkt lustig: «‹Auf der Flucht vor sich selbst› – bah! Wohin soll die Flucht denn gehen? Das ist bürgerliches Gewäsch, Ika. Der Mensch ist ein Produkt seiner sozialen Beziehungen – in der Geschichte durch die Geschichte geformt –, kein Selbst, keine Essenz im Zentrum des metaphysischen Flaums. ‹Ewig ein Fremder› – bah!» Sorge verbrannte das Blatt mit dem Gedicht und unternahm für den Rest seines Lebens (abgesehen von seinem Geständnis) keine literarischen Anstrengungen mehr.

dicht (genauer gesagt: nur die erste von zehn ermüdenden Strophen) aus der Erinnerung, denn dieses Notizbuch (mit anderen, weit weniger denkwürdigen Gedichten) habe ich mit achtzehn, neunzehn Jahren auf dem Höhepunkt einer Phase voller Selbst-Ekel und Zerstörungswut vernichtet[37] (und im gleichen Zug auch jedes einzelne Haar an meinem Körper wegrasiert):

> Tokio atmet, und ich atme nicht,
> Die Regenschleier kleben mir im Gesicht.
> Ich lebe kein Leben, ich lebe ein Komplott,
> Habe ein doppeltes Ich an einem Ort etc.

Ich wollte es meinem Vater zeigen, als wir ihn das nächste Mal besuchten, aber er war krank und wollte nur über die Vorgänge in Afghanistan[38] informiert werden (politische Ge-

---

[37] Nach dem verheerenden Annäherungsversuch, getrieben vom erstickenden Verlangen nach Christiane («Lieber Ika! Ich hatte Dich immer gern, mitsamt Deiner Selbstironie und Deinen boshaften Sprüchen, aber was Du gestern abend getan hast, ist mehr, als eine anständige Frau ertragen kann …»), machte Sorge einen Selbstmordversuch. Da ihm die Courage fehlte, seinem Leben bei klarem Verstand ein Ende zu machen, befeuerte er seine Todeswünsche mit billigem Birnenschnaps, während ein Rasiermesser Unheil verkündend auf dem Tisch lag. Die Courage hatte allerdings schon nach dem zweiten Glas ihren Höhepunkt erreicht und verließ ihn dann rapide, bis er die Besinnung verlor. Sechzehn Stunden später (nach Erbrochenem stinkend, vom Schnaps befreit) wachte er auf und wusste nicht, wo er war oder warum er da war. Nach dieser unglückseligen Episode sah er Christiane nur noch aus der Ferne, und die letzten Funken seines früheren Verlangens erstickten unter der Asche zügelloser Ausschweifungen.

[38] Während der Voruntersuchungen gegen Sorge war Stalingrad im Belagerungszustand. Sorge, der erkannte, dass auf diesem Schlachtfeld

fangene durften keine Nachrichten ansehen). Diesmal trafen wir ihn in einem Raum voller Krankheitserreger; von dem kleinen Fenster aus sah man das Frauengefängnis. Er wurde von einem Wärter begleitet, den er nur «Barabbas» nannte und der ihn beim Aufstehen und beim Gehen stützte («Du kannst mich jetzt wieder ans Kreuz heften, Barabbas.»). Die Gefängniskleidung schlotterte um seine knochig gewordenen Schultern. «Ich bin geschrumpft», sagte er.

Im Januar 1980 wurde Vater mit einem diagnostizierten Hirntumor aus dem Gefängnis entlassen; er war krumm und alt geworden, und die meisten seiner Zähne fehlten. Er passte jetzt in meine Klamotten, und weil ihm der Ehering immer vom Finger rutschte, hörte er auf ihn zu tragen. Im Zuge einiger Veränderungen in unserer Wohnung stellten wir den Fernseher ins Schlafzimmer, und Vater übernahm für den Rest seines Lebens die Fernbedienung. Er sah den ganzen Tag fern (in erster Linie die Nachrichten), lutschte eine Banane, nickte immer mal wieder ein und erwachte dann aus dumpfen Träumen.

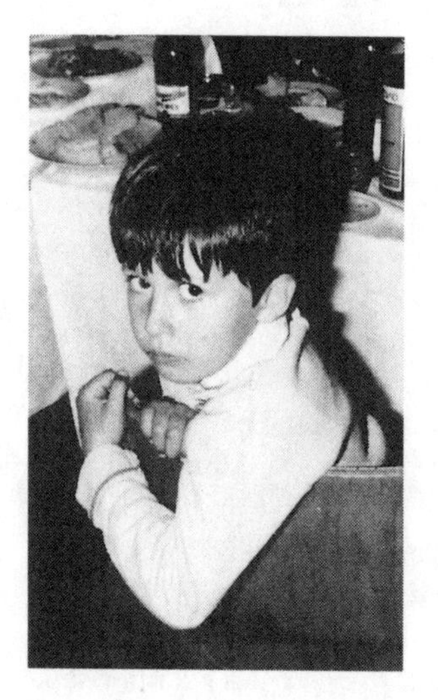

---

der Krieg entschieden werden würde, zeigte großes Interesse an Nachrichten von der Schlacht. Flüsternd fragte er Yoshikawa im Gerichtssaal nach Stalingrad, während sich der Richter mit seinem Protokollführer unterhielt. Yoshikawa antwortete mit gedämpfter Stimme und berichtete ihm von der allgemeinen Situation: «Sie halten ihre Stellungen», oder: «Es sieht gut aus.» Der Untersuchungsrichter wusste, was da vor sich ging, aber er ließ sie gewähren. Bei der Rettung Stalingrads stand Ohashi an

An seinen guten Tagen trank er stark duftenden Tee[39] und erzählte uns Geschichten von seinen Touren durch die UdSSR: über ukrainische Hochzeiten, wo alle *kolomiyka* tanzten, als gäbe es kein Morgen; über Atom-U-Boote, die tagelang unter Wasser bleiben konnten (während die Crew erblindete); über das Reiten auf Kamelen in Kasachstan; über Weizenfelder, die bis zum Horizont reichten und darüber hinaus. Mit jedem Tag wurde er kleiner, als werde er ausgequetscht wie eine Tube Zahnpasta.

Am 4. Mai starb Genosse Tito. Er hatte schon lange gekränkelt, und sie hatten ihm ein Bein abnehmen müssen. Tagelang zeigten sie uns im Fernsehen immer wieder den (einbeinigen) Genossen Tito, lächelnd, umringt von strahlenden Ärzten (dass er am Leben war, machte sie glücklicher als alle anderen), und ein faltenloses Laken bedeckte das Bein, das ihm geblieben war. Das Sirenengeheul begann um 15:04 Uhr. Ich blickte aus dem Fenster und sah, dass alles still stand: Menschen standen regungslos auf der Straße, der Verkehr war lahm gelegt, als habe jemand den Film im Projektor angehalten. Auf dem schwarzen Bildschirm verkündeten weiße Buchstaben: «Genosse Tito ist von uns gegangen», kein Kommentar aus dem Off, keine Bilder. Die Sirenen verstummten. Ich blickte auf die Straße hinaus, und Menschen und Autos

---

Sorges Zellentür und beobachtete durch das Guckloch, wie er einen Freudentanz aufführte, in die Hände klatschte und die Wände abküsste.

[39] Wenige Augenblicke vor der Hinrichtung bot der buddhistische Priester des Gefängnisses in Sugamo (begleitet von Yoshikawa und Ohashi) Sorge Tee und Kuchen an und sagte: «Leben und Tod sind ein und dasselbe für den, der persönliche Glückseligkeit erlangt hat. Von außen kommende Glückseligkeit kann erlangen, wer alles der Gnade Buddhas anvertraut.» Sorge sagte: «Ich danke Ihnen, aber: Nein!»

waren verschwunden, als habe sich ein Abgrund aufgetan und alles verschluckt.[40] «Das muss der Jüngste Tag sein», sagte mein Vater und machte den Fernseher aus. «Damit ist wohl alles zu Ende.»

---

[40] Sorge wurde in einen fensterlosen, kahlen Raum gebracht, der nach Kerzen duftete und in dessen Mitte der Galgen stand. Sie gingen mit ihm zu dem Galgen und legten ihm eine Schlinge um den Hals. Es gab keine Stufen zu erklimmen, keine erhöhte Plattform. Die Falltür befand sich im Boden, unmittelbar unter seinen Füßen.

Das Akkordeon

I

Die Pferde gehen im gleichmütigen Trab, und im stetigen Auf und Ab der Kutsche schieben sich Erzherzog Franz Ferdinands Lider schlaff über die Augäpfel. Die schweren Lider sind beinahe am Ziel, doch da hebt das Pferd zur Linken den Schwanz – der peinlicherweise dem Büschel auf dem prächtigen Helm des Erzherzogs ähnelt –, und der Erzherzog sieht, wie sich der Anus des Pferdes gleich der Blende einer Kamera langsam öffnet.

Die Kutsche fährt zwischen zwei Tentakeln einer scheinbar begeisterten Menschenmenge hindurch; sie schwenken kleine Fahnen und jubeln in irgendeiner Affensprache («Ob man das wohl Bosnisch nennt?», fragt sich der Erzherzog). Kinder mit schmutzigen Gesichtern und verfaulenden, kaputten Zähnen laufen zwischen den Beinen der Erwachsenen hin und her. Der Erzherzog erkennt die Geheimpolizei, die Männer mit ihren tadellosen Schnurrbärten, mit strengen schwarzen Hüten, die zwischen blutroten Filzkappen – wie auf den Kopf gestellte Blumentöpfe mit kurzen Quasten – und Frauen mit kleinen Vorhängen vor dem Gesicht richtig grotesk wirken. Die Geheimpolizisten stehen steif da, mustern die Umgebung mit geübten Seitenblicken und warten nur auf die Gelegenheit, mit ihrer Wachsamkeit anzugeben. Das linke Pferd lässt seine Rossäpfel fallen, die wie dunkle, verschlissene Tennisbälle aussehen. Der seichte, dunkle Fluss im Rücken der ausländischen, listigen Untertanen des Erzherzogs stinkt nach faulem Sauerkraut. In der vor ihm fahrenden Kutsche sieht der Erzherzog nur die Spitze von General Potioreks Paradehelm: Ihn stört das Flattern des kunstvoll gearbeiteten Helmbuschs. Er beschließt, Potiorek loszuwerden, sobald er den Thron bestiegen hat.

Der Erzherzog wirft einen Blick auf die Erzherzogin und sieht, wie sich ihre Gesichtszüge vor Ekel verkrampfen. «Es wäre sehr ungehörig, wenn sie vor all diesen Menschen wieder anfinge sich zu erbrechen», denkt er. Er berührt ihre (kühle) Hand, sorgsam darauf bedacht, seine männliche Anteilnahme spüren zu lassen, doch sie wendet ihm ein unverändert angewidertes Gesicht zu, und der Erzherzog weicht rasch zurück.

Die Kutsche fährt durch ein Spalier aus grinsenden Menschen mit lächerlichen, winzigen Fähnchen und farblosen Geheimpolizisten mit steinernen Gesichtern. Dann sieht der Erzherzog einen Mann mit einem Akkordeon quer über der Brust. Wie es aussieht, lächelt der Mann aufrichtig, vielleicht sogar begeistert. Offenbar spielt er nicht auf dem Akkordeon, sondern hält es nur. Der Blick des Erzherzogs dringt durch die Menge, und er sieht nun die kräftigen Arme des Mannes und die Akkordeongurte, die ihm die kräftigen Unterarme einschnüren. Er sieht die beige und schwarz gefärbte Klaviatur und kann erkennen, dass eine der Tasten fehlt; er kann das dunkle Rechteck sehen, dort, wo die Taste fehlt. Die Kutsche fährt an dem Mann vorbei, und der Erzherzog glaubt den Blick des Mannes in seinem Rücken zu spüren. Er ist versucht, sich umzudrehen, aber das wäre natürlich ungehörig. Der Erzherzog wundert sich über diese seltsamen Menschen, über diesen Mann, der keinen Hass gegen ihn und das Reich zu hegen scheint (noch nicht, jedenfalls), und er fragt sich nun, was wohl aus dieser Taste geworden ist. Kann man ein Lied spielen, wenn eine Taste fehlt? Wie würde sich *Liebestod* anhören, wenn eine der Noten nie gespielt würde? Vielleicht spielte der Mann nie mit dieser Taste; vielleicht wird er diese Note nie in seinem ganzen Leben spielen. «Seltsame Menschen», denkt der Erzherzog. Er beschließt, der Erzherzogin von dem Mann mit dem Akkordeon zu erzählen, vielleicht wird es sie aufmuntern.

«Da ist ein Mann mit einem Akkordeon», sagt der Erzherzog der Erzherzogin ins Ohr. Die Erzherzogin zuckt zusammen, als rede er irre.

«Was ist? Was redest du da?»

Er beugt sich zu ihr vor: «Da ist ein Mann …»

Doch da sieht er eine Pistole und einen gestreckten Arm dahinter und am Ende des Armes einen jungen, mageren Mann mit einem dünnen Schnurrbart und feurigen Augen. Er sieht ein Würgen durch die Pistole gehen und dann Explosionen von Licht vorne an der Mündung. Er spürt, wie ihn etwas in den Sitz drückt und ihm dann einen Schlag in den Bauch versetzt, und all die Geräusche sind verschwunden.

Neben der rasch anschwellenden, unbegreiflichen Angst, gegen die er nicht ankommt und die er zu ignorieren versucht, kann er an nichts anderes denken als an einen Abend in Mayerling: Die Erzherzogin spielte *Liebestod* auf dem Klavier, viel zu langsam, während er am offenen Kamin im Lehnsessel saß und die Hitze auf der linken Seite seines Rückens spürte. Er hörte der Erzherzogin nicht zu, er hatte Mühe, nicht einzudösen, und dann ging ihm jäh ein Gedanke durch den Kopf, den er sofort unterdrückte – mein Gott, wie provinziell und plump war doch die Schönheit der Erzherzogin und wie unerträglich seicht und langweilig *Liebestod*.

Er will ihr nun sagen, dass es ihm furchtbar Leid tut, aber die Erzherzogin, das Gesicht in Abscheu erstarrt, die Erzherzogin ist schon tot.

2

Der größte Teil dieser Geschichte ist die Folge einer verantwortungslosen Phantasie und schamloser Mutmaßungen. (Ein typisches Beispiel: Der Erzherzog starb in einem Wagen, der an der falschen Stelle abbog und dann praktisch direkt vor dem Attentäter parkte, dessen Hose vom Urin durchnässt war.) Doch Teile davon wurden einfach an mein Ufer gespült, Treibgut auf einem Meer aus Geschichtsbüchern, übersät mit Inseln aus Schwarzweißfotografien. Ein beträchtlicher Teil kam bei mir an, nachdem er Tunnels und Labyrinthe der Familien-Erinnerungen und -Legenden durchlaufen hatte. Denn der Mann mit dem Akkordeon war kein anderer als mein Urgroßvater, aus der Ukraine gerade eben in Bosnien angekommen. Er war zum ersten und einzigen Mal in Sarajewo, um sich die erforderlichen Papiere für das Stück Land zu beschaffen, das ihm vom Kaiserreich Österreich-Ungarn versprochen worden war – der Köder, der ihn nach Bosnien gelockt hatte. Er war ein Bauer, und er war noch nie in einer großen Stadt gewesen. Die Hektik und das flatterhafte Treiben in der Stadt, das ihm begegnete, durch den Besuch des Erzherzogs gesegnet (und dann verflucht durch seinen Tod), überwältigten ihn so sehr, dass er fast ein Fünftel seiner Ersparnisse drangab, um von einem Zigeuner auf dem städtischen Markt das Akkordeon zu kaufen. Als er endlich wieder in seinem neuen Zuhause auf einem Hügel mit Namen Vucijak eintraf, hatte der Erste Weltkrieg bereits begonnen. Schon nach wenigen Wochen wurde er eingezogen, ging nach Galizien, um für Österreich-Ungarn zu kämpfen, und starb dort an der Ruhr. Das Akkordeon überlebte ihn um fünfzig kakophonische Jahre und verlor in dieser Zeit noch ein paar weitere Tasten. Es verschied schließlich mit einem dissonanten

Akkordeonseufzer, als sich mein blinder Onkel Teodor – eine Handgranate war ihm als Sechsjährigem in den Händen explodiert – auf das Bett und das wehrlos daliegende Akkordeon warf. Onkel Teodor sitzt heute im serbischen Teil Bosniens fest. Der größte Teil meiner Familie ist über Kanada verstreut. Diese Geschichte wurde AD 1996 in Chicago (wo ich lebe) in der U-Bahn geschrieben, nach einem langen anstrengenden Tag als Hilfskraft auf einem Parkplatz.

Austausch freundlicher Worte

1

In welchem Jahr war es? Wir haben uns darauf verständigt zu glauben, dass es 1811 war. Also: Im Herbst des Jahres 1811 erhob sich Alexandre Hemon von seinem faulen Bett in Quimper in der Bretagne, verkaufte ohne Wissen seiner verwitweten Mutter ihr einziges Pferd – einen ewig erschöpften Klepper – für dreißig Silbermünzen und gesellte sich, nachdem er einige Zeit als Abenteurer ziellos herumgewandert war, zu Napoleons Armee, die auf dem Weg nach Russland war, um einen weiteren glorreichen Sieg zu erringen. Da war er, so glauben wir, einundzwanzig Jahre alt. Wir stellen uns vor, wie er durch Preußen marschierte, immer noch überwältigt von der Größe der Welt, wie er im Juni 1812 den Njemen durchquerte und wie der Fluss ihn von einer feinen Staubschicht befreite und seinen wunden, mit Blasen überzogenen Füßen Kühlung verschaffte. Dann sehen wir ihn beim Angriff auf die grimmigen Russen in Smolensk. Bei Borodino führt er, mit einem Säbel bewaffnet, den Angriff der Infanterie; ganz allein nimmt er eine Schar um Gnade flehender Russen gefangen. («Nein, Lev, das war kein Sieg!», rief mein Vater manchmal aus, wenn er diesen Teil der Familiengeschichte erzählte.) Wir beobachten mit ihm, wie die Flammen über Moskau die Unterseite des Himmels verbrennen. Aber in seinem erloschenen Herzen ist keine Freude mehr: Die Siege haben offenbar nichts Stärkendes mehr, und seine wunden Füße haben ihren Zustand verändert – sie sind nun steif gefroren. Dann kommt der demütigende, mörderische Rückzug. Von den Offizieren ist nichts mehr zu sehen, der Soldat neben dir fällt, lautlos wie ein Eiszapfen, einfach in den Schnee und steht nie wieder auf, und die Russen hören nicht auf, den verstümmelten Leib der Grande Armée zu zerfleischen. Er stürzt und stolpert durch die zugeschneite Steppe, und als er den Kopf hebt, ist er mitten in einem dichten Wald.

Wir wissen sehr wohl, dass der Weg der napoleonischen Armee auf ihrem Rückzug durch das heutige Weißrussland führte, und es gibt keine plausible Erklärung dafür, dass sich Alexandre schließlich in der westlichen Ukraine in der Nähe von Lwow wiederfand. Gewisse Teile der Familie äußerten die Ansicht, bei Alexandres wundersamem (Irr)weg hätten höhere Mächte die Hand im Spiel gehabt. Mein Vater – der sich hinsichtlich der Familiengeschichte für die oberste Autorität und einen der wichtigsten Vermittler hält – tut diese Ungereimtheit mit verächtlicher Miene ab; als Beweis dient ihm eine Landkarte der Ukraine aus dem Jahr 1932, auf der beispielsweise Smolensk nur ein paar Fingerbreit von Lwow entfernt liegt.

Wie dem auch sei, Alexandre kam von dem Weg ab, der geradewegs in die Niederlage führte, und fand sich schließlich bewusstlos mitten in einem stockdunklen Wald wieder. Er hatte sich schon nahe an den Rand des ewigen schwarzen Loches hinbewegt, als jemand an seinem erstarrten Bein zerrte und ihn zurückriss. Es gibt kaum einen Zweifel, dass das die Ururgroßmutter Marija war. Alexandre schlug die Augen auf und sah das engelhafte Lächeln eines siebzehnjährigen Mädchens, das gerade versuchte, ihm die verschlissenen, aber immer noch kostbaren Stiefel abzunehmen. Ich muss gestehen, dass mir ein lästerlicher Gedanke durch den Kopf gegangen ist: In dem Gesicht mit dem engelhaften Lächeln könnte leicht eine beträchtliche Zahl von Zähnen gefehlt haben, denn der Winterskorbut war damals weit verbreitet. Sie beschloss natürlich, ihn mit nach Hause zu nehmen, und setzte ihn, nachdem sie das Brennholz abgeladen hatte, auf den müden Klepper (irgendwie war das die Epoche der müden Klepper). Ihre Eltern, überrascht und verängstigt, konnten ihrer Entschiedenheit nichts entgegensetzen, und so richtete sie ihm ein Bett gleich neben dem Herd zurecht und ging daran, ihm geduldig die Glieder zu reiben, um das Blut in Bewegung zu setzen und ihn aus seiner eisigen Erstarrung zu holen. (Manchmal fügt Onkel Teodor an der Stelle auch noch einen Wundbrand ein.) Sie gab ihm Honig und Schweineschmalz zu essen und redete mit sanfter Stimme auf ihn ein. Ja, sie erweckte sein Herz zu neuem Leben, und die beiden wurden ein Paar. Ja, sie gelten als Adam und Eva des Hemon-Universums.

Meine Mutter, die stolz darauf ist, von robusten bosnischen Kleinbauern abzustammen, hielt das alles für die typische «Hemon-Propaganda». Und ich fürchte, sie könnte Recht gehabt haben, denn wir haben keine feststehenden Tatsachen, aus denen sich die unzweifelhafte Existenz Alexandre Hemons zwingend ergeben würde. Es gibt allerdings ein paar Indizienbeweise:

a) Zur Zeit der Olympischen Winterspiele in Sarajewo bekam meine Schwester eine Kreditkarte in die Hände, die auf einen gewissen Lucien Hemon ausgestellt war. Lucien war für die Gewehre der französischen Biathlon-Mannschaft zuständig. Er erzählte meiner Schwester – nicht ohne heftig mit ihr zu flirten –, Hemon sei in der Bretagne ein recht häufiger Familienname; es gelang ihr, ihm die Schwerpunkte der Familiengeschichte zu erzählen, und daraufhin meinte er, ein napoleonischer Soldat könne den Namen ohne weiteres in die Ukraine gebracht haben. Das war die Keimzelle, auf die Alexandre zurückging, und die bis dahin vorherrschende Theorie, dass «Hemon» eine ukrainische Variante von «Dämon» sei, wurde auf unbestimmte Zeit außer Kraft gesetzt.

b) 1990 fuhr eine Busladung aufgeregter bosnischer Ukrainer in die Ukraine, um eine Reihe alter Lieder und Tänze darzubieten, die in der unterdrückten ehemaligen Heimat längst vergessen waren. In ihrem wasserlosen Hotel in Lwow beschlossen die Hemons, sich in das Dorf mit Namen Ostanjewitschi zu wagen, in dem die Familie meines Urgroßvaters vor ihrer Umsiedlung nach Bosnien gelebt hatte. Als sie dann in dem armseligen Dorf herumschnüffelten, in dem überwiegend ältere, von der Langeweile in die Senilität getriebene Menschen wohnten, stießen sie auf sehr viel Misstrauen bei den Dorfbewohnern, die geglaubt haben müssen, der KGB habe sie wieder im Visier. In einem antiquierten Ukrainisch – ohne sich viel zu erhoffen – fragten sie zahnlose, auf ihre Stöcke und Zäune gestützte Männer nach irgendwelchen Hemons im Dorf, bis einer von ihnen mürrisch auf ein Haus zeigte, das auf der anderen Seite der unbefestigten Straße stand. Der Mann in diesem Haus sagte ihnen, ja, sein Name sei Hemon, aber von einer Verwandtschaft in Bosnien sei ihm nichts bekannt. Er sagte ihnen ohne Umschweife, er lasse sich nichts vormachen, er wisse genau, dass sie für die Polizei arbeiteten. Als er sie hinauswerfen wollte, versuchten sie ihn davon abzubringen, indem sie ihm klarmachten, dass Polizeispitzel und Spione nicht in so großen und geschlossenen Gruppen auftreten – sie waren zu vierzehnt, und da sie auf eine undefinierbare Art alle ähnlich aussahen, jagten sie dem armen Cousin eine Heidenangst ein. Am nächsten Tag besuchte sie der Mann (der, nicht gerade überraschend, Iwan hieß) in ihrem trostlosen Hotel und brachte als kleine Aufmerksamkeit eine Flasche Wasser mit. Sie erzählten ihm –

wobei einer den anderen zu übertönen versuchte – von der Auswanderung nach Bosnien, von der Bienenzucht in der Familie, von dem legendären Alexandre Hemon. Ja, sagte er ihnen, möglicherweise habe er davon gehört, dass es vor langer Zeit einmal einen Franzosen in der Familie gegeben habe.

So wurde von der Familie zweifelsfrei nachgewiesen, dass unser Stammbaum in der glorreichen Bretagne wurzelte, was uns von anderen Ukrainern, einem Volk von Priestern und Bauern, – ganz zu schweigen von den bosnischen Ukrainern – eindeutig unterschied. Nachdem nun Alexandre Hemon offiziell in die Familie aufgenommen war, stieg das Interesse an gallischen Dingen plötzlich an (und niemand interessierte sich groß für die feinen Unterschiede zwischen den Bretonen und den Franzosen). Mein Vater konnte nun unbeirrt und beharrlich einen ganzen französischen Film über sich ergehen lassen – französische Filme hatten ihn früher immer zu Tode gelangweilt – und hinterher behaupten, er besitze eine Art von genetischem Verständnis für die verwickelten Beziehungen zwischen den Personen im Film, etwa in *Außer Atem*. Er ging so weit zu behaupten, mein Cousin Vlado sei Jean Paul Belmondo wie aus dem Gesicht geschnitten, was zur Folge hatte, dass sich Vlado (ein gut aussehender blonder junger Mann) fortan «Belmondo» nannte. «Belmondo hat Hunger», teilte er seiner Mutter mit, wenn er von der Arbeit in einer Lederfabrik nach Hause kam.

Weitere Entwicklungen in der Geschichte des Namens Hemon wurden – und das sage ich mit Stolz – durch meine literarischen Heldentaten vorangetrieben. Auf dem Weg zu meinem wertlosen Abschluss in Vergleichender Literaturwissenschaft an der Universität von Sarajewo las ich die *Ilias* und fand einen knappen Hinweis auf «Hemon den Mächtigen». Danach las ich *Antigone* und machte die Entdeckung, dass Antigones selbstmörderischer Verlobter Haimon hieß – wobei das *ai* wie ein langes *ä* gesprochen wurde, genau wie in unserem Familiennamen. In seinem Streit mit Kreon wirkt Haimon zunächst wie ein Arschkriecher:

> Vater! dein Sohn bin ich, und du stellst rechte
> Regeln nach deinem Wissen für mich auf,
> Denen ich folgen will. Denn keine Ehe
> Kann zu gewinnen mir für höher gelten
> Als du, wenn du mich recht führst.

Aber dann geraten sie richtig aneinander, und Haimon sagt Kreon die Meinung: «Das ist kein Staat, der einem nur gehört», und: «Schön herrschtest du für dich allein im leeren Land!», und: «Wärst du nicht der Vater, ich sagte, du bist nicht bei Sinnen!»

Mein Vater kopierte pflichtbewusst die eine Seite der *Ilias*, wo ziemlich weit unten «Haimon der Mächtige» vorkam, und die Hand voll Seiten der *Antigone*, wo der unglückselige Haimon mit dem großspurigen Kreon ringt. Er hob den Namen Haimon überall, wo er auftauchte, mit einem grellen gelben Filzstift hervor. Immer wieder zeigte er die Kopien seinen Mitarbeitern, armen Würstchen mit gewöhnlichen slawischen Nachnamen, die – bestenfalls! – auf eine Nebenfigur in einem sozialistisch-realistischen Roman gepasst hätten, auf einen Typ vielleicht, dessen Leben von der unerschrockenen Hauptperson gerettet wird oder der ganz einfach stirbt, nichts sagend und unerheblich. Mein Vater dachte gar nicht daran, die *Antigone* zu lesen, ganz zu schweigen von der *Ilias* mit ihren zehntausenden von Versen, und ich klärte ihn nie darüber auf, dass die Rolle «Haimons des Mächtigen» in dem großen Epos völlig unerheblich ist und dass Antigones glanzvoller

Verlobter ein nicht-so-glanzvolles Ende fand, indem er sich erhängte.

Im Semester darauf stieß ich in der *Äneis* auf einen Hemon, der dort als Häuptling eines Stammes von Wilden einen kurzen Auftritt hat. Tatsächlich reihte mein Vater die Fotokopie mit den gelben Hervorhebungen in sein Hemon-Archiv ein. Und schließlich stolperte ich in *Gargantua und Pantagruel* über «Hemon und seine vier Söhne», die an einer ungeheuerlichen Rabelais'schen Orgie beteiligt sind. Der Fund bei Rabelais lieferte jedoch das fehlende Bindeglied zum französischen Zweig der Familiengeschichte, die sich nun plötzlich bis zurück zum Jahr 2000 vor Christus rekonstruieren ließ.

Leider liegt ein Schatten auf dieser beachtlichen Geschichte, die Spur einer düsteren biblischen Vergangenheit, der niemand nachzugehen wagte, die aber der designierte, wenn auch unfähige Historiker erwähnen muss: Meine Cousine Alexandra erinnert sich noch, wie sie von Angst und Entsetzen übermannt wurde, als sie den Priester in der Kirche laut und deutlich unseren Namen nennen hörte. Der Priester, sagt sie, beschrieb einen Mann, der in der mordgierigen Menge unter dem Kreuz stand, wo Unser Heiland unter unfassbaren Schmerzen sein Leben aushauchte; die finstere Seele ließ seine Augen hervorquellen (die des Mannes, natürlich), blutdürstiger Speichel lief ihm über das unmenschliche Kinn, und für das Leiden Unseres Heilands hatte er nur ein Lachen. «Was ist das nur für ein Mensch?», donnerte der Priester. «Was muss das für ein Mensch sein, der lachend zusieht, wie das Lamm Gottes zur Schlachtbank geführt wird? *Hemon* war sein Name, und wir wissen, dass seine Nachkommen ausgesiebt und über die ganze verdammte Erde verstreut wurden, auf immer und ewig unglücklich, allein, der Liebe Gottes beraubt.» Vom Grauen gepackt (sie war neun), bekam sie Brechreiz und rannte aus der Kirche, während ihr Vater, mein Onkel Roman, der nicht bei der Sache war, immer wieder «Amen!» sagte.

Spätere Ermittlungen ergaben keine Hemons in der Bibel; es ist allerdings völlig unklar, wer der Ermittler war und wie sorgfältig die Ermittlungen durchgeführt wurden. Die offizielle Erklärung, die von der ganzen Familie akzeptiert wurde, sprach davon, dass sich der Priester einen üblen Racheakt geleistet habe, wahrscheinlich weil ihn meine Tante Amalija einmal in Gegenwart der falschen Ohren ein «Schwein im Messgewand» genannt oder weil mein Vater eine Kommunistin geheiratet hatte.

Wie dem auch sei, jedenfalls glaubten nur wenige, dass wir die demütigende Last der uralten Sünde auf unseren Schultern trugen oder dass uns ein Familientreffen in der Hölle bevorstand. «Wir waren immer ehrliche, hart arbeitende Menschen», erklärte mein Vater dem neuen Priester (der feindselige war nach Kanada gezogen) und deutete mit dem Finger zur Zimmerdecke, in die Richtung, wo mutmaßlich der höchste Richter und Rächer saß. Der Priester nickte freundlich und nahm eine Flasche selbst gebrannten Slibowitz und ein Glas erstklassigen Honig entgegen, womit – nach damaliger Erkenntnis – der potenziell ewige Disput zwischen den Hemons und Gott (seinen Sohn betreffend) für beide Parteien zufriedenstellend beigelegt war.

Ich hatte allerdings meine Zweifel, zusammen mit einigen meiner jüngeren Cousins und einem sehr engen Verwandten. Ich hatte Zweifel und Ängste, wir könnten vielleicht doch die schreckliche Sünde begangen und über die Leiden eines anderen gekichert haben. Vielleicht ist das der Grund, weshalb wir in den 1990er-Jahren erneut emigriert sind, diesmal von

Bosnien in die Vereinigten Staaten. Vielleicht ist dies die Strafe: Wir müssen uns mit dem Halb-Leben von Menschen zufrieden geben, die nicht vergessen können, was sie einmal waren, und die sich davor fürchten, in einer fremden Sprache angesprochen zu werden, da sie nicht mehr in der Lage sind, etwas wirklich Bedeutungsvolles von sich zu geben. Ich habe meine Eltern stumm in einem Fahrstuhl in Schaumburg (Illinois) stehen und auf ihre unbequem in fremden Schuhen verstauten Zehen hinunterstarren sehen, als ein gut gelaunter englisch sprechender Nachbar den Fahrstuhl betrat und versuchte, ein Gespräch über das unfreundliche Wetter im Mittleren Westen anzufangen. Mein Vater drückte dauernd auf die Knöpfe 11 und 18 (wo der wortreiche Amerikaner hinwollte), als könnten sie der verfluchten vielsprachigen Welt ein Ende machen und uns alle in die Zeit vor dem törichten Turmbau zu Babel zurückversetzen, mit dem die Geschichte begann, sich in die falsche, unmenschliche Richtung zu entwickeln. Meine Mutter hatte immer mal wieder ein gequältes Lächeln für den verwirrten Nachbarn, während sich der Fahrstuhl auf dem Weg zur elften Etage mühsam durch den Sirup des Schweigens kämpfte.

2

Inspiriert vom Erfolg der Olympiade in Sarajewo und der frisch ausgewiesenen langen Familiengeschichte, beschloss der Familienrat unter dem rechtschaffenen Vorsitz meines Vaters, ein episches Familientreffen zu veranstalten, das nur dieses eine Mal stattfinden und der Nachwelt als Hemoniade überliefert werden sollte. Das (von mir angefertigte) Protokoll von dieser Sitzung des Familienrates ist kaum geeignet, die Erregung und die freudige Ahnung von der künftigen Bedeutung dieses Ereignisses zu vermitteln. Lassen Sie mich deshalb aus meinen abgenutzten Historikerschuhen steigen und vorübergehend in den Zeugenstand treten: Ich kann bezeugen, dass einen Augenblick lang allgemeines Schweigen herrschte – das Summen einer Fliege war zu hören, die dickköpfig immer wieder gegen die Fensterscheibe stieß, das Feuer prasselte im Herd, irgendjemandem knurrte respektlos der Magen; einen Augenblick lang blickten alle in eine Zukunft, die von der Hemoniade geprägt war, von dem Ereignis, das selbst unsere homerischen Cousins neidisch machen würde. Sogar Großvater schien in einem seiner raren lichten Momente alle zu erkennen, so dass er nicht, wie sonst immer, fragte: «Wo bin ich?» Der Zauber verflog, als der Milchtopf überkochte und ein Schwarm von Tanten zum Herd stürzte, um den Schaden zu beheben.

Es wurde also beschlossen, die Hemoniade im Juni 1991 auf dem Anwesen meiner Großeltern abzuhalten; mit dem ging es zwar wegen der Senilität meines Großvaters immer mehr bergab, aber es war dennoch «der Ort, wo unsere Wurzeln im Kampf mit leichenblassen Würmern immer noch das Land zusammenhalten». Es wurde ferner beschlossen, dass die Hemons auf die Hemuns zugehen sollten, den Zweig der Familie also, der auf Onkel Ilyko, den Bruder meines Großvaters, zurückging.

So sieht deren Geschichte aus: Onkel Ilyko ging 1917 von Bosnien in die Ukraine, um für die ukrainische Unabhängigkeit zu kämpfen. Nach der demütigenden Niederlage ging er 1921 zu Fuß an die neu entstandene Grenze zwischen Rumänien und Bulgarien, wo sie ihn festnahmen und in den Zug zurück nach Kiew setzten. Irgendwo in der Bukowina sprang er ab und streifte dann umher, während der erste Schnee des

Jahres in verhängnisvollen Massen die Erde erstickte. Fast wäre er erfroren, wurde aber von einer jungen Kriegerwitwe gefunden und gerettet; sie pflegte ihn den ganzen Winter, bemüht, ihn aus eisiger Finsternis zurückzuholen, und verlangte nicht mehr von ihm, als dass er ihr die Füße wärmte und ihre Einsamkeit milderte. Im Frühjahr verließ er das wacklige Bett und nahm aus ihren zitternden Händen ein Bündel entgegen, das gestrickte Socken, einen Laib Käse und eine Daguerrotypie von ihr enthielt. Er küsste ihr die tränennassen Wangen einschließlich einer haarigen Warze und ging – nur in den Nachtstunden – zurück zur rumänisch-jugoslawischen Grenze. Irgendwann im Frühjahr 1922 durchschwamm er die Donau, deren trübes, kaltes Wasser die Daguerreotypie zerstörte.

Also, wir mochten ihn nie. Er war ein gewalttätiger, leicht aufbrausender Mann. Noch am selben Tag, an dem Ilyko nach Hause kam – wo alle dachten, er sei schon lange tot –, geriet er in einen Streit mit meinem Großvater, weil mein Großvater das Mädchen geheiratet hatte, in das Ilyko einst verknallt gewesen war. In seiner Wut ging er nach Indjija in Serbien, heiratete dort eine Einheimische und ließ von einem betrunkenen Beamten seinen Namen in Hemun abändern, was zur Erbsünde der Hemun-Sippe wurde. Die Hemuns mieden jeden Kontakt mit der Familie meiner Großeltern, sprachen fast kein Ukrainisch, sangen keine ukrainischen Lieder, tanzten keine ukrainischen Tänze und hielten sich für Serben. Nun sollten also die Hemuns vom «Unkraut des Andersseins» befreit werden und in den Wald aus Fleisch und Blut zurückkehren, der aus den uralten Hemon-Wurzeln wuchs. Als Großvater hörte, dass die Hemuns in ihre historische Heimat zurückgeholt werden sollten, fragte er, Gott segne ihn: «Und wer sind die?»

In den Wochen nach dem Zusammentreten des Familienrats machten sich Onkel Teodor und mein Vater mit olympischem Schwung daran, das Einladungsschreiben zu entwerfen. Onkel Teodor machte Vorschläge, und mein Vater verwarf sie, während er tippte. Lassen Sie mich ein Bild zeichnen: Onkel Teodor deckt meinen Vater mit verschiedenen Formulierungen zu: «... der Zweig, der willkürlich abgetrennt wurde ... der Zweig, der abfiel und dem Baum das Herz brach ... der Zweig, der verdorrte, von seinen Wurzeln getrennt ...» Die Zeigefinger meines Vaters hüpfen auf der Tastatur der Schreibmaschine auf und ab, wie Jungfrauen, die für Götter tanzen – wobei mein Vater gelegentlich eine Jungfrau zum Nasebohren benutzt –, und dazu sagt er: «Nein ... nein ... nein ... nein ...» Wie alle großen Dokumente der Menschheitsgeschichte wurde auch die Einladung zur Hemoniade immer wieder umgeschrieben, ehe sie schließlich ihre außergewöhnlich elegante und kraftvolle Gestalt gefunden hatte. Sie machte klare Aussagen zum Zweck («... um dem eindrucksvollsten Zweig seinen angestammten Platz zurückzugeben ...»), zum Ort («... auf dem Familienbesitz der Hemons, wo Bienen und Vögel und Hühner von einer Jahrtausende währenden Geschichte erzählen ...»), zu der Logistik («... wir werden uns an Spanferkeln und gemischtem Salat gütlich tun, und wenn ihr Torten und Kuchen braucht, müsst ihr sie euch schon selber backen ...»), zur zeitlichen Gliederung («... Mußestunden können im Haus verbracht werden, im Hof davor, im Hof dahinter, auf dem Feld, im Obstgarten, im Bienenhaus, im Gemüsegarten, im Kuhstall, am Bach, im Wald, beim Gespräch und Austausch freundlicher Worte ...»). Die Einladung wurde von vielen freudig aufgenommen, und nach und nach liefen Antworten aus allen Richtungen der Familie ein. Die Teilnahme vieler Hemuns wurde durch einen Telefonanruf des ältesten Hemun, Andrija, angekündigt, und eine Welle der Hochstimmung erfasste die Familie. Ach, was waren das für Tage, als Telefongespräche über das bevorstehende Schlachten von Ferkeln mythologische Proportionen annahmen; als alte Geschichten aus den Tiefen der Erinnerung ausgegraben und dann poliert und ausgeschmückt wurden; als schlaflose, warme Nächte mit Überlegungen vergeudet wurden, wie all die Leute unterzubringen seien, bis Onkel Teodor auf das Heu unter dem Dach des Kuhstalls zu sprechen kam, wo «die Jugend» schlafen könne; als meine Mutter die Augen verdrehte, misstrauisch gegen jede Massenansammlung von Menschen derselben ethnischen Herkunft; als sich Tanten auf eigene Faust trafen, um die Torten- und Kuchenproduktion zu organisieren, damit es ja nicht zu einer Übersättigung mit *balabuschki* kam.

Ich fürchte, dieser Satz ließ sich nicht umgehen: Der Tag der Hemoniade war da. Ein riesiges Zelt war über einer langen Tafel errichtet worden. Die Bühne für «das Orchester» stand unter dem Walnussbaum in der Mitte des Hofes. Onkel Teodor, so hieß es, war schon im Morgengrauen aufgestanden und hatte sich auf die Veranda gesetzt, um die Geschichten noch ein letztes Mal durchzugehen. Ich wachte auf (hier haben wir eine persönliche Erinnerung), weil die unter dem Dach nistenden Vögel unablässig zwitscherten. Als ich die Treppe hinunterging, sah ich zwei tanzende kopflose Hühner, die vor irgendetwas weglaufen wollten (aber nicht konnten, weil es überall war); aus ihrem Hals floss in nachlassenden Strömen das Blut. Zum Frühstück nahmen wir an dem großen Tisch Platz; Pfannen mit gebratenen Hühnerlebern und -herzen und große Platten mit in Scheiben geschnittenen Tomaten und Essiggurken wurden herumgereicht. «Heute», sagte Onkel Teodor, «ist der größte Tag meines Lebens.»

Die Hemuns kamen alle gleichzeitig an; mit einer ganzen Kolonne blitzender neuer Autos fuhren sie vor wie eine kolonisierende Armee. Sie hatten allesamt Übergewicht und sprachen mit einem schleppenden nordserbischen Tonfall, der an ein sorgenfreies Leben im Wohlstand denken ließ. Nichtsdestoweniger wurde jeder von jedem umarmt, auf Wangen wurden schmatzende Küsse gedrückt, Hände wurden mit Inbrunst geschüttelt, und die Schläge auf Schultern und Rücken grenzten an Körperverletzung. Onkel Teodor brüllte: «Seid willkommen, Hemuns!», und ging dann von Hemun zu Hemun und hielt ihnen seinen Armstumpf hin. Er ging jedes Mal mit dem Ohr etwas näher, fragte: «Und wer bist du?», und prägte sich dann die Stimme ein.

Den ganzen Tag über herrschte eine Atmosphäre allgemeiner Fröhlichkeit und angenehmer Gespräche. Wir haben Bilder, auf Video aufgenommen von der Menge im Zelt, von dem Gewoge und Geschiebe der Menschen, die unablässig versuchten, einander näher zu kommen, und wie Atome, die gezwungen sind, ein Molekül zu bilden, verschmolz schließlich alles zu einem einzigen großen Körper mit feuchten Achselhöhlen und unzerstörbaren Stimmbändern. Die Kapelle spielte mit kurzen Unterbrechungen den ganzen Tag, angeführt von meinem Cousin Iwan, der über seinem keuchenden Akkordeon jeder Frau unter vierzig zublinzelte, sofern sie nicht direkt mit ihm verwandt war. Als die Kapelle alte ukrainische Lieder spielte, grinsten die Hemuns verwirrt und verlegen, denn sie verstanden kein Wort. Aber alle tanzten so, wie sie das konnten; sie drehten sich unbeholfen im Walzertakt, die Hände fest in den hüpfenden Seiten und schwitzenden Handflächen ihrer Partner; oder sie bekämpften erst ihr Lampenfieber mit einem hilfreichen Getränk (Bier war mein bevorzugter Mutmacher) und tanzten dann *kolomiyka* mit wechselndem Tempo, von halsbrecherisch schnellen Drehungen bis zum gemütlichen Traben im Kreis.

Gegen ein Uhr am Mittag, als die Sonne direkt über dem Walnussbaum hängen blieb, betraten meine sechs Tanten die Bühne, angekündigt von Onkel Teodor, der ihre Kosenamen wie ein Gedicht rezitierte: «Halyka, Malyka, Natalyka, Marenyka, Julyka, Filyka.» Sie sangen ein Lied über einen jungen ukrainischen Soldaten, der fortgeschickt wurde, um in irgendeiner Schlacht für die Freiheit der Ukraine zu sterben, und der das tat, was die meisten Soldaten in den meisten ukrainischen Liedern die ganze Zeit tun: Er verabschiedete sich von seiner untröstlichen Mutter und seiner treuen Braut. Beim Singen hatten sie (meine Tanten) die Arme in die Seiten gestemmt, wiegten sich heiter im Rhythmus und rieben die Ellenbogen aneinander. Sie sahen aus wie sechs Variationen derselben Frau. Großvater spitzte plötzlich die Ohren, als erkenne er das Lied, doch dann wurde er von den Dämonen des Schlummers wieder eingeholt und fügte sich mit einem Grunzen. Inzwischen starb der Soldat (wie wir alle erwartet hatten), und seine treue Braut würde gleich von der Streitmacht geschändet werden, die im Begriff war, die Ukraine zu unterwerfen. «In diesem Lied», erklärte Onkel Teodor, nachdem meine Tanten sich verbeugt und mit roten Gesichtern hastig die Bühne verlassen hatten, «geht es um den Wert der Freiheit und der Unabhängigkeit.»

Dann wurde das Mittagessen aufgetragen, und alle saßen um den langen Tisch, Großvater am Kopfende, weit weg im Fluss des Vergessens. Der Tisch ächzte unter den Bergen von Schweinefleisch und Hähnchenschlegeln. Große Suppenschüsseln mit ausladenden Henkeln wurden ehrfürchtig herumgereicht, und der Dampf quoll aus ihnen hervor wie Rauch aus einem dösenden Vulkan. Es gab Platten mit grünen Zwiebeln, die gestapelt waren wie Holzscheite, und Tomatenscheiben, die in ihrem eigenen Saft ertranken. Nach dem Essen wurden alle schläfrig, und von den Bergen aus Fleisch ging es hinunter in die Niederungen des Schlafes. Die letzten Gesprächsfetzen erstarben innerhalb weniger Augenblicke, denn niemandes Blut war im Stande, den Weg zurück zum Gehirn zu fließen. Großvater, auf seinen Stock gestützt, schlief fest und schnarchte. Im Schlaf rülpste er, fuhr sich mit der Zunge über die Oberlippe und das untere Ende des Schnurrbarts und dann zurück über die Unterlippe, denn ein schmackhaftes Etwas war dem Inferno langsamer Verdauung entkommen und bis zu seinem Gaumen vorgedrungen. Schließlich überließ sich alles der großen Trägheit, und aufgeregte Fliegen konnten sich, nach einem langen Flug, auf dem Kontinent niederlassen, wo es Fleisch und Salat im Überfluss gab. Sie setzten sich in aller Ruhe auf eine Scheibe Brot und fetteten sich ein, bis sie in glänzender Sommerfliegenpracht erstrahlten. Urplötzlich hoben sie ab, wie um zu prüfen, ob sie noch fliegen konnten. Dann ließen sie sich wieder nieder und berichteten einander summend von den festlichen Genüssen. Beim Zuschauen ging mir der Gedanke durch den Kopf, dass es sich hier um unsere Fliegen – um Hemon-Fliegen – handelte und dass sie daher besser waren als andere Fliegen, die von ihrer historischen Rolle nichts ahnten.

Auf dem Videoband von der Hemoniade – dem einzigen Dokument von diesem glorreichen Fest, das in die Vereinigten Staaten gelangte – ist diese erhabene todähnliche Erstarrung festgehalten; es sind drei, vier eindringliche Minuten der Stille, ungeachtet der Windgeräusche im Mikrofon. Wichtig ist allerdings festzuhalten, dass bei der Umwandlung von PAL-SECAM in NTSC die Fliegen von dem Band verschwanden.

Dann wurde Onkel Teodor aus seinem friedlichen, von pfeifendem Atmen begleiteten Schlaf gerissen und zur Bühne geführt, wo sie ihn auf einen Stuhl setzten. Plötzlich wachte man rings um den Tisch wieder auf. Onkel Teodor sagte: «Ich werde euch jetzt Geschichten erzählen, denn es ist wichtig, dass man die eigene Geschichte kennt. Wenn ihr die Geschichten schon kennt, hört sie euch einfach noch mal an – wir haben Leute hier, die sie noch nicht kennen.» Die Hemuns – Leute, die die Geschichten noch nicht kannten – wurden unruhig und warfen sich ängstliche Blicke zu, denn sie hegten den Verdacht, die Geschichten würden sie als hinterhältig und schwach darstellen. Aber Onkel Teodor verfolgte andere Absichten. Er begann mit den Hemons aus der *Ilias*, ihren kühnen Heldentaten und ihrem Anteil an der Einäscherung Trojas. Dann redete er von dem Hemon, der beinahe Antigone geheiratet hätte, die schönste Frau der Antike. Nur beiläufig erwähnte er den Hemon, der Äneas' Kumpel war und mit ihm zusammen das römische Imperium begründete. Er erzählte, dass es Hemons waren, die die europäische Zivilisation davor bewahrten, von barbarischen slawischen Plünderern überrannt zu werden. Dann übersprang er ein paar Jahrhunderte und trieb seinen Zuhörern fast die Tränen in die Augen, als er anfing, den mörderischen Rückzug und Alexandres Qualen und die Schrecken des russischen Winters zu schildern. Er erzählte uns von Alexandres Halluzinationen: wie er Heerscharen kopfloser Männer im Kreis marschieren sah und wie er versuchte, einer riesigen Axt zu entkommen, die alles daransetzte, ihm den Kopf abzuschlagen, bis er strauchelte und stürzte: «Das Knacken spürte er nicht, aber er spürte, wie das Blut hervorschoss und wie die Kälte an seinen Gliedern nagte.» Und dann wurde er von unserer Ur-Mutter Marija gerettet. Während Onkel Teodor noch von ihrer knospenden Liebe und Alexandres Genesung erzählte, durchstieß Großvater die Oberfläche des Tages, blickte mit echter Verwunderung um sich und fragte mich, da ich neben ihm saß: «Wer sind diese Menschen?»

Ich sagte: «Es ist deine ganze Verwandtschaft, Opa.»

«Ich habe diese Menschen noch nie gesehen.»

«O doch, das hast du, Opa.»

«Und wer bist du?»

«Ich bin einer deiner Enkel.»

«Ich habe dich noch nie gesehen.»

«Jetzt kannst du mich ja sehen.»

«Wo sind wir?»

«Wir sind zu Hause, Opa.»

Das schien ihn zufrieden zu stellen, und so ließ er den Kopf auf die Brust sinken und war wieder in dem Nachen bei der Fahrt über den Fluß. Mittlerweile war Onkel Teodor bei Alexandres und Marijas Nachkommenschaft. Um die Mitte des neunzehnten Jahrhunderts waren die Hemons alle klug und geschickt und arbeitsam, obschon sie ständig unter polnischen und russischen Ungerechtigkeiten zu leiden und mit Tuberkulose und Skorbut zu kämpfen hatten. Außerdem hatten Frauen immer wieder Fehlgeburten, und Männer stürzten immer wieder von Bäumen und wurden von ungehorsamen Rindern aufgespießt. «Und trotzdem haben wir überlebt!», rief Onkel Teodor. Und dann erzählte er eine Geschichte, die ich noch nie gehört hatte, eine Geschichte über den Vorfahr, der nach Amerika gegangen war, um ein reicher Mann zu werden, und der dann als reicher Mann in sein Dorf zurückkehrte. Er baute ein wunderschönes Haus und tat nichts anderes, als hübschen Mädchen vom Lande den Hof zu machen, Gäste zu empfangen und mit ihnen zu trinken. Einer seiner Saufkumpane, wahrscheinlich der Teufel in Menschengestalt, reizte ihn mit der Aussage, ihm fehle bestimmt der Mut, eine Nacht auf dem örtlichen Friedhof zu verbringen, wo nächtens, wie jeder wusste, die bei einem Pogrom massakrierten jüdischen Dorfbewohner umgingen. Er wettete seinen gesamten Besitz darauf, dass er die Nacht dort durchstehen würde, und er schaffte es tatsächlich, doch als es dämmerte und das rosenfingrige Morgenlicht am Himmel erschien, waren seine Haare schlohweiß geworden, und seine Hände zitterten ohne Ende. Er verriet nie, was er gehört oder gesehen hatte, aber am nächsten Tag gab er alles, was er besaß, dem Rabbiner der wenigen verbliebenen Juden, damit er den ruhelosen Seelen ein Zuhause bauen konnte. Daraufhin wurde er von seinen Verwandten für geisteskrank erklärt – sie hatten sich gerade daran gewöhnt, einer wohlhabenden Familie anzugehören, und behaupteten nun, ihr lieber Cousin sei jüdischer Zauberei zum Opfer gefallen. Eines Tages verschwand er, und niemand sah ihn jemals wieder. Onkel Teodor behauptete, er sei nach Amerika zurückgegangen und wir hätten wahrscheinlich auch ein paar amerikanische Verwandte. Während wir uns noch ausmalten, wie unser halb verrückter weißhaariger Cousin der Freiheitsstatue entgegensegelte, wurde der Kaffee serviert. Wir schlürften den starken teerschwarzen Kaffee aus kleinen Tässchen, ohne richtig wahrzunehmen, dass Onkel Teodor die zweite Hälfte des neunzehnten Jahrhunderts ausgelassen hatte (wahrscheinlich, weil sich einige unserer Vorfahren vom Pogromfieber hatten anstecken lassen) und nun von der Auswanderung nach Bosnien erzählte.

Stellt euch die niederschmetternde Armut vor, die jahrelange Trockenheit und die Rinderpest, den grimmig kalten Winter 1914, das weit verbreitete Banditenunwesen hungriger, völlig verarmter ehemaliger Kleinbauern – wir alle wanden uns auf unseren Stühlen, in Sorge um die unvorhersehbare Zukunft unserer Vorfahren. Die Urgroßeltern Teodor und Marija, so wurde erzählt, packten alles zusammen, was sie besaßen – ein paar Bündel dürftig geflickter Kleidung, einen für die Reise versiegelten Bienenkorb, einige Keramiktöpfe und ein Kohle-Bügeleisen, ein zusammengerolltes Bündel Geld, das sie gespart hatten und das die Reise am Busen meiner Urgroßmutter erlebte, wo es Schweiß aufsog und Läuse bewirtete. Großvater, der neben mir gerade wieder eindöste, und Ilyko zankten sich während der ganzen Reise. Sie hatten ein Stück brachliegendes Land bekommen – «genau an dieser Stelle hier» –, das mittlerweile «das beste Stück Land in Bosnien ist», obwohl es, ehrlich gesagt, nicht mehr hervorbrachte als verkümmertes Getreide und schrumpelige Äpfel. Urgroßvater ging an dem Tag, als Erzherzog Franz Ferdinand getötet wurde, nach Sarajewo, um die Papiere für das Land zu holen. Er kaufte dort ein Akkordeon, «genau dieses Akkordeon hier», was nicht stimmte, denn Onkel Teodor selbst hatte das Akkordeon einige Jahre vorher zerquetscht. Ach, die Jahre des Ringens und Schuftens von Sonnenauf- bis Sonnenuntergang. Und dann zog Ilyko los, um gegen die Bolschewiken zu kämpfen. «Wir alle wissen, was dann geschehen ist, und deshalb sind wir heute alle hier.»

Die Hemuns wurden als Erste ungeduldig, und mit ihrer Ungeduld steckten sie rasch die anderen an. Als Onkel Teodor völlig die Kontrolle verlor und immer weiter von Onkel Julius und seinen fünfundzwanzig Jahren in Stalins Lagern redete, standen immer mehr Leute auf, ob Hemun oder Hemon, drängten hinaus auf die Außenaborte, gossen sich Slibowitz hinter die Binde, plauschten und tratschten – alles war besser, als dem blinden Erzähler zuzuhören. Als Onkel Julius ins Lager von Archangelsk kam, wo sie ihn dann zum Tod verurteilten, hörte – außer mir – keiner mehr zu. Mein Vater stand auf und sagte: «Genug, Teodor. Du kannst später weitermachen.» Aber dazu kam es nicht, denn die Kapelle fing wieder an zu spielen, und alle tranken sich in Stimmung. Wieder wurde auf Schultern geklopft, wieder wurden reichlich erdrückende Umarmungen und schmatzende Küsse ausgetauscht, während das Tanzen – selbst im Zeitlupentempo – geradewegs in den Trancezustand zu führen schien. Einiges davon war auf dem Videoband zu sehen, aber nicht ganz mühelos, denn ich hatte ein Glas zu viel getrunken, und die Kamera wurde von meinen zitternden Händen gehalten. Daher kommt es, dass das Bild wackelt und hüpft, was sich, nebenbei bemerkt, gut dazu eignet, den allgegenwärtigen Übermut zu zeigen. Als sie mir die Kamera wegnahmen, war es auch mit meinem Durchblick vorbei, und alles wurde verschwommen und undeutlich. Lassen Sie mich ein paar unzusammenhängende Erinnerungen schildern – Erinnerungen an Bilder und Sinneseindrücke, die vor dem überforderten Auge vorbeihuschten, während der Geist kenterte und auf den sandigen Grund restlosen Vergessens sank: der aufdringliche, üble Mistgestank aus dem Schweinestall; das Heulen des einzigen Ferkels, das am Leben gelassen worden war; das Flattern davonstiebender Hühner; beißender Rauch von sterbenden Feuern, über denen die Ferkel geröstet worden waren; anhaltendes Schlurfen auf knirschendem Kies, wo viele Füße tanzten; meine Tanten und andere tantenhafte Frauen, die auf dem Kies *kolomiyka* tanzten, alle mit geschwollenen Knöcheln und mit hautfarbenen Strümpfen, die ihnen langsam über die Krampfadern an den Waden nach unten rutschten; der Geruch eines Kiefernbrettes und die Stachligkeit seiner rauen Oberfläche, als ich mich mit der Wange drauflegte, worauf sich plötzlich alles drehte, als wäre ich in einer Waschmaschine; mein Sandalen tragender Cousin Iwan, dessen linker Fuß, angeführt vom rundlichen großen Zeh, auf die Bühne poch-poch-pochte; das gewaltige Aufgebot an Torten und Kuchen auf dem Bett (in dem meine Großmutter das Zeitliche gesegnet hatte), akribisch in Schokoladen- und Nichtschokoladen-Reihen angeordnet; der intensive, zum Kauen anregende Geschmack nach grünen Zwiebeln und Schweinefleisch, der mir über den Gaumen strich, unmittelbar gefolgt von einem Schwall Magensäure; fettiges Jucken überall in meinem Mund, ein Vorbote zahlloser ekelhafter Pickel; der angekettete Hund, der mich in seiner hysterischen Erregung anspringen wollte und sich fast mit dem eigenen Halsband erwürgte und mich an den Händen und im Gesicht voll sabberte; die angenehme Wärme der Betonstufen in der Nähe des Hundes, wo ich versuchte, mein seekrankes Bewusstsein wiederzuerlangen; das stachelige Heu unter dem sich drehenden Dach des Kuhstalls; in meiner Hand ein langer krummer Stock (ein napoleonisches Schwert), mit dem ich auf ein Dickicht von Nesseln (russische Soldaten) einschlug, während die gerötete Haut auf meinen Unterarmen brannte; Lastwagen um Lastwagen mit behelmten Soldaten, die am Haus vorbeifuhren, Soldaten, die in die Luft schossen und uns das Zeichen mit den drei Fingern machten, laut riefen und mit Flaschen nach Hühnern warfen; Lastwagen, die aufgerichtete Kanonen zogen, gefolgt von dunklen Jeeps; eine fremde Katze, die beim heimlichen Sprung auf den mit abgenagten Knochen und Fleischresten übersäten Tisch ertappt wurde und mich mit extrem geweiteten Pupillen so ungläubig anstarrte, wie das nur eine Katze kann, gerade so, als gehörte ich nicht hierher, als sei mein speiübles Dasein nicht von jenem Wesen gebilligt worden, dessen Billigung die Katze eindeutig hatte.

Dann setzte ich mich ins Gras, lehnte mich an den Walnussbaum, machte die Augen zu und suchte behutsam nach einer Sitzposition, in der die Welt aufhörte, sich vor meinem inneren Auge zu drehen. Mit den Spitzen der Zeigefinger berührte ich meine Schläfen, um den Kopf zu fixieren; ich traute mich nicht zu blinzeln, geschweige denn, mich zu bewegen. Ich hörte das Stimmengewirr, das wortreiche Babylon, das Gewoge heiserer Erregung, bis alles schließlich abebbte. Dann hörte ich (ganz sicher bin ich mir allerdings nicht) die Stimme meines Vaters: «... möchte ich diesen heroischen Festtag des Stammes Hemon mit Worten beschließen, die der Bedeutung des Ereignisses unmöglich gerecht werden können.» Er sprach von unseren uralten Wurzeln und den «Jahrtausenden Hemon'schen Fleißes», der uns geholfen habe, die größten Katastrophen in der Menschheitsgeschichte zu überleben. «Oder glaubt ihr, dass unser Vorfahr Alexandre nur durch Zufall zu den ganz wenigen gehörte, die die unergründliche Niederlage der napoleonischen Armee überlebten? Glaubt ihr, dass er nur durch pures Glück mehrere eisige Schneestürme überstand und so der Frau seines Lebens begegnen konnte, der Eva des Hemon-Universums?» Niemand wagte diese Fragen zu beantworten, und so fuhr er fort, redete immer weiter, redete über den Mut, den es brauchte, um nach Bosnien auszuwandern, «in das wilde Grenzland des österreichisch-ungarischen Reiches». Während ich mit Erfolg dem Brechreiz widerstand, kam er zu dem «Fortschritt, den wir in diese Gegend gebracht haben», und zwar mit «zivilisierter Bienenhaltung, Pflügen aus Eisen und unseren Fertigkeiten im Zimmerhandwerk». Wir «bauten unser Reich aus dem Nichts auf», und es war «kein Zufall, dass unser Großvater mit dem Erzherzog vor dessen Ermordung zusammentraf – wir sind ein heroisches und adliges Geschlecht.» Er forderte uns auf (auch wenn ich kaum da war), «die Griechen, die Begründer der westlichen Zivilisation», zu lesen, wenn wir ihm nicht glaubten: «Wir sind in der ganzen Literaturgeschichte zu Hause.» So produzierte er in rascher Folge Gedanken über die Familiengeschichte und erwähnte Namen, die ich nicht mehr mit einem Gesicht in Verbindung bringen konnte – sie verschmolzen alle mit meinem Großvater, der gegenwärtig und unaufhörlich im Nichts verschwand und wieder auftauchte. Ich weiß nicht, wo unsere Größe endete – falls sie überhaupt je endete –, denn ich wurde ohnmächtig. Dann hörte ich kräftigen Applaus, einen Chor aus vielen Händen, die klatschten und klatschten, und jemand verpasste mir eine leichte Ohrfeige. Als ich die Augen aufmachte, stürzte alles von mir weg, nur nicht das Gesicht meiner Mutter, die sagte: «Der Gang durch die Geschichte hat dich wohl zermürbt. Möchtest du dich übergeben?»

Meine Mutter half mir, dem turbulenten Hemon-Trubel zu entkommen, und hielt mich, da ich mich auf wackligen Beinen bewegte, am rechten Arm oberhalb des Ellenbogens fest, so dass ich spürte, wie ihre geschwollenen, arthritischen Knöchel meinen Bizeps zusammendrückten. «Die Hemons haben einfach das Problem», sagte sie, «dass sie sich immer zu sehr in Dinge hineinsteigern, die sie für die Wirklichkeit halten.» Schwankend konzentrierte ich mich auf meine Fußspitzen und stellte mir die gerade Linie vor, der ich folgen musste, um nicht betrunken zu erscheinen. Doch dann machte ich einfach die Augen zu und ließ mich von meiner Mutter führen, vorbei an Stühlen und Hühnern und Eimern und Baumstümpfen und Blumenbeeten.

«Ich hab mich fürchterlich blamiert», sagte ich.

«Du bist jetzt fast ein Mann», sagte sie. «Und das ist das Vorrecht eines Mannes.»

Auf ihr Drängen setzte ich mich unter einen verkümmerten Apfelbaum. Kleine, verhutzelte Äpfel – meinem Gehirn in diesem Augenblick nicht unähnlich – hingen wie Ohrringe an krummen, ausgemergelten Zweigen. Meine Mutter nahm neben mir Platz und nahm mich in den Arm. Ich wollte den Kopf in ihren Schoß legen, aber sie sagte: «Nein, dann wird dir noch schwindliger.»

Wir hörten die Hemons-Hemuns gegen die Musik anschreien, die aus der Ferne dissonant klang. Wir konnten immer noch die Lastwagen hören, und mir wurde vage bewusst, dass sie schon den ganzen Tag vorbeifuhren. «Wenn bloß diese Lastwagen nicht wären», sagte ich.

«Wahrscheinlich fahren sie noch eine ganze Weile», sagte meine Mutter. Ihre Hände rochen nach Kaffee und Vanillezucker. Sie erzählte mir von der Zeit, als ihr Vater das einzige Pferd weggab, das sie besaßen.

«Es war dreiundvierzig oder vierundvierzig, als ein junger Mann aus dem Getreidefeld gelaufen kam. Meine Eltern kannten ihn, er war hoch aufgeschossen und hatte blaue Augen, ein Moslem aus einem Nachbardorf. Er sagte, die Tschetniks hätten seine ganze Familie umgebracht, er sei mit einem Sprung aus dem Fenster entkommen, und nun seien sie hinter ihm her. Er hatte einen blauen Fleck auf der Wange, als habe ihn jemand mit Pflaumenlippen geküsst. Er fragte meinen Vater, ob er das Pferd haben könne, um zu fliehen und sich den Partisanen anzuschließen. Mein Vater warf einen kurzen Blick auf meine Mutter; sie sagte nichts, aber er wusste Bescheid und ging das Pferd holen, wobei er unentwegt fluchte: ‹Zum Teufel mit dieser Welt und der verfluchten Sonne und diesem Land, wo jeder mein Pferd braucht.› Der junge Mann – er hieß Zaim – küsste meinen Vater auf beide Wangen und versprach, das Pferd zurückzubringen, sobald sich der unselige Sturm gelegt habe. Er ritt los und winkte uns noch einmal zu. Doch dann kamen die Tschetniks, die wie

Cowboys auf ihren Pferden saßen. ‹Wo ist er?›, riefen sie. ‹Wo ist der beschnittene Hund?› Und mein Vater sagt: ‹Wo brennt's denn, Brüder?› Sie haben alle einen Bart, und sie sind mit Gewehren und Messern bewaffnet, und sie rufen: ‹Hast du den türkischen Bastard gesehen?› Mein Vater sagt: ‹Ich hab keine Ahnung, wovon ihr redet.› ‹Du lügst!›, brüllen sie. ‹Du bist ein Verräter!› Dann schlagen sie mit den Gewehrkolben auf ihn ein, werfen ihn zu Boden und treten ihn mit ihren Stiefeln. ‹Was ist bloß los mit dir, du Wichser, du bist doch einer von uns, oder? Wo ist der Türke? Warum deckst du ihn?› Ich dachte, sie würden uns die Kehle aufschlitzen, das war für die nichts Besonderes. Mein Bruder war bei den Partisanen, aber wir erzählten überall, er sei in Sirmien und habe dort Arbeit gefunden.»

«Diese Geschichte hast du mir noch nie erzählt», sagte ich.

Sie fuhr fort: «Sie schlugen ihn, bis er blutüberströmt und bewusstlos dalag. Meine Mutter weinte und bettelte um sein Leben. Dann kam einer von ihnen – er hatte keinen Bart – zu mir und sagte: ‹Das kleine serbische Mädchen hier wird uns sagen, wo der Türke ist.› Also, ich brachte kein Wort heraus, aber dann sah ich die panische Angst in den Augen meiner Mutter und ihre Hände, so fest zusammengepresst, dass alle Kraft aus ihnen gequetscht wurde. Da erzählte ich ihnen, ich hätte niemand gesehen, und wenn es anders wäre, würde ich ihnen das sagen. So gingen sie dann schließlich, und der Bartlose sagte, er werde uns persönlich zur Rechenschaft ziehen, wenn sich herausstellen sollte, dass wir logen. Es war unser einziges Pferd, verstehst du, alles, was wir besaßen.»

Ich wehrte mich gegen das Einschlafen, versuchte, die Augen offen zu halten, aber dann gab ich nach, an die Schulter meiner Mutter gelehnt, und selbst in meinen Träumen war mir bewusst, dass ich mich möglicherweise übergeben musste. Ich schlief stundenlang und dachte in meinem unruhigen Schlaf, ich lehnte an meiner Mutter, doch als ich dann aufwachte, lag ich, das Gesicht in einem Maulwurfshügel, flach auf der Erde, die mit faulenden Äpfeln übersät war. Ich ging hinüber zum Hof, und die Hemuns waren alle fort, als hätte ich sie nur geträumt, und die anderen waren über das ganze Gelände verteilt, putzten, räumten auf, was vom Essen übrig war, oder bauten das Zelt und die Bühne ab. Ich muss nicht dabei gewesen sein, um zu wissen, was am Ende geschah. Es ist alles auf dem Band zu sehen, das wir uns manchmal ansehen, wenn ich meine Eltern in Schaumburg in Illinois besuche. Wir spulen zurück zum Anfang, um dann im Schnellgang zu der Stelle zu kommen, die wir besonders in Ehren halten wollen. Wir halten das Band an, um uns an einen Namen zu erinnern, und füllen aus dem Gedächtnis die Lücken, die durch falsche Schnitte und Einschwärzungen bei der Umwandlung in NTSC entstanden sind, die wir für zehn Dollar in einem pakistanischen Laden in der Devon Street haben machen lassen. Häufig gibt es eine kleine Flut aus widerspenstigen Punkten, die vom unteren Rand eines zittrigen Bildes ausgeht und immer versucht, die Mitte zu erreichen. Das letzte Bild schließlich zeigt meine Mutter, die gerade etwas sagen will – höchstwahrscheinlich etwas Respektloses über die «Hemon-Propaganda». Man sieht es mehr als deutlich in ihren klugen Augen und in der feinen Andeutung eines Grinsens. Sie sagt es nie, ist für alle Zeiten kurz davor, etwas zu sagen. Sie kann sich nie erinnern, was sie sagen wollte, und das Bild wird plötzlich von einem blendenden Blau überflutet, und wir schalten aus und spulen das Band zum Anfang zurück.

Eine Münze

für Zrinka

Angenommen, es gibt einen Punkt A und einen Punkt B, und um von A nach B zu kommen, musst du eine freie Strecke überwinden, die für einen geübten Heckenschützen gut einzusehen ist. Du musst von Punkt A zu Punkt B laufen, und je schneller du läufst, desto wahrscheinlicher ist es, dass du Punkt B lebend erreichst. Die Strecke zwischen Punkt A und Punkt B ist mit Dingen übersät, die spurtende Bürger unterwegs verloren oder weggeworfen haben. Eine schwarze Brieftasche aus Leder, wahrscheinlich leer. Eine Geldbörse, weit aufgerissen wie ein Maul. Ein weißer Wasserbehälter aus Kunststoff mit einem Einschussloch genau in der Mitte. Ein grün-rot-brauner, mit Schneeflocken verzierter Schal, schmutzig. Ein aufgeweichter Brotlaib, auf dem geschäftige Ameisen herumkrabbeln, als bauten sie eine Pyramide. Eine zerstörte Videokassette, deren Teile immer noch an einem dunklen, verschlungenen Band hängen. An manchen Tagen gehen die Heckenschützen besonders rabiat vor, und dann liegen da vereinzelt auch Leichen, oder es sind Schwerverletzte, die sich mit zuckenden Bewegungen in Sicherheit bringen wollen, wobei sie, wie Schnecken, eine blutige Spur hinter sich herziehen. Nur selten versucht jemand, ihnen zu helfen, denn jeder weiß, dass die Heckenschützen genau darauf warten. Manchmal erbarmt sich ein Heckenschütze und gibt den Kriechenden den Gnadenschuss. Aber manchmal spielen die Heckenschützen mit den Angeschossenen und schießen ihnen die Knie, die Füße oder die Ellbogen weg. Es sieht aus, als wetteten sie untereinander, wie weit ihr Opfer noch kommen wird, bevor es verblutet.

Sarajewo ist eine Stadt ohne Katzen. Die Menschen waren nicht mehr in der Lage, ihre Katzen zu füttern, oder sie konnten sie nicht mitnehmen, wenn sie flohen, oder die Besitzer der Katzen wurden getötet. Und nun werden sie von den Hunden, die ebenfalls nicht gefüttert oder mitgenommen werden konnten, zur Strecke gebracht und gierig verschlungen. Oft sieht man zwischen dem Schutt auf der Straße, unter ausgebrannten Autos oder in Abflussrohren steckend Katzenkadaver oder Katzenköpfe mit aufgerissenen Augen und Eckzähnen, die wie winzige Dolche aussehen. Manchmal kann man sehen, wie zwei, drei Hunde um eine Katze streiten und eine erbärmlich heulende Masse aus Fell und Fleisch in Stücke reißen.

Aidas Briefe kommen selten und unverhofft; sie überwinden die Belagerung mit Hilfe von UN-Konvois, ausländischen Reportern oder Flüchtlingstransporten. Ich stelle mir vor, wie sie in einem Sack auf der Ladefläche eines UN-Lastwagens liegen, dessen Fahrer, ein pakistanischer oder ukrainischer Soldat, für nichts anderes Augen hat als für die verdreckte Straße und den starren Blick der bärtigen Finsterlinge am Straßenrand, die den Zeigefinger auffallend dicht am Abzug haben; oder ich sehe einen Brief in einer Reportertasche, die lässig über eine tätowierte Schulter geworfen wurde; der Brief liegt ganz unten in der Tasche, zusammen mit einem Walkman, Notizbüchern, Kondomen, Brot- und Haschkrümeln und einer mit Familienfotos voll gestopften Brieftasche. Ich sehe Briefe in einem Postamt in Zagreb oder Split, Amsterdam oder London, mitten in einem Haufen von Briefen, gerichtet an Menschen, von denen ich nichts weiß, von den Menschen, die sich um sie sorgen. Manchmal vergehen trostlose Monate, bis ihre Briefe bei mir ankommen, und wenn ich meinen Briefkasten – einen langen Tunnel mit einem dunk-

len Viereck am Ende – öffne und Aidas Brief sehe, zittere ich vor Angst. Was mich tatsächlich schreckt, ist die Vorstellung, sie könnte in diesem Moment, da ich den strapazierten Umschlag aufreiße, bereits tot sein. Sie könnte verschwunden sein, nur noch ein Geist – eine fiktive Gestalt, gewissermaßen –, und ich läse ihren Brief, als lebe sie; ich höre im Geist ihre Stimme, habe ihre Visionen vor Augen, ihre Hand, die schwungvolle Buchstaben zu Papier bringt. Ich habe Angst, ich könnte mit einem Geschöpf meiner Erinnerung in Verbindung stehen, mit einer Toten. Mir graut vor der Tatsache, dass das Leben immer langsamer ist als der Tod und dass ich – trotz meiner Schwachheit, gegen meinen Willen – dazu auserwählt worden bin, Zeuge dieses Zwiespalts zu werden.

Im September ist Tante Fatima gestorben. Sie war ja schon lange asthmakrank, aber im September ist sie in unserer Wohnung einfach erstickt. Sie beschossen uns mit Granaten, Woche um Woche, und wenn sie einmal Pause machten, war ein fanatischer Heckenschütze zur Stelle. Er tötete unseren Nachbarn, der nicht einmal das Haus verlassen hatte. Er hatte nur die Tür ein wenig aufgemacht, um hinauszuspähen, und da traf ihn die Kugel in die Stirn, und er stürzte tot zu Boden. Aber zu Tante Fatima: Ihr Asthma-Mittel ging zur Neige, und sie konnte nicht aus dem Haus. Die Fenster waren schon lange zertrümmert. Sie fror die ganze Zeit, und die kalte Luft, die sie einatmete, war von herumfliegendem Staub und kleinen Schuttpartikeln durchsetzt. So erstickte sie einfach mit diesem saugenden Geräusch beim tiefen Luftholen, doch sie bekam keine Luft mehr. Wir konnten sie nicht beerdigen, ja, nicht einmal aus dem Haus bringen, denn die Granatwerfer und Heckenschützen machten immer weiter, als gebe es kein Morgen.

Kevin ist ein Amerikaner, aus Chicago. Er ist Kameramann. Er sei viel herumgekommen, sagt er. Er sei mit seiner Kamera in Afghanistan und im Libanon gewesen, am Persischen Golf und in Afrika. Er ist groß, und seine Arme sind kleine Muskelberge. Seine Augen haben die grünliche Farbe eines vertrockneten Rasens. Er hat zwei parallel hängende silberne Ohrringe im linken Ohr. Sein Haar trägt er kurz. Er bekommt eine Glatze, und eine Halbinsel aus angegrauten Haaren kriecht ihm die Stirn herab. Er ist mager. Wenn man genau hinsieht, erkennt man am Ansatz der Nasenflügel purpurrote geplatzte Blutgefäße. Es kommt vom Kokainschnupfen. Er hat das im Libanon viel getan. Es war billig, und er brach zusammen. Er hielt es nicht mehr aus. Ein arabischer Junge schoss auf ihn, und er hielt die Waffe für einen Spielzeugrevolver. Die Narbe am Oberschenkel hat die Form einer Furche. Er war damals neu, er konnte nicht mehr, er schnupfte Kokain. Jetzt sei alles in Ordnung, sagt er. Ich mag ihn, weil er Geschichten erzählt. Das tun diese Leute alle, die Reporter und Kameraleute und all die anderen, die herumgekommen sind. Aber sie verbreiten nur Klischees, so als hätten sie zu viele Filme über Auslandskorrespondenten und Kriegsberichterstatter gesehen. Kevins Geschichten sind anders. All diese anderen Leute erzählen immer Geschichten über Journalistenkollegen. Ein englischer Säufer, ein deutscher Ex-Nazi, ein französischer Feigling, eine amerikanische Hure – das sind stereotype Figuren. Sie erzählen nie Geschichten über die örtlichen Bewohner, denn die Einheimischen sind Stoff für die Nachrichten, über sie gilt es zu berichten. Kevin erzählte mir Geschichten aus Afghanistan, wie er im Hochgebirge mit bärtigen Rebellen in einem Hinterhalt lag. Geschichten über russische Konvois, die voller Angst eine tödliche Bergstraße hinaufkrochen, wohl wissend, dass sie beobachtet wurden. Über einen russischen Soldaten, den sie bei vollem Bewusstsein in Stücke schnitten und der unwirkliche Schreie von sich gab, bis ihm ein gnädiger Mullah einen Kopfschuss verpasste. Er filmte die Szene, obwohl er wusste, dass sie ihm das Band wegnehmen würden. Aber es wäre ohnehin nie gesendet worden.

Sie hat mir ein Schwarzweißfoto geschickt: Sie steht auf einem Schutthaufen mitten in den Trümmern der Bücherei. Ich sah Löcher, wo früher Fenster waren, und Säulen, die wie abgebrannte Streichhölzer aussahen. Die Kamera blickt von unten zu ihr hinauf: Sie ist groß und steht hoch aufgerichtet da, wie auf dem Gipfel eines Berges; sie trägt eine kugelsichere Weste, so beiläufig, als wäre es ein Badeanzug.

Ich arbeite als Verbindungsfrau für den Pool ausländischer Fernsehgesellschaften. Ich helfe ihnen nicht nur, in der Hölle zurechtzukommen, Regierungsvertreter zu treffen und zu bestechen und gute Partys zu finden, sondern ich schneide auch das Filmmaterial, das die Crews in der Stadt und im Umland aufnehmen. Das Resultat schicke ich dann per Satellit nach London, Amsterdam, Luxemburg und so weiter. Ich bekomme täglich Material für zwei bis drei Stunden, in der Hauptsache Blut und Gedärme und abgetrennte Glieder. Ich schneide es auf 15–20 Minuten zusammen, die dann den unsichtbaren Menschen übermittelt werden, die daraus – falls es Nachrichtenwert hat – einen Bericht von ein bis zwei Minuten Länge schneiden. Anfangs habe ich noch versucht, die eindrucksvollsten Bilder auszuwählen, mit möglichst viel Blut und Eingeweiden, Krüppeln und toten Kindern. Ich habe versucht, so etwas wie Mitgefühl oder Verständnis oder Schmerz auszulösen, obwohl die ein bis zwei

Minuten, die ich später als von mir geschnitten wieder erkannte, nur mäßig schreckliche Bilder enthielten. Ich habe meine Einstellung geändert. Ich hörte auf, das Grauenvollste herauszupicken, nachdem ich die Aufnahmen einer von vier Männern getragenen toten Frau gesehen hatte. Sie lag lang hingestreckt auf ihren Armen, wie auf einem Katafalk. Ihr Kopf hing abgewinkelt nach unten. Ein Granatsplitter hatte ihr den Schädel aufgerissen. Ein Stück der Schädeldecke mitsamt den Haaren baumelte an einem Hautlappen. Sie legten sie auf die Ladefläche eines Lastwagens, wo bereits andere Leichen aufgehäuft waren. Ihr Schädel war immer noch offen. Ich konnte in den hirnlosen blutigen Hohlraum hineinsehen. Dann schloss einer der Männer den Hohlraum, indem er das herabhängende Stück der Schädeldecke in den ursprünglichen Platz drückte, als lege er einen Deckel drauf. Er tat das mit widerstrebendem Respekt, als ob er ihren nackten Körper zudecken wolle, als ob es irgendwie unanständig sei, in den Kopf eines Menschen hineinzublicken. Ich schnitt die ganze Sequenz heraus und packte sie auf ein anderes Band. Von da an schnitt ich jede derart scheußliche Szene heraus. Das alles kam auf ein eigenes Band, das ich unter meinem Kopfkissen – einem Kleiderbündel – aufbewahrte. Es gab einmal einen blöden kitschigen Film mit dem Titel *Cinema Paradiso*, wo ein Filmvorführer alle Filmküsse aufbewahrte, die der Zensur eines Priesters zum Opfer gefallen waren. Dem entsprechend nannte ich mein Band «Cinema Inferno». Ich habe es mir noch nie in voller Länge angesehen. Eines Tages will ich das tun, und dann werde ich besonders auf die Schnittstellen achten, um zu sehen, wie die Montage von Todesattraktionen funktioniert.

Ich hatte einen Traum: eine Frau allein auf der strahlend hellen Leinwand und davor ein Wassergraben, und jenseits des Grabens liegt ein Raum, fensterlos, voller Menschen. Sie stellt mich dar, sie spielt mich. Ich bin im Publikum, sitze in einer der hinteren Reihen, wo ich mich gerade noch sehen kann, am Rande der Dunkelheit. Sie macht es nicht richtig. So habe ich mich nicht gefühlt, das ist nicht mein Schmerz. Ich will aufstehen und schreien und ihr sagen, dass sie viel zu dicht an mir dran ist. Sie erlangt sogar meine Gestalt, mein Gesicht, meine Stimme. Ich will ihr helfen, aus mir herauszutreten. Aber ich kann nichts tun. Sie ist eine Luftspiegelung. Ich kann nicht aufstehen, weil ich nicht genau weiß, was eigentlich falsch ist. Und dann begreife ich – es ist die Sprache. Ich bin in der falschen Sprache eingeschlossen.

Rassereine Hunde kann man im Rudel oder – eher selten – allein laufen sehen. Man sieht Deutsche Schäferhunde, Irische Setter, Belgische Schäferhunde, Border-Collies, Rottweiler, Pudel, Chow-Chows, Dobermänner, Cocker-Spaniels, Malamuts, Sibirische Huskies, alles. Nach Jahren der Belagerung gibt es natürlich viele Mischlinge. Einige der Kreuzungen würden einen Hundeexperten erstaunen oder erschrecken. Im Winter, wenn jedes lebende Wesen vom Verhungern bedroht ist, neigen Hunde eher dazu, sich zu Rudeln zusammenzuschließen, und sie greifen oft mit einer gemeinsamen Strategie an, wie Wölfe. Es hat Fälle gegeben, wo ein unglaubliches Gemisch von Hunderassen gemeinsam ein Kind oder eine schwache ältere Person angegriffen hat. Ein Deutscher Schäferhund geht dem Opfer an die Kehle, ein Pudel reißt ihm das Fleisch von den Waden.

Nachdem ich ihr in einem Brief banale Erinnerungen aufgetischt habe, wächst in mir das Bedürfnis, ihr alles von mir zu erzählen – ich führe mit ihr imaginäre Gespräche, schneide echte Grimassen, gestikuliere mit echten Händen. Ich denke an all die Dinge, über die ich ihr etwas hätte erzählen können oder sollen: darüber, dass ich mich nur unbeholfen und schwerfällig im Englischen bewege, dass ich in der Syntax ertrinke, dass meine Sätze so hilflos zappeln wie die Arme eines ertrinkenden Kindes; über Bachs Matthäus-Passion*; über meine Hoffnung, dass Spinnen – die bösen Kakerlaken-Killer – in meine Wohnung kommen; über das Fehlen einer Beziehung – oder vielmehr eines Kontaktes – zu Frauen; über ein Einwandererleben ohne Freunde; über die Kurznachrichten, die ich mir immer ansehe, weil ich hoffe, einen flüchtigen Blick auf Sarajewo zu erhaschen; über mein Fenster zum Westen mit Blick auf kitschige Sonnenuntergänge und den fernen Flughafen O'Hare Field, wo nachts Flugzeuge landen, die wie müde Leuchtkäfer wirken; über eine unfreiwillige Erinnerung an meinen Vater, der mit einer Schaufel auf ein Nest voll neugeborener Mäuse einschlägt; über die Tatsache, dass fast alles, was ich ihr erzählen wollte, nicht in dem Brief steht; über das Gefühl des Verlustes, wenn ich den Brief eingeworfen habe, und den feuchten Geschmack der Briefmarken-Gummierung, den ich danach noch stundenlang auf der Zunge habe. Früher habe ich geglaubt, dass Worte alles vermitteln und enthalten können, aber heute glaube ich das nicht mehr, heute nicht mehr.*

Ich lernte Kevin schätzen, weil er mir seine Zuneigung nie offen zeigte. Er erzählte mir einfach Geschichten. Selbst in einem Raum voller Menschen wusste ich, dass die Geschichten für mich bestimmt waren. Ich mochte ihn, weil er so distanziert war. Er sagte, es sei das «Kameramann-Syndrom» –

immer einen Blick von der Welt entfernt. Wir sind nicht verliebt, Liebe kommt nicht in Frage. In dieser gottverlassenen Stadt ist niemand verliebt. Wir erfahren einfach immer mehr übereinander. Wir teilen einfach Geschichten miteinander und werden dabei selbst zu einer Geschichte. Und die Geschichte kann jeden Moment zu Ende gehen. Wenn wir uns lieben – im Finstern, es gibt keinen Strom –, dann geht es hart und grob zu, als ob wir miteinander kämpften, denn jeden Funken der Freude und Liebe müssen wir unseren ermüdeten Körpern abringen. Wir reden nie über den Tag seiner Abreise. Seit seinen Fußmärschen durch die Berge Afghanistans hat er Schwielen an den Füßen.

Nach den grotesken Trauerfeierlichkeiten legten wir Tante Fatima in mein Zimmer. Bald wurde es *ihr* Zimmer. Keiner von uns ging da hinein. Wenn etwas aus ihrem Zimmer gebraucht wurde – ein Schal, eine Decke, ein Foto –, sagte jemand: «Es ist in Fatimas Zimmer», und das hieß, es ist unrettbar verloren. Wir gaben die Hoffnung nicht auf, sie beerdigen zu können, aber eine Woche verging, und sie war immer noch da – meine übel riechende Tante.

Am Dienstag hatte ich das Gefühl (eine Halluzination?), dass mir Kakerlaken das Schienbein hoch liefen – vielleicht verliere ich den Verstand, weil es in meinem Leben nichts anderes mehr gibt als Einsamkeit und Leere. Dieses Gefühl hatte ich bei einem Rockkonzert, während Jungen und Mädchen die Köpfe schüttelten, als wären es Rasseln. Ich dachte, die Kakerlaken seien meine ureigenen, ich dachte, ich hätte sie aus meiner Wohnung mitgebracht, ohne es zu merken. Am nächsten Tag bat ich Art, meinen Hausmeister, mir zu helfen, und er gab mir diese eleganten Fallen, in denen sich süßer Sirup befindet: Die Kakerlaken werden angelockt und kleben dann fest. Sagen wir es so: Art (zu deutsch: Kunst) schafft Raum für abscheuliche Insekten, Art macht Kakerlaken ein Ende.

Ich hasse Kevin. Er brachte Filmmaterial von einem weiteren Massaker: Menschen, die in ihrem eigenen Blut kriechen, gesichtslose Schädel, umherliegende Gliedmaßen, alles in der Art. Da war eine Frau mit abgetrennten Armen. Man sah die zwei zerfetzten Stummel, aus denen das Blut schoss. Sie hielt den blutigen Matsch, der von ihren Armen geblieben war, in Kevins Kamera. Kevin hatte eine Nahaufnahme von ihrem Gesicht, noch im Schock, ohne Schmerz, noch nicht armlos. Diese Nahaufnahme ging fünf lange Minuten, als wär's ein Film von Tarkowskij, verdammt noch mal. Ich fragte Kevin, warum er die Scheißkamera nicht weggeworfen habe, um der Frau zu helfen. Er sagte, er habe nichts für sie tun können. Er sei Kameramann, das sei seine Arbeit und seine Art, Menschen zu helfen. Ich sagte ihm, er hätte diese Großaufnahme nicht machen sollen. Er sagte, nicht er habe sie gemacht, sondern die Kamera. Er habe nur die Kamera gehalten. Ich schnitt die Szene dann trotzdem heraus. Sie kam auf das Cinema-Inferno-Band. Niemand außer mir hat diese Aufnahmen gesehen. Kevin ist so distanziert und so abgeschirmt.

Ich schlafe in einem ehemaligen Fernsehstudio, gleich neben dem Schneideraum. Es ist natürlich fensterlos und granatensicher, es sei denn, sie setzen die schweren Mauerbrecher ein. Was sie nur selten tun, aus welchen Gründen auch immer. Ich nehme an, dass uns auch eine solche Granate nicht sofort töten würde. Sie würde nur für andere Granaten ein Loch reißen. Ich ziehe es vor, sofort zu sterben. Das Studio hat eine kleine Bühne, wo geistlose Folksänger einst im Playback-Verfahren ihren Liebesschmerz präsentierten. Dort oben schlafen wir, wie auf einem Floß – auf einer Bühne, die durchtränkt ist von falschen Tränen und echtem Schweiß. Es gibt immer noch einige Kameras im Studio, deren Objektive nach unten gerichtet sind und durch die eigenen Kurbeln schauen, als schämten sie sich. Das Studio ist riesig und sehr dunkel. Wir beleuchten es mit zwei strategisch platzierten Kerzen. Es gibt zwar elektrischen Strom im Haus, erzeugt von einem stotternden, mit Benzin betriebenen Generator, aber wir brauchen den Strom, um Bilder zu produzieren und zu senden. Wir bewegen uns im Studio, als wären wir blind, und haben dabei die Erinnerungen an das Studio als Landkarte im Kopf. Wir verrücken die Kameras nie, um nicht dagegen zu rennen und uns zu verletzen. Aber irgendwie stehen sie immer im Weg, als bewegten sie sich lautlos und geisterhaft hinter unserem Rücken, um uns zu filmen.

Ich schicke Briefe für sie durch dunkle Rotkreuz-Kanäle – es dauert Monate, bis ein Rotkreuz-Konvoi Sarajewo erreicht, und noch länger, bis sie meine Briefe bekommt. Sie sind dann schon überholt, sie spiegeln nicht mich wider, sondern einen anderen, vernünftigeren Menschen – einen Fremden nicht nur für sie, sondern tatsächlich auch für mich. Wenn ich diese Briefe schreibe, muss ich meine Hilflosigkeit akzeptieren, ich muss einräumen, dass ein anderer sie schreibt, dass ein anderer meinen Körper benutzt, meinen Pelikan-*Füllfederhalter, meine verkrampfte rechte Hand. Was ich auch schreibe, es kommt mir falsch vor, unwahr, weil es in ein, zwei Tagen unwahr sein wird, wenn nicht schon in ein, zwei Augenblicken. Was ich auch sage, ich lüge oder werde lügen. Auf den Seiten des Briefes, auf dem mit Tinte besudelten Weiß des Blattes, versinkt eine düstere Ge-*

genwart in einer trostlosen Vergangenheit. Deshalb neige ich dazu, ihr Dinge zu schreiben, die sie bereits weiß, und Geschichten zu erzählen, die schon vor Jahren erzählt worden sind. Es ist feige, das gebe ich zu, aber ich versuche nur, die Illusion aufrechtzuerhalten, dass ihr Leben und meines bei aller Distanz dennoch gleichzeitig ablaufen könnten.

Der Geruch drang aus Fatimas Zimmer, ganz gleich, was wir dagegen unternahmen. Wir verstopften die Ritzen zwischen Tür und Türrahmen mit Lappen. Wir bespritzten die Lappen und die Tür mit Essig und unseren nutzlosen Parfüms (*Obsession, Magie Noir*). Aber der Gestank war immer da – der süßliche, dichte Geruch des faulenden Fleisches. Mitten in einer der seltenen und kurzen nächtlichen Feuerpausen beschlossen wir, sie aus dem Fenster zu werfen, nachdem meine Mutter laut schreiend aus einem Traum aufgewacht war: In dem Traum waren Maden aus den Augenhöhlen ihrer Schwester gekrochen.

Kevin und ich, wir betrinken uns zu seinen Geschichten mit Bourbon, den er immer irgendwo auftreibt. Er erzählt mir dann Dinge, die er für intim hält: Er erzählt von seiner langjährigen Freundin, die als Immobilienmaklerin arbeitete und davon träumte, ins Repräsentantenhaus gewählt zu werden. Sie kam aus einem Ort namens White Pigeon in Michigan, achtzig Kilometer südlich von Kalamazoo. Während er in der Golfregion war, hinterließ sie ihm auf seinem Anrufbeantworter die Nachricht, dass sie ihn verlassen werde, weil er ein «egoistischer träumerischer Idiot» sei. Er erzählt mir, dass er alles durch einen Sucher sehe. Er habe Vertrauen in das Objektiv der Kamera. Er habe ein ganz natürliches Verhältnis zu seiner Kamera, denn «mit der Kamera sehe ich nichts allein». Da gebe es immer ein zusätzliches Augenpaar, sagt er.

Eine Freundin bat mich, ihr bei der Identifizierung beschädigter Gebäude in Sarajewo zu helfen; sie schickte mir Fotos und hoffte, ich würde die Gebäude erkennen, aber aus meiner Sicht waren sie nicht zu identifizieren. Sie sahen alle gleich aus: Sie hatten alle zerstörte Fenster – schwarze Löcher, als seien ihnen die Augen ausgestochen worden; sie waren umgeben von Ringen aus Schutt, als seien Ruinen aus intakten Gebäuden herausgemeißelt worden; es gab keine Menschen auf diesen Bildern. Was dort zu sehen war, das waren keine Gebäude – und schon gar nicht Gebäude, die ich hätte betreten oder verlassen können: Was es auf den Bildern zu sehen gab, war etwas, was nicht zu sehen war – die Bilder dokumentierten den Schlusspunkt des Auflösungsprozesses, das pure Nichts.

Die Menschen stehen in einer Schlange am Punkt A und warten darauf, dass sie an die Reihe kommen. Wenn du an der Reihe bist, darfst du nicht zögern, du musst losrennen, denn je länger du wartest, desto besser ist der Heckenschütze auf dich vorbereitet. Zudem willst du die unsägliche Angst der wartenden Menge nicht teilen. Als ich das erste Mal von Punkt A zum Punkt B lief, war die Angst in der Tat unsäglich. Du hast Schmerzen im Bauch, als zermalme dir eine große Stahlkugel die Eingeweide. Das Blut pocht in den Adern an deinem Hals. Feuchte Hitze im Innern deiner Augäpfel. Deine Glieder sind wie erstarrt, und das wird beim Laufen noch schlimmer. Schweißtropfen kullern dir wie eine Miniaturlawine aus Angst über die Wangen. Du siehst kein Leben vor deinen Augen ablaufen. Du blickst nur ein, zwei Meter voraus, und du siehst all die kleinen Dinge, über die du stolpern könntest. Du hörst jedes auch noch so leise Geräusch. Wie deine Füße Dreck und Schutt wegschieben. Ferne Detonationen. Schreie verängstigter und verletzter Menschen. Pfeifende Querschläger. Das Todesröcheln der Person hinter dir.

Das hier bin ich in den Mauern, die von der Bibliothek noch übrig sind. Wenn sich das Bild entsprechend vergrößern ließe, könnte man um mich her Stäubchen in der Luft sehen – die kalte Asche von Büchern. Die Aufnahme wurde an dem Tag gemacht, als ich die kugelsichere Weste bekam. Es war einer der glücklichsten Tage meines Lebens, dieses Lebens. Eine kugelsichere Weste erhöht deine (besser gesagt: meine) Überlebenschancen ganz erheblich. Der Heckenschütze muss dich am Kopf treffen, um dich zu töten. Weshalb ich meine Haare ganz kurz schneide, damit mein Kopf kleiner wirkt. Manchmal komme ich mir vor wie die beschissene Jungfrau von Orleans, nur eben ohne Armee und ohne Stimmen, die mich führen.

Meine Mutter und mein Vater wickelten sie in ein Leintuch und dann in ein zweites und dann in ein drittes, die Gesichter von heftigem Brechreiz verzerrt. Ich konnte nicht verfolgen, wie sie sie endgültig über den Fenstersims stießen, aber ich hörte den Aufprall. Mir ging ein Satz durch den Kopf, der nach einem Filmzitat klang: «Ihr Leben endete mit einem dumpfen Schlag.»

Seit April habe ich von Aida keinen Brief mehr erhalten. Seither muss ich mir ihre Briefe ausdenken, ich muss ihre Briefe für sie schreiben, ich muss sie mir vorstellen, denn das ist die einzige Möglichkeit, die Belagerung zu durchbrechen und mit ihr in

Verbindung zu bleiben. Ich bin mir sicher, dass sie lebt. Ich bin mir sicher, dass ich irgendwann ein ganzes Bündel ihrer fortlaufenden Briefe in meinem Briefkasten finden werde. Ich bin mir sicher, dass sie in diesem Augenblick an mich schreibt.

Dieser Krieg, mein Freund, ist Männersache. Neulich hörte ich einen «Witz»: «Was ist eine Frau?» – «Das Zeug um die Muschi herum!» Die Männer in den Tarn-Uniformen fanden das so lustig, dass sie mit ihren Gewehrkolben den Boden bearbeiteten. Ich spürte, dass der Witz auf mich gemünzt war. Von uns wird erwartet, dass wir schweigen, die Beine breit machen, weitere Krieger gebären und mit mütterlicher Würde sterben. Ich glaube, am meisten fürchte ich mich vor einer Vergewaltigung. Wenn dich die Kugel eines Heckenschützen trifft, sterben dein Körper und du selbst zur gleichen Zeit. Vorausgesetzt natürlich, dass du auf der Stelle tot bist; aber gewöhnlich ist das so, weil sie so verdammt gut sind. Aber ich will nicht, dass mein Körper verstümmelt, zerfleischt, geschändet wird. Ich will das nicht miterleben. Wenn ich gehen muss, möchte ich meinen Körper mit mir nehmen. Hast du von den Lagern gehört, in denen Massenvergewaltigungen stattfinden?

Als ich diesen Job bekam, zog ich ganz in das Fernsehgebäude und ging nur noch gelegentlich nach Hause, um zu sehen, ob meine Eltern noch am Leben waren. Gewöhnlich ging ich da am Sonntagnachmittag hin, nachdem wir vormittags noch die Freitagsreste gesendet hatten. Doch dann änderte ich meine Gewohnheit, weil mir klar wurde, dass mein örtlicher Heckenschütze auf mich wartete. Bevor ich losrannte, war alles ruhig, und mehrere Leute liefen über den Parkplatz, ohne beschossen zu werden. Wenn ich dann startete, umschwirrten mich Kugeln wie wütende Bienen. Er beobachtete mich. Er wusste, dass ich kam. Er wartete auf mich und spielte dann mit mir. Jetzt gehe ich zu unterschiedlichen Zeiten hin und nehme nicht immer denselben Weg, und ich versuche, jedes Mal anders auszusehen, um von dem Scharfschützen nicht erkannt zu werden, denn es könnte leicht einer meiner früheren Freunde sein.

Während mein Kopf noch auf dem Kissen lag und mein Alptraum durch das plötzliche Erwachen noch nicht völlig ausgelöscht war, schlug ich die Augen auf und sah einen Kakerlak vom Küchenherd über den grauen Fliesenboden zum Teppich laufen, wo er etwas langsamer wurde, als laufe er auf Sand, dann unter dem Stuhl hindurch und quer durch den Raum auf mich zu, um meine Pantoffeln herum, jetzt nur noch bestrebt, sich unter meinem Futon in Sicherheit zu bringen. Ich beobachtete ihn, er lief schnell und zielstrebig, ohne anzuhalten, ohne zu zögern. Wovor lief er weg? Was hielt diesen kleinen Motor in Gang? Der Wunsch zu leben? Angst vor dem Tod? Die instinktive – vielleicht sogar molekulare – Ahnung, dass der Blick des Höchsten Scharfschützen auf ihm ruht? Was für eine schreckliche Welt, dachte ich, wenn jede Kreatur in Angst lebt und stirbt. Ich griff nach meinem linken Pantoffel, aber der Kakerlak war bereits unter dem Futon.

Heckenschützen töten oft Hunde, nur so zum Spaß. Manchmal veranstalten sie Wettbewerbe im Hunde-Abknallen, aber nur, wenn es keine menschlichen Zielscheiben auf den Straßen gibt. Für einen Kopfschuss gibt es die meisten Punkte, nehme ich an. Man sieht so manche Hundeleiche mit zerschmettertem Kopf, als wäre es eine zerquetschte Tomate. Wenn Heckenschützen auf Hunde schießen, halten sich die gegen Heckenschützen eingesetzten Patrouillen zurück, da ständig mit einer Tollwutepidemie gerechnet werden muss. Wenn ein unerfahrener, neuer oder unachtsamer Scharfschütze einen Hund nur anschießt und wenn dieser Hund dann verzweifelt herumrennt und blutend und heulend alles beißt, was den Schmerz und die Angst lindern kann, dann wird vielleicht sogar ein Mitglied der Patrouille den Hund erschießen, und dabei wird er, wie immer, auf den Kopf zielen.

Neulich bin ich mit Kevin durch Sarajewo gegangen und habe ihm meine Lieblingsplätze gezeigt. Er nahm seine Kamera mit. Es gefällt mir an Kevin, dass man ihm nicht alles zu erklären braucht. Er sieht einfach, was er sehen soll. Und er sagt auch nicht jedes Mal, dass er versteht. Du weißt es auch so. Wir wussten zum Beispiel beide, dass sich die Orte auf unserem Rundgang zwischen den zwei Möglichkeiten bewegten, eine Erinnerung zu sein oder in einen Schutthaufen verwandelt zu werden. Die Kamera hielt den Prozess der Auflösung fest. Zur Zeit ist ein Waffenstillstand in Kraft, und das macht mir immer ein wenig Angst – zum einen, weil Stille oft schrecklicher ist als der vertraute anhaltende Lärm des Dauerfeuers, und zum anderen, weil ich Angst habe, Kevin könnte Langeweile bekommen und abreisen. Wahrscheinlich habe ich deshalb den Rundgang mit ihm gemacht. Mit seiner Kamera folgte er mir wie ein Schatten. Ich zeigte ihm unsere Schule. Ich stand im zertrümmerten Fenster unseres Klassenzimmers, und er filmte mich, während ich in die Kamera winkte. Ich stellte mich in die Ecke, aus der Princip jene historischen Schüsse abgefeuert hatte. Meine kleinen Füße passten, wie immer, in seine Fußabdrücke im Beton. Ich zeigte ihm die wenigen Kneipen, in die wir früher öfter gegangen waren. Zum Teil waren sie geschlossen – der Besitzer tot oder sonst was –, und zum Teil waren sie voller Schwarzmarkthändler und Männer in Uniform, die ihre Gewehre in Griffweite auf der Theke liegen hatten. Ich ging mit ihm in den mittlerweile baumlosen Park – es wurde dringend Brennholz gebraucht –, wohin ich früher Jungs gelockt und aufgefordert hatte, meine Brüste anzufassen, wobei sie dann viel zu ängstlich waren, weiter zu gehen. Ich erzählte das alles in die Kamera, und er umkreiste mich, die Knie gebeugt wie kurz vor einem Kniefall. Und dann sagte ich ihm, so wie ich es jetzt dir, dem Unsichtbaren, sage, dass ich schwanger war.

Dann wachten wir darüber, über das weiße Bündel, das einmal meine Tante gewesen war. Von dem Fenster aus, das die Heckenschützen nicht sehen konnten, wachten wir über das Bündel aus verwestem Fleisch, als wären wir auf einer Totenwache, die allerdings etwas anderem galt als Tante Fatima und dennoch von transzendentaler Bedeutung war. Wir wechselten uns ab, wie im Schichtbetrieb. Mein Vater fragte mich sogar, als er seine Schicht antrat, ob alles in Ordnung sei. Ich sagte: «Nein, nichts wird jemals wieder in Ordnung sein.» Ich bin entsetzt über die – wenn auch vorgebliche – Ruhe, mit der ich dir das erzähle. Mir ist, als könnte ich jeden Moment den Verstand verlieren.

In den Ecken meines Zimmers gibt es viele kunstvolle Spinnweben, aber ich habe noch keine Spinnen gesehen. Offenbar haben die Spinnweben eine rein symbolische Funktion – sie sollen mir vor Augen halten, dass ich in der Falle sitze und jederzeit damit rechnen muss, dass ein Zahn oder Stachel Gift in meinen Körper spritzt und mir dann das Blut aussaugt. Der Raum, den ich bewohne, wird zu einem Teil meiner selbst – der Raum macht Aussagen über mich, als wären die Wände die Sei-

ten eines Buches und ich ein Held, eine bestimmte Figur, ein Jemand.

Ich hatte also die Frühschicht. Und gleich nach dem Hellwerden sah ich ein Hunderudel auf unser Haus zukommen. Ein Rottweiler war dabei, ein Pudel und mehrere Mischlinge. Sie zerfetzten die Leintücher, und ich wandte den Kopf ab, aber ich konnte nicht weggehen. Das Einzige, was ich von dem Moment noch weiß, ist, dass ich ans Skilaufen dachte. Ich sah mich mit hoher Geschwindigkeit die Piste hinunterrasen, spürte den peitschenden Fahrtwind in meinem Gesicht und hörte das Geräusch, mit dem die Skier den Schnee wegschoben; es klang, als werde eine Tonaufnahme von Wellen zu hochtourig abgespielt. Als ich wieder aus dem Fenster schaute, konnte ich nicht zu der Stelle hinsehen, wo die Leiche lag. In einer Art von Kompromiss sah ich daran vorbei. Dabei sah ich den Rottweiler mit einer Hand zwischen den Zähnen davontraben. Ich wollte, ich hätte eine Kamera dabeigehabt, dann müsste ich mich nicht daran erinnern. Es tut mir Leid, dass ich dir das erzählen musste.

Meine Haare sind jetzt völlig grau. Was macht Chicago? Schreib mir, auch wenn deine Briefe hier nicht ankommen.

Mit einer blitzschnellen und außerordentlich geschickten Handbewegung schnitt ich den Kakerlak mit dem Messer in zwei Teile: Die vordere Hälfte lief noch ein paar Zentimeter weiter und fing dann an, wie rasend um den Kopf zu kreiseln; die hintere Hälfte stand nur da, wie überrascht, und sonderte farblosen Schleim ab.

Blutend wachte ich in einem blutdurchtränkten Bett auf; ich war in einem teuren langweiligen Hotel beim Flughafen London-Heathrow, wo ich nun schon über eine Woche auf Kevin wartete. Kevin, der es noch nicht mal für nötig hielt, mich anzurufen. Ich versuchte ihn in Amsterdam, Paris, Atlanta, New York, auf Zypern, ja sogar in Johannesburg zu erreichen und hinterließ überall Botschaften und Flüche. Aber dann wischte ich mich einfach ab und ging zurück nach Sarajewo; im Hotel blieben ein Haufen blutiger Handtücher und Bettwäsche, eine leere Minibar, ein zerbrochenes Glas im Bad und eine unbezahlte Rechnung auf Kevins Namen und mit seiner Adresse in Zypern. Nun bin ich also wieder hier, nicht schwanger, so leichtblütig wie eh und je, aber so traurig wie noch nie.

Ich kaufte mir eine Polaroid, um meine Abwesenheit zu erkunden, um herauszufinden, wie der Raum und die Dinge wirken, wenn ich ihnen nicht meine Gegenwart aufdränge. Ich machte Schnappschüsse – Hochglanzfotos von stillen Momenten, die Ränder dunkler als die Mitte, als löse sich alles auf –, ich machte Schnappschüsse von meiner Wohnung und den Dingen in ihr: Hier ist mein Deckenventilator, der sich nicht dreht; hier ist mein leerer Stuhl; hier ist mein Futon, der aussieht, als sei gerade erst jemand aufgestanden; hier ist mein leeres Bad; hier ist ein vertrockneter Kakerlak; hier ist ein Glas mit stillem Wasser, das nicht getrunken wird; hier sind meine unbenutzten Schuhe; hier ist mein Fernseher, den niemand einschaltet; hier ist ein Blitz im Spiegel; hier ist nichts.

Wenn du Punkt B erreichst, ist der Adrenalin-Stoß so stark, dass du dich *zu* lebendig fühlst. Du siehst alles klar, aber du begreifst nichts. Deine Sinne sind so überladen, dass du alles vergisst, bevor du es richtig wahrgenommen hast. Ich bin hundertmal von Punkt A zu Punkt B gelaufen, und das Gefühl ist immer dasselbe, aber ich habe es vorher noch nie gespürt. Ich nehme an, diese hochgradige Erregung ist schuld daran, dass die Leute so schnell verbluten. Ich habe Blut in wahren Sturzbächen aus grazilen Körpern strömen sehen. Eine Frau, die im Todesröcheln ihre Handtasche umklammert, während ein letztes Zittern durch ihren Körper läuft. Ich habe Blutbäche aus überraschten Kindern schießen sehen, und sie blicken dich an, als hätten sie etwas Unrechtes getan – ein Fläschchen mit teurem Parfum zerbrochen oder so. Doch sobald du Punkt B erreichst, ist alles rasch verflogen, als wäre es nie geschehen. Du rappelst dich auf und kehrst in dein belagertes Leben zurück, froh, am Leben zu sein. Du streichst eine feuchte Locke aus der Stirn, atmest tief durch und steckst die Hand in die Tasche. Und da findest du vielleicht – vielleicht auch nicht – eine wertlose Münze. Eine Münze.

Der blinde Jozef Pronek & die Toten Seelen

Und am Ende, als er nach manchem Hin und Her zwischen Toilettentisch und Kleiderschrank alles gefunden hatte, was er brauchte, und sich zwischen den Möbeln, die ihn still ertrugen, angezogen hatte und endlich fertig war, stand er mit dem Hut in der Hand da und fühlte sich peinlich davon berührt, dass ihm selbst im letzten Moment kein Wort einfiel, das diese feindselige Stille vertreiben würde; er ging dann langsam zur Tür und ließ resigniert den Kopf hängen, während ein anderer, der ihm für immer den Rücken zukehrte, im Gleischschritt in die entgegengesetzte Richtung ging, hinein in die Tiefen des Spiegels, durch die Reihe leerer Räume, die nicht existierten.

Bruno Schulz, *Mr. Charles*

FÜR SEMEZDIN MEHMEDINOVIC

Der rote Schal

In dem Moment, da Pronek aus dem Flugzeug stieg (ein müder Steward, zerknittert und grau, rief ihm strahlend ein deutsches «Auf Wiedersehen» zu), wurde ihm klar, dass er seinen roten Wollschal – mit einem Senffleck aus dem Flughafencafé in Wien – im Gepäckfach zurückgelassen hatte. Er überlegte kurz, ob er zurückgehen und ihn holen sollte, aber die unbarmherzige Walze seiner Pilgergefährten schob ihn durch den labyrinthischen Tunnel, bis er eine Reihe gleichartiger Kabinen sah, in denen uniformierte Beamte damit beschäftigt waren, kleine Reisepässe zu studieren, während allerlei Passagiere gehorsam hinter einem auf den Fußboden gemalten dicken gelben Strich standen und warteten. Ein Mann hielt ein Schild mit Proneks falsch geschriebenem Namen (Proniek) in die Höhe und musterte die Menschenmenge, die sich zwischen schwarzen Kordeln hindurchschlängelte, als suche er eine Person, der er den Namen zuteilen könnte. Pronek ging zu ihm hin und sagte: «Diese Person bin ich.» «Ach, Sie sind das», sagte der Mann. «Willkommen in den Staaten.»

«Danke», sagte Pronek. «Vielen Dank.»

Der Mann führte ihn an den Wartenden vorbei, die ihre Reisepässe umklammerten und ihre zum Bersten vollen Reisetaschen mit den Füßen vor sich herschoben. «Wir brauchen nicht zu warten», sagte der Mann und nickte Pronek zu, als wolle er ihm ein Geheimnis mitteilen. «Sie sind unser Gast.»

«Danke!», sagte Pronek.

Der Mann ging mit ihm zu der Kabine, die bis zum Rand der Glasscheibe von einem gigantischen Mann ausgefüllt war. Hätte jemand abrupt die Tür seiner Kabine aufgemacht, dann wäre sein Fleisch langsam herausgelaufen, wie dünner Teig, dachte Pronek.

«Tag, Wyatt!», sagte Proneks Begleiter.

«Tag, Virgil!», sagte der Teigmann.

«Er ist unser Gast!», sagte Virgil.

«Wie geht's denn so, Kumpel?», sagte der Teigmann. Er hatte einen Schnurrbart, und Pronek sah plötzlich die Ähnlichkeit mit dem fetten Detektiv aus der amerikanischen Fernsehserie, der die Krawatte immer lässig um den offenen Hemdkragen hängen hatte.

«Mir geht es sehr gut, Sir, ich danke Ihnen», sagte Pronek.

«Und, was willste hier machen, Kumpel?»

«Das weiß ich noch nicht, Sir. Reisen. Ich glaube, man hat Programm für mich.»

«Ganz bestimmt», sagte er und blätterte in Proneks rotem jugoslawischem Pass, als wäre es ein schmuddeliges Magazin. Dann griff er nach einem Stempel, knallte ihn auf eine Seite in dem Pass und sagte: «Okay, Kumpel, dann lass es dir mal gut gehen.»

«Wird gemacht, Sir. Ich danke Ihnen.»

Was wir gerade erlebt haben, ist Jozef Proneks Ankunft in den Vereinigten Staaten von Amerika. Das war am 26. Januar 1992. Nun, da er auf dieser Seite angekommen war, fühlte er sich auch nicht anders als vorher. Er wusste jedoch ganz genau, dass er nicht zurückgehen konnte, um seinen roten Schal mit dem gelben Senffleck zu holen.

Virgil erklärte Pronek, wie er zu seinem Flugzeug nach Washington D.C. kam, aber Pronek hörte nicht richtig zu, denn er hatte plötzlich Virgils imposanten Kopf vor Augen. Er sah das Tal der Kahlheit zwischen den zwei Haarbüscheln, die entsetzt von der zum Vorschein kommenden Kugel wegstrebten. Die Haut in Virgils Gesicht war mit einem feinen Netzwerk aus Blutgefäßen überzogen, die wie Flussläufe auf einer Landkarte aussahen, mit zwei hochroten Deltas um die Nasenlöcher. Haare lugten aus seiner Nase und zitterten kaum wahrnehmbar, als steckten zwei Tausendfüßler in seinen Nasenlöchern, die verzweifelt ihre kleinen Beinchen bewegten. Pronek wusste nicht, wovon Virgil redete, sagte aber trotzdem immer wieder: «Ich weiß. Ich weiß.» Dann verabschiedete sich Virgil mit einem herzlichen Händedruck von Pronek: «Wir schätzen uns glücklich, Sie hier zu haben.» Was konnte Pronek darauf sagen? Er sagte: «Danke.»

Er tauschte Geld bei einem lustlosen, von Karbunkeln gezeichneten Teenager hinter einer dicken Glasscheibe und setzte sich dann folgsam an eine Bar, die ihn mit grellen Neonbuchstaben einlud: «Trinken Sie ein Glas mit uns.» Während er noch las, was auf den Dollarnoten stand (*«In God we trust»*), sprach ihn die Bedienung an: «Hübsch grün, die Scheinchen, eh? Was soll's denn sein, Schätzchen?»

«Bier», sagte Pronek.

«Was für ein Bier denn? Wir sind hier nämlich nicht in Russland, wir haben alle Arten von Bier. Wir haben Michelob, Miller, Miller Light, Miller aus dem Fass, Bud, Bud Light, Bud Ice. Alles, was Sie wollen.»

Sie brachte ihm ein Bud Light und fragte: «Welche Mannschaft möchten Sie im Superbowl siegen sehen?»

«Ich weiß nicht.»

«Ich komm aus Buffalo. Ich glaub, ich dreh durch, wenn die Bills auch dieses Jahr wieder verlieren.»

«Hoffentlich verlieren sie nicht», sagte er.

«Das würd ich ihnen auch nicht raten», sagte sie. «Sonst werde ich echt wütend.»

Alle Fernseher in der Bar liefen, aber überall war das Bild verzerrt. Aus den kantigen Köpfen zweier Toupet-Träger im Gespräch wurden spiralig aufsteigende Rauchkringel, und als sie ihre stabile Form wiedergewannen, sah Pronek, dass sie ihre Mikrofone angrinsten, als wären es köstliche Lollipops, und dann wurden sie wieder zu Zerrbildern. Einen Moment lang dachte Pronek, seine Augen hätten sich noch nicht an die Art und Weise angepasst, wie in diesem Land Bilder übermittelt wurden. Er erinnerte sich, dass Hunde alles anders sahen als Menschen und dass ihnen alles verschwommen erschien. Ganz zu schweigen von Fledermäusen, die überhaupt nichts sahen und trotzdem um Telefonmasten herumflogen, ohne sie zu rammen; sie hatten nämlich eine Art von Sonar im Kopf, und das bedeutete, dass sie nur Echos verstanden.

Nutzlose Gedanken dieser Art gingen Pronek häufig durch den Kopf.

Pronek sah, wie ein älteres Ehepaar unter einem der Fernseher Platz nahm. Der Mann hatte Falten im Gesicht, die strahlenförmig von seinen Augenwinkeln ausgingen, und er trug eine Mütze der Redskins. Die Frau hatte toupiertes Haar und viel Ähnlichkeit mit dem Washington auf der Eindollarnote. Auf einem Schild hinter ihrem Rücken stand «Raucher». Sie saßen schweigend da; ihre Blicke, die im rechten Winkel zueinander standen, trafen sich über dem blechernen Aschenbecher in der Mitte des Tisches. Die Bedienung («Ich heiße Grace», sagte sie. «Guten Tag.») brachte ihnen zwei Miller Lights, aber sie rührten sie nicht an. Stattdessen zog der Mann ein schwarzes Buch aus seiner abgewetzten Segeltuchtasche und legte es aufgeschlagen zwischen die zwei schwitzenden Flaschen. Dann machten sie sich zusammen ans Lesen, die Köpfe fast in Tuchfühlung, die linke Hand des Mannes auf der rechten Hand der Frau liegend, wie ein Frosch auf einem Frosch beim Liebesakt. Sie fingen an zu weinen und drückten einander die Hand so fest, dass Pronek sehen konnte, wie die Fingerspitzen der Frau rot wurden, während sich ihre blassroten Fingernägel zu dehnen schienen.

Dies war für Pronek der erste in einer ganzen Reihe von Kulturschocks, wie wir das gemeinhin nennen.

Er wanderte auf dem ganzen Flughafen umher und stellte sich dabei vor, sein Grundriss entspreche John Kennedys hingestrecktem Körper, mit ausgebreiteten Armen und Beinen und Flugzeugen wie Blutegel, die an Zehen und Fingern saugten. In seiner Vorstellung wanderte er durch Kennedys Verdauungsapparat, schwamm in einem sprudelnden Säurestrom wie eine Bakterie und landete schließlich in seinem glucksenden Nieren-Badezimmer. Er verließ den Flughafen durch eines von JFKs Nasenlöchern, vor dem gelbe Taxis aufgereiht waren, als wenn sie einen schmalen Schnurrbart bildeten.

Am Ende stellte er sich in die Menschenschlange, die sich langsam in den Tunnel zum Flugzeug nach Washington D.C. schob. «Guten Tag, wie geht's?», sagte ein Steward, ohne allerdings auf eine Antwort zu warten. Pronek hatte einen Fensterplatz, und neben ihn setzte sich ein Mann, der aussah, als sei er von einem Kompressor aufgeblasen worden, wie ein Luftballon. Der Mann war so fett, dass er zwei Sitze belegte und seinen linken Oberschenkel anschnallen musste.

«Es will mir nicht in den Kopf, dass ich den Super Bowl verpasse», sagte der Mann und atmete aus. «Ich war dieses Jahr bei jedem Spiel der Redskins im Stadion, verdammt noch mal, und ausgerechnet das Endspiel läuft ohne mich. Scheiße, Mann. Sind Sie Redskins-Fan?»

«Ich fürchte, bei dem Sport weiß ich nicht einmal die Regeln.»

«Aha, Sie sind Ausländer!», rief er triumphierend und atmete wieder aus. «Was halten Sie von Amerika? Ist es nicht das großartigste Land der Welt?»

«Ich fürchte, ich weiß es noch nicht. Ich bin gerade erst angekommen.»

«Großartig, sag ich Ihnen. Die Leute. Die Freiheit und all das. Das beste Land der Welt.» Er beendete die Unterhaltung mit einer ruckartigen Kopfbewegung und schlug ein Buch mit dem Titel *Sieben göttliche Gesetze des Wachstums* auf. Pronek blickte hinaus auf das harte Aluminium der Tragfläche, der Oberkörper verdreht, die Wange in den Stoff der Rückenlehne gedrückt, deren Beschaffenheit ihn an seinen roten Schal erinnerte, und dann schlief er ein, bis er durch seinen Magen, der beim Abheben des Flugzeugs nach oben in den Hals rutschte, wieder aufgeweckt wurde.

Murmeln

Pronek hasste seinen Hals, weil er immer steif wurde und sich in einen Knoten aus dicken Sehnen verwandelte. Die massierte er dann ohne Ende, wodurch der Schmerz nur noch größer wurde, während sich die Sehnen, so hart wie Drahtseile, unter seinen Fingerspitzen hin und her bewegten. Sollte er je einmal enthauptet werden, dachte er, dann wäre der Scharfrichter in Gefahr, denn die Axt würde wahrscheinlich abprallen und dem Ärmsten den Kopf spalten, als wär's eine

Wassermelone. Sie würden seinen Hals mit den stählernen Sehnen eine Woche oder so in einem Säurebad einweichen müssen, ehe sie ihm den Kopf abschlagen konnten.

Pronek und seine schattenhaften Mitreisenden schwebten auf Washington herab, und er musste den ganzen Körper verdrehen, um die schwachen Lichter der Hauptstadt im Fenster zu sehen, «wie sterbende Funken unter der Asche einer wolkigen Nacht» (das war Proneks Gedanke in diesem Augenblick – ganz hübsch, das müssen wir zugeben). Der Flugbegleiter erschien von irgendwo hinter Proneks Rücken und erschreckte ihn, als er sein Gesicht in die Spalte zwischen der Brust des fetten Mannes und dem Sitz davor schob und fragte: «Darf ich Ihnen noch ein Bier bringen, Sir?» Pronek drehte sich mit dem ganzen Körper – gegen den schmerzhaften Widerstand der Sehnen – wie eine Handpuppe zu dem Flugbegleiter hin und gab ihm die Erlaubnis, seinen nützlichen Dienst zu tun. Der Flugbegleiter schien fürs Lächeln bezahlt zu werden und war so braun wie ein tadellos gebratenes Hähnchen.

Pronek wurde, wie oben beschrieben, von der Walze seiner Pilgergefährten in das Flughafengebäude geschoben.

Zuerst begann die gigantische Spitze einer auf einer Stange montierten Brustwarze zu blinken und zu hupen, dann setzte sich das leere Karussell in Bewegung. Sperrige Taschen und rechtwinklige Koffer purzelten durch den schwarzen Vorhang und glitten dann – huui! – die Rutsche herab in den unveränderlichen Kreislauf des Karussells. Proneks gesichtslose Mitreisende umschwärmten das Karussell, als wären sie Bakterien in den Tiefen eines Magens und als werde die zu verdauende Nahrung gerade eben von der Oralen Abteilung nach unten geschickt. Proneks Tasche war verloren. Er starrte auf das leere Karussell, das sich noch eine Weile sinnlos weiterdrehte, ehe es stehen blieb, um in auffälliger Stille zu glänzen. Pronek hatte als Handgepäck nur eine kleine Reisetasche, voll gepackt mit Büchern und Katalogen für zollfreies Einkaufen und einem drei Tage alten Stück *burek*, das ihm seine Mutter als Reiseverpflegung mitgegeben hatte und auf dem sich mittlerweile – dessen können wir sicher sein – allerlei vom Balkan stammende kriegerische Mikroorganismen vermehrten.

Hinter einer zierlichen schwarzen und langen Kordel stand ein Mann mit Proneks falsch geschriebenem Namen und einem Fragezeichen dahinter («Pronak?»). Der Mann hielt sich das Schild so vor den Bauch, dass die untere Kante leicht in seine Handflächen einschnitt, und für Pronek sah es so aus, als hätten sie ihm seinen Namen weggenommen und diesem Mann gegeben, der offensichtlich ein ehrliches, arbeitsames, diszipliniertes Individuum war. Zögernd schüttelte der Mann Proneks schlaffe Hand, als fürchte er, das Schild könnte ihm weggenommen werden.

Der Mann hieß Pronek willkommen und fragte mit gespieltem – aber absolut höflichem – Interesse, wie die Reise gewesen sei. «Sie war wie Marlows Expedition zu Kurtz», sagte Pronek. «Wow!», sagte der Mann, der bestimmt keine Ahnung hatte, wovon Pronek redete – was man ihm aber nicht vorwerfen sollte. Der Mann hatte dunkle, kurze Haare, die sich ungeordnet von seiner Stirn zurückzogen, dazu aschgraue Flecken hinter den Ohren. Er half Pronek freundlicherweise, nach seinem Gepäck zu forschen, aber vergeblich.

Draußen schneite es unaufhörlich, als zerfetze der zornige Gott Daunenkissen im Himmel. Der Mann fuhr durch das gleißende weiße Labyrinth des Schneesturms. Dabei deutete er auf Gegenstände und Gebäude, die wie Schachtelteufel plötzlich aus dem wilden Schneetreiben auftauchten: ein gigantischer Zahnstocher, von unten beleuchtet, als ob kniende Andächtige Taschenlampen auf seine Spitze richteten; eine Reihe von Bauten, bei deren Anblick Pronek beschloss, künftig jedem, der sich für seine USA-Eindrücke interessierte, zu sagen, sie seien in einem neonazistischen, neoklassizistischen, neo-aufgeblasenen Stil erbaut (was unserer Meinung nach nicht ganz berechtigt ist).

«Und das ist das Weiße Haus», sagte der Mann frohlockend.

«Ich möchte nur kennen», sagte Pronek, nicht ganz korrekt, «warum es Weißes Haus heißt. Muss man weiß sein, um da zu wohnen?»

Der Mann fand das nicht komisch und sagte: »Nein, es heißt so, weil es aus weißem Marmor gebaut wurde.»

Proneks Hals war jetzt völlig steif, praktisch versteinert, und so drehte er sich mit dem ganzen Oberkörper zu dem Mann hin und legte die linke Hand auf die Kopfstütze hinter dem Nacken des Mannes, wo sich schamlos ein paar Büschel ungebändiger Haare behaupteten. Der Mann warf einen kurzen Blick auf Proneks Hand, als fürchte er, sie könnte sich um seinen Hals legen.

«Haben sie beim Bauen Sklaven benutzt?»

«Ich weiß nicht, aber nein, ich glaube nicht.»

Der Mann hieß Simon.

Sie fuhren schweigend durch den nachlassenden Schneesturm. Als sie zum Hotel kamen, taumelten nur noch vereinzelt große Schneeflocken wie Schmetterlinge durch die Luft, wie um nach einem anstrengenden Tag eine Pause einzulegen. Simon beglückwünschte Pronek zu seinem Englisch und ließ ihn – den mutmaßlich Verbündeten – wissen, dass die Redskins gewonnen hatten. «Ich weiß kaum Regeln», gab Pronek zurück. «Es ist ein großartiges Spiel», sagte Simon und lud ihn dann ein, ihn in seinem Haus in Falls Orchard in Virginia zu besuchen und seine Frau Gretchen und ihre vier Töchter kennen zu lernen. Pronek nahm die Einladung bereitwillig an, obwohl er genau wusste, dass er Simon nie wieder sehen würde.

Das Hotel war ein Quality Inn.

Pronek sollte sich – bis zum heutigen Tag – mit gespenstischer Klarheit an das Zimmer im Quality Inn erinnern: ein großes Doppelbett in einem grünen Cape starrte mit seinen Kissen-Augen zur Decke; ein dunkler Fernseher schaute geduldig zum Bett hin, wie ein Hund, der auf eine Belohnung wartet; ein asketischer Stuhl breitete seine hölzernen Armlehnen aus, um an einen langweiligen Schreibtisch einzuladen; eine beschirmte Lampe warf ihr Licht schüchtern auf die Schreibfläche; ein schwerer, matronenhafter pfirsichfarbener Vorhang verdeckte ein großes Fenster mit einem großzügigen Ausblick auf eine endlose Mauer. Das Bad war makellos sauber, und die Handtücher waren so gestapelt, dass sie an einen Schneewürfel denken ließen. Pronek betätigte immer wieder die funkelnde Wasserspülung und beobachtete verblüfft (er hatte von einer Klosettschüssel eine ganz andere Vorstellung, als wir sie haben), wie das Wasser unten geradezu begeistert reingeschlürft wurde, nur um mit fließender Sicherheit wieder anzusteigen, bis es die ursprüngliche Höhe erreicht hatte. Am Boden der Badewanne klebten zwei Fußabdrücke aus Gummi, und an der Wand war eine Art Lenkstange befestigt. Pronek drehte vorsichtig den Wasserhahn auf, stellte sich auf die Fußabdrücke, die mit seinen Füßen genau übereinstimmten, und ergriff die Lenkstange, aber nichts passierte.

Wir können nicht mit letzter Sicherheit wissen, was seiner Vorstellung nach hätte passieren sollen.

Er wusch seine blassblaue Unterwäsche und den abgenutzten Kragen seines ziemlich unpassenden Flanellhemdes und breitete sie dann auf dem Stuhl aus. Er warf sich auf das Bett, das mit dem üblichen Quietschen reagierte, und lag dann nackt da; vergeblich versuchte er, den Zeitunterschied zwischen Washington und Sarajewo (sechs Stunden) auszurechnen, bis er einschlief.

Er wachte auf und wusste nicht, wo oder wer er war, aber dann sah er seine Unterwäsche, die ihre blassblauen Flügel über den Stuhl ausbreitete und damit den eindeutigen Beweis lieferte, dass er schon vor diesem Augenblick existiert haben musste. Er stand auf, befreite das Fenster von der drückenden Last des Vorhangs und sah, dass es Tag war, denn von irgendwo her kroch etwas Licht die Mauer herunter und wartete vor dem Fenster darauf, hereingelassen zu werden und in die dunklen Ecken zu huschen. Er genoss die ganze poetische Morgenstimmung, bis er feststellen musste, dass seine Unterwäsche immer noch feucht war.

Er hörte das Zimmermädchen nicht, weil er seine Unterhose mit einem Fön, trocknete, den er wie einen versteckten Revolver in dem Halfter neben dem Spiegel gefunden hatte. Sie kam unerschrocken herein und sah ihn dastehen: Mit der linken Hand umklammerte er seine Unterhose und drückte ihr den Fön ins Gewebe, als wolle er ein Geständnis erzwingen. Wir sollten darauf hinweisen, dass er splitternackt war und eine ordentliche morgendliche Erektion präsentierte. Pronek und das Zimmermädchen – eine schlanke junge Frau mit einem Stirnreif aus Pappe – verharrten in einem Augenblick hilfloser Verlegenheit, und dann machte Pronek langsam die Tür zu. Er setzte sich auf die Klosettschüssel und dachte über den Verlust seiner Koffer nach, die nun wohl irgendwo hoch oben im Himmel froren, übereinander gestapelt, zusammen mit all den anderen vollkommen fremden und unbekannten Koffern, im höhlenartigen Bauch eines Flugzeugs, mit dem sie sich immer weiter weg bewegten, weg von ihm. Als er schließlich seine alten Unterhosen angezogen hatte und genügend Mut aufbrachte, dem Mädchen gegenüberzutreten, war sie verschwunden. Sein Bett war frisch gemacht, und auf dem Kopfkissen lag etwas zum Naschen, rot und herzförmig. Pronek stellte sich vor, er hätte eine heftige Affäre mit dem Zimmermädchen, das in Wirklichkeit die Tochter eines New Yorker Milliardärs war und versuchte, ein selbstständiges, würdevolles Leben zu führen und als Malerin Karriere zu machen. Er malte sich aus, wie er mit ihr nach New York zog; er würde in einem schäbigen, aber gemütlichen Zimmer in Greenwich Village wohnen und für sie sorgen, sie zu lang gezogenen Saxophontönen lieben und ihr die anmutigen Hände und die zarten, mit bunten Farbklecksen übersäten Wangen küssen.

Simon wartete am Empfang auf ihn, nur dass es nicht Simon war, sondern ein anderer Mann, der wie Simon aussah, abgesehen von den dicken Brillengläsern und einem Fettwulst um die Hüften. Er hoffe, sagte der Mann heiter, dass Pronek gut geschlafen habe, und er teilte ihm mit, sein Gepäck sei in Pensacola in Florida aufgetaucht. Sie fuhren an denselben Monumenten und Gebäuden vorbei, vor denen insektenartige Maschinen damit beschäftigt waren, Schneemassen wegzuräumen. Sie (Pronek und Simon Nr. 2) hielten vor einer großen Residenz, die sich hinter einer Reihe marmorweißer Säulen versteckte, wie hinter den Gitterstäben eines gigantischen Gefängnisses. Auf dem Rasen, bedeckt von einem Schnee, der wie Schlagsahne wirkte, stand ein Schild mit einem Adler, der seine Furcht einflößenden Flügel spreizte und sich mit finsterem Blick von dem Haus abwandte, als habe er die Schnauze voll von dessen Bewohnern. Sie betraten eine große Eingangshalle, wo unter einem farbenprächtigen Bild mit dem verlegen grinsenden George Bush ein uniformierter Wachposten stand.

«Hi, George!», sagte Proneks Begleiter.

«Hi, Doc!», sagte der Wachposten, der mit gespreizten Beinen dastand und die Hände Respekt heischend unter die Achselhöhlen geklemmt hatte. Doc verschwand in dem Labyrinth der Diensträume hinter Georges Rücken. George forderte Pronek auf, in der Halle zu warten, deren Wände mit Gemälden hochnäsiger Männer bedeckt waren; ihre Wangen wirkten ein wenig aufgeblasen, gerade so, als hätten sie die Mundhöhlen voller Rauch und trauten sich nicht auszuatmen. Der gleiche angewiderte Adler lag, wie Pronek entdeckte, flach hingestreckt auf dem Fußboden, und die Decke war so hoch, dass «der Blick vergebens versuchte, in die entfernteren Winkel des Gemaches zu dringen», um einen unserer großen Schriftsteller zu zitieren. An einem dürftigen Holzgestell hing ein Schild mit der Aufschrift: «Waffen unaufgefordert vorzeigen.» Es war kalt, und so setzte sich Pronek in einen Sessel, steckte die Hände tief in die Taschen, beobachtet von einem Mann mit aufgeworfenen Lippen und Augenbrauen, deren Form an eine hoch am Himmel fliegende Möwe erinnerte. Pronek spielte mit Murmeln, die in transozeanischem Hiatus immer noch in seinen Jackentaschen lagen und die er nun umeinander kreisen ließ. Dann kam – zu unserer Überraschung – ein Mann hinter Georges Rücken hervor und näherte sich rasch, mit einem abgrundtief falschen Lächeln im Gesicht, die rechte Hand ausgestreckt. Während Pronek noch die Hand aus der Tasche nahm, sagte er: «Willkommen!», und die Murmeln, endlich aus der fusseligen Enge befreit, hüpften aus der Tasche und sprangen in alle Richtungen davon, fröhlich auflachend ob der plötzlichen Freiheit. Während Pronek noch die Echos der flüchtigen Murmeln aus fernen Ecken hörte, fragte ihn der Mann: «Und? Wie gefällt Ihnen unsere Hauptstadt?»

«Ich weiß nicht», sagte Pronek einfältig. «Ich bin gerade erst angekommen.»

«Sie werden begeistert sein!», rief der Mann aus. «Washington ist großartig.»

Apocalypse Now

In New Orleans stand Pronek, der einen echten amerikanischen Hot Dog zu bekommen hoffte, in der Schlange hinter einem Mann mit einem gewaltigen schwarzen Cowboyhut, engen Jeans und einem Ledergürtel, der mit silbernen Nägeln wie mit Pockennarben bedeckt war. Als sich der Mann zum Gehen wandte und so gierig in seinen üppig garnierten Hot Dog biss, dass ihm der Senf aus den Mundwinkeln spritzte, konnte der aufgeregte Verkäufer kaum die Augen von ihm lassen. «Mann o Mann! Wissen Sie, wer das war? Wissen Sie, wer das war? Das war Garth Brooks!» Der Verkäufer trug eine Baseballmütze mit der Aufschrift «Saints», und sein Gesicht hatte die zarte Beschaffenheit eines reifen Granatapfels. «Wer ist Garth Brooks?», fragte Pronek arglos. «Mann o Mann! Wer ist Garth Brooks! Sie wissen nicht, wer Garth Brooks ist? Scheiße, Mann, er ist absolut der Größte! Sie wollen mich wohl auf den Arm nehmen!» Dann wandte er seine Aufmerksamkeit der nächsten Person in der Schlange zu, einer jungen Frau in weißen Cowboystiefeln mit kleinen Glöckchen an den Seiten, deren blonde Haare alle nach hinten zeigten, als sei sie ein paar Stunden helmlos Motorrad gefahren. «Das war Garth Brooks?» Sie kreischte und drehte sich zu der Person um, die hinter ihr stand – und es kam zu einer Kettenreaktion, die Pronek aus dem Kreis der Jubelrufe vertrieb. Sie blickten alle sehnsüchtig hinter Garth Brooks her, der gerade versuchte, sich Senf von den schwarzen Wildlederschuhen zu wischen, stattdessen aber den Fleck nur vergrößerte.

Garth Brooks ist natürlich einer unserer besten Country-Musiker.

In Columbus in Ohio speiste Pronek im Haus eines blauäugigen Dichters, der einmal den John-Wesley-Gluppson-Preis gewonnen hatte, wie ihn die Frau des Gastgebers stolz informierte. Der Dichter und seine Frau, beide stramme Sechziger, waren so liebenswürdig, eine Gruppe ihrer geschätzten, zur intellektuellen Elite gehörenden Freunde einzuladen. Darunter war ein Geschichtsprofessor – mit Fliege, einem würdigen grauen Bart im Gesicht, im Tweedsakko mit Wildlederflicken an den Ellbogen –, nach eigener Aussage Experte für frühe amerikanische Geschichte, besonders für die Gründerväter. «Gibt es auch Gründermütter?», fragte Pronek launig, wurde aber augenblicklich mit einem verzeihenden kollektiven Lächeln belohnt. Auch ein Rechtsanwalt war da, der einmal ein Drehbuch zum Thema Ungerechtigkeit verkauft hatte, das nie produziert wurde, das aber «von Stanley Kramer persönlich» hätte verfilmt werden können. Dann war da eine junge unscheinbare Frau mit müden Augen, die gerade eine schmerzhafte, bittere Scheidung hinter sich hatte und normalerweise eine Malerin war, mit besonderem Interesse für die Spiritualität der amerikanischen Ureinwohner.

Und vergessen wir Pronek nicht, den Reisenden, der sich nicht wohl fühlte in seiner Haut.

Während Pronek abwechselnd an einem Steak aus Sojabohnen und zwei durchsichtigen Spargelleichen knabberte und dazu chilenischen Rotwein trank, stellten sie ihm die folgenden Fragen:

Was ist der Unterschied zwischen Bosnien und Jugoslawien?

Ein Riesenunterschied.

Gibt es dort Fernsehen?

Ja.

Gibt es dort Spargel?

Ja, aber kein vernünftiger Mensch isst so was. (Glucksen zur Rechten, Kichern zur Linken.)

Welche Sprache wird dort gesprochen?

Das ist kompliziert.

Wird das Pulverfass in die Luft fliegen?

Ja.

Wird er sich in den Vereinigten Staaten niederlassen?

Wahrscheinlich nicht.

Hat er schon mal von Stanley Kramer gehört?

Rat mal, wer zum Essen kommt?

Schließlich stieß Pronek sein hohes Weinglas um und verfolgte dann mit panischem Entsetzen, aber keiner Bewegung fähig, wie sich die rote Flut nach Westen ausbreitete, auf die Frau zu, die gerade eine schmerzhafte, bittere Scheidung hinter sich hatte. Sie kreischte und sagte: «Blut! Ich hatte letzte Nacht eine blutige Vision! Aaah!» Sie presste die Hände gegen die Schläfen und starrte auf die Spargelleichen, die in der Mitte des Tisches aufgehäuft waren. Sie drückte immer weiter gegen die Schläfen, als wolle sie die Augen herausquetschen. Pronek sah ihre zurückgebogenen langen schwarzen

Nägel und fürchtete, sie könnten abbrechen. Sie fing an zu schluchzen, und alle sahen einander an, bis auf Pronek, der sein hingestrecktes Weinglas ansah. Es herrschte bestürztes Schweigen; sie weinte, und dabei zitterte sie so sehr, dass ihre kristallenen Ohrringe klirrten. Der John-Wesley-Gluppson-Preisträger schenkte ihr dann etwas Wein ein und sagte: «Na, na, ist ja schon gut. Es ist ein Chardonnay!», worauf sie ihn ansah und lächelte; mit den Spitzen ihrer Finger, deren Nägel (zu Proneks Erleichterung) nicht abgebrochen waren, wischte sie sich mit der gleichen Energie, mit der sie zuvor geweint hatte, die Tränen ab. Pronek sagte: «Es tut mir sehr Leid.»

In Los Angeles traf Pronek mit John Milius zusammen, denn der schrieb das Drehbuch für Proneks Lieblingsfilm *Apocalypse Now*. Er hatte sein Büro in dem Gebäude, das Selznick als Double für Tara in *Vom Winde verweht* gebaut hatte – nur den vorderen Teil, genau genommen, denn das Gebäude war nur ein Zimmer tief. Außer John Milius, der an seinem gewaltigen Schreibtisch saß und an einer Zigarre nuckelte, die so lang war wie ein Spazierstock, gab es da noch einen Mann, der sich als Reg Buttler vorstellte. Er hatte einen üppigen Schnurrbart und trug ein hellblaues Jeanshemd mit einer gestickten Zickzacklinie über der Brust, die an ein EKG erinnerte. Er schüttelte Pronek die Hand und gab ihm zusätzlich einen kräftigen Klaps auf die Schulter. Ein signiertes Exemplar des Drehbuches von *Apocalypse Now* («Von John für Reg») lag vor ihm auf dem Tisch. Für Pronek gab es ein großes Glas Bourbon und eine gigantische Zigarre.

«Aus Kuba», sagte John Milius. «Das einzig Gute, was der Kommunismus je hervorgebracht hat.» Reg Buttler zündete

Proneks Zigarre an, die nicht aufhören wollte, zwischen seinen schwachen Fingern zu wackeln – zu groß für ihn.

Dann legte Reg Buttler den rechten Fuß auf das linke Knie und zog das Bein mit aller Kraft zu sich her, anscheinend bestrebt, sich die eigene Hüfte zu brechen. Die schmale Spitze von Regs kunstvoll verziertem Cowboystiefel zeigte direkt auf John Milius, und Pronek dachte, wenn er in diesem Stiefel eine Waffe versteckt hätte – irgendetwas zum Beispiel, mit dem sich giftige Kügelchen abschießen ließen –, dann könnte er John Milius auf der Stelle töten.

«Mögt ihr in Sarajewo eigentlich Sam Peckinpah?», fragte Milius.

«Ja», sagte Pronek.

«Keiner hat Blut so schön dargestellt wie der alte Sam», sagte Milius.

«Ich weiß», sagte Pronek.

«Mir war nicht klar, dass es dort amerikanische Filme zu sehen gab», sagte Reg Buttler.

«Es gab sie.»

«Und, wie geht's dort weiter?», fragte Milius.

«Ich weiß nicht», sagte Pronek.

«Jahrtausende voller Hass», sagte Reg Buttler und schüttelte mitfühlend den Kopf. «Ich kann das alles nicht begreifen.»

Pronek wusste nicht, was er sagen sollte.

«Scheiße, ich ruf General Schwarzkopf an, der soll sich mal darum kümmern. Wird Zeit, dass wir denen Feuer unter dem Arsch machen», sagte Milius.

«So wie wir Saddam Feuer unter dem Arsch gemacht haben», sagte Reg Buttler. «Das war schon was. Dem Dreckskerl haben wir so richtig Feuer unter dem Arsch gemacht.»

«General Schwarzkopf hat mir erzählt, dass die Jungs vom Marine Corps die Besten sind», sagte Milius.

Pronek inhalierte zu viel Zigarrenrauch, hustete plötzlich los und spuckte Bourbon auf das Drehbuch von *Apocalypse Now*, während ihm der Rotz übers Kinn lief.

«Der Krieg holt das Beste und das Schlimmste aus den Menschen heraus», sagte Milius. «Und nur die Tüchtigsten überleben.»

Pronek holte sein Taschentuch heraus, um sich Nase und Kinn abzuwischen und das Drehbuch zu säubern. Reg blickte entschlossen nach rechts, dann nach links, offensichtlich mit einem tiefschürfenden Gedanken beschäftigt.

«Wollen Sie in diesem Land bleiben?», wurde Pronek von Milius gefragt.

«Das sollten Sie unbedingt», sagte Reg Buttler. «Es ist ein verdammt gutes Land.»

«Ich weiß nicht», sagte Pronek.

«Ich ruf General Schwarzkopf an, mal sehen, ob wir da nichts machen können. Und morgen, falls Sie nichts anderes vorhaben, könnten wir zum Schießstand rausfahren und einen draufmachen.»

«Ich bin dabei!», sagte Reg Buttler.

Aber Pronek hatte einen Termin, den er nicht versäumen durfte (was nicht stimmte, wie wir wissen), und so lehnte er dankend ab. Bevor er ging, ließ er sich noch vor dem Gebäude fotografieren, das einst als Double für Tara gedient hatte. Da steht er also – unser ausländischer Freund –, klitzeklein mit dem Haus im Hintergrund, und dahinter die stabilen Säulen, eine neben der anderen, wie Cousins und Cousinen auf einem Familienbild, umgeben von grellgrünen Rasenflächen. Er steht einen halben Meter von Reg und Milius entfernt. Milius hat seine Hand auf Regs Schulter liegen, so dass die beiden aussehen wie Scarlett O'Hara und ihr alter Herr, nur dass es keinen falschen, gemalten, blutroten Sonnenuntergang gibt, vor dem sie wie Schatten wirken könnten, während die Musik einen orgiastischen Gipfel erreicht.

Mud Miracle

Bevor das Flugzeug zu kreisen begann wie ein Habicht, bereit, die Krallen in die Rollbahn zu schlagen, geriet es in Turbulenzen, so dass der Orangensaft aus dem zitternden Plastikbecher hüpfte, sich umschaute und dann fröhlich auf Proneks beigefarbenen Hosen landete. Chicago unter Schnee sah von hoch oben aus wie eine mit Zuckerguss überzogene Computer-Festplatte, und während unser Ausländer nach unten getragen wurde, waren Fahrzeuge erkennbar, die sich bewegten, kleine Bytes, die zwischen den Chips ausgetauscht wurden. Da war ein Mensch, der mit zwei gelben Stäben dem Flugzeug zuwinkte, als wolle er einen Drachen hypnotisieren. Als Pronek mit einem Klicken, das hohl durchs ganze Flugzeug hallte, den Sitzgurt löste, sah er, dass der Saftfleck auf seiner Hose den feinen Farbton von Urin angenommen hatte.

Andrea erwartete ihn am Ausgang, und während sich seine Mitreisenden mit den Ellbogen einen Weg in das Flughafengedränge bahnten, hielt sie ihm die rechte Wange und den damit verbundenen Oberkörper hin, achtete aber darauf, dass der Unterkörper einen halben Meter entfernt blieb, als könnte ein Kontakt dort unten einen wilden Liebesakt auslösen. Sie sagte ihm, sie sei glücklich, ihn zu sehen, und fragte ihn, wie die Reise gewesen sei. Pronek deutete auf den uringelben Fleck und scherzte, seine Blase sei so klein, dass sich der Urin, diese jämmerliche Jauche, einen Weg nach draußen habe erkämpfen müssen, um frei atmen zu können.

Lachte sie darüber? Nein, das tat sie keineswegs.

Sie standen auf dem rollenden Gehweg und glitten durch einen dunklen Tunnel mit wellenförmigen Neonlichtern, die überall über die Decke krochen, während eine synthetische Frauenstimme trällerte: «Lassen Sie Ihr Gepäck nicht unbeaufsichtigt!»

Pronek, der unbedingt geistreich sein wollte, sagte: «Wenn Ding, das nach oben fährt, im Englischen *escalator* heißt, wäre das dann ein *levelator*?»

«Mhm, genau», sagte Andrea.

Und nun, warum auch nicht, ein rascher Schritt zurück in ihre gemeinsame Vergangenheit:

Pronek lernte Andrea im Sommer 91 in der Ukraine kennen. Sie hatten eine Menge Spaß beim Flirten und als Augenzeugen des Putsches im August 91. Sie standen Händchen haltend vor dem ukrainischen Parlament, als es die Unabhängigkeit proklamierte, während überall um sie her Menschen, denen die vaterländische Begeisterung die Backen rötete, blau-gelbe Fahnen schwenkten und Freiheit und solche Dinge forderten. Sie hatte einen Briten zum Freund, der Tag und Nacht ein rötliches Stirnband trug und überall in Kiew nach einem Rave suchte, aber nie einen fand. Wir wissen, dass er als Kameramann für die BBC arbeitete, und an dem Tag, als die Unabhängigkeit proklamiert wurde, hatte er – Gott segne sein hohles Herz – viel zu tun. Also gingen sie zum Dnjepr und kauften für ein paar Dollar eine Offiziersmütze der Roten Armee, die sie fortan trug. Sie aßen eine Rote-Bete-und-Mohrrüben-Pizza, so groß wie ein Frisbee. Sie sahen den Dnjepr sanft dahinfließen und überall im Wasser verstreut das sternenartige Glitzern von Bäuchen toter Fische. Pronek erforschte die Innenseiten ihrer Schenkel bis zum unüberwindlichen Saum ihres Höschens, während die

Spitzen ihrer Zungen unbeholfen zusammenstießen. In einem Anfall unerklärlichen Übermutes sang ihr Pronek säuselnd einen Frank-Sinatra-Song ins Ohr: «Ai präktis ewri dei tu faind sam klewer lains tu sei, tu meik se miening kam sruh …»

Es war einer der Songs, die seine in Sarajewo bekannte und populäre Blues-Band «Der blinde Jozef Pronek & die Toten Seelen» immer spielte, und erstaunlicherweise war sie davon angetan.

Doch am nächsten Tag ging sie mit ihrem Freund, dem Kameramann, nach Charkow. Pronek ging zurück nach Sarajewo und schrieb ihr eine Reihe von – wenn man so will – Liebesbriefen voller Farbtöne, ocker und kastanienbraun, voller Herbstblätter und Erinnerungen an die Zeit (insgesamt 53 Stunden), die sie zusammen verbracht hatten. Sie schrieb zurück, dass sie ihn sehr vermisse und dass sie ihn gerne wieder sehen würde – ein Wunsch, so fürchtete Pronek, der von der Überlegung geschürt wurde, dass er wohl kaum in Erfüllung gehen konnte. Sie fälschten die gemeinsam verbrachten Tage: In einem ihrer Briefe tranken sie lieblichen Wein, wohingegen sie in Kiew die ganze Zeit einen teuflischen Wodka getrunken hatten. Er erinnerte sich daran, wie gut sie duftete, obwohl sie beide in der Stadt fortwährend mit Körper- und Schweißgeruch zu kämpfen hatten, denn bei dem chronisch niedrigen Wasserdruck kniete sich niemand unter den Wasserhahn, um auf sterbende Tröpfchen zu warten. Sie erinnerten sich mit quälender Intensität daran, wie sie Wange an Wange getanzt hatten – doch in Wirklichkeit (und der Wirklichkeit sind wir verpflichtet) hopsten sie im Rhythmus einer anachronistischen deutschen Disco-Musik herum, während struppige ukrainische Männer sie umschwärmten und wiederholt versuchten, sich mit ihren schwitzenden Leibern an ihr zu reiben. Sie vergaßen, dass Pronek nicht den Mut aufbrachte, die Männer zurückzuweisen, während ihr Freund in ein kokettes Gespräch mit der Zweiten Sekretärin der kanadischen Botschaft verstrickt war. Nachdem also genügend falsche Erinnerungen erfunden waren, lud sie ihn plötzlich nach Chicago ein, möglicherweise angeregt von einem Pressebericht über den Krieg in Kroatien und «Spannungen» in Bosnien. Es war eine gut gemeinte Einladung – sie glaubten beide nicht, dass je etwas daraus werden könnte, aber dann erhielt Pronek die Einladung, in seiner Eigenschaft als freiheitsliebender Schriftsteller die Vereinigten Staaten zu besuchen, und da setzte er Chicago auf seinen Reiseplan.

Daher waren sie glücklich, wieder zusammen zu sein.

Sie sah anders aus, als er sie im Flughafen wieder sah: Sie war blasser, hatte kürzere und dunklere Haare und trug mit Stolz einen silbernen Nasenring. Dennoch war er froh, bei ihr im Auto zu sitzen, das zusammen mit anderen Autos auf den zentralen Gully zugespült wurde. Die Skyline sah vor dem leeren Himmel flach aus, wie die untere Hälfte des Bildschirms beim Tetris, nur dass von oben keine Rechtecke kamen, um die winkelförmigen Lücken zu füllen.

Andrea fuhr durch die Innenstadt, deutete auf monumentale, strenge Gebäude, die fast das ganze Licht wegnahmen, und nannte ihre Funktionen. Für Pronek hörte sich das alles wie überdimensionaler Blödsinn an: die Handelskammer, das höchste Gebäude der Welt, das größte Irgendwas, das belebteste Sonstnochwas. Pronek ließ das Fenster herunter – die Kälte biss sie sofort in die Ohren – und blickte nach oben. Er konnte nicht bis zum oberen Ende dieser Gebäude sehen. «So sieht Kakerlak Möbel in der Wohnung», sagte Pronek. «Bestimmt», sagte Andrea.

Die wenigen Menschen, die dick vermummt zu Fuß unterwegs waren, versuchten den Kopf in die Brust zurückzuziehen. Sie hasteten der Wärme in irgendwelchen Eingangshallen entgegen, während ein kreidiger Schleier um ihre Schuhe fegte, immer auf der Jagd nach einem windlosen Fleckchen Gehweg. Andrea und Pronek fuhren den Lake Shore Drive entlang. Eisschollen trieben im Hafen, als versteckten sie sich zitternd vor den Wellen, die den dicken Schichten aus graubraunem Eis an den Landungsbrücken zusetzten.

Das ist eine Wiedergabe der Ankunft Proneks in Chicago im März 1992 nach einem Flug von L. A., mit einem unangenehmen Fleck in der Leistengegend und mit Liebe im Herzen.

Als Andrea die Tür zu ihrer Wohnung aufschloss (an der ein Schild verkündete: «Zuwiderhandelnde werden abgeschleppt», wurde ein stechender Geruch nach Rauch-und-Pommes-frites von den Wänden in Proneks Nasenlöcher geschwemmt. «Mein Zimmergenosse ist ein Ferkel», sagte sie, während Pronek (und wir mit ihm) einen Schwenk über die rot gesprenkelten Wände machte (eher Ketchup als Blut, fand Pronek); ein Sofa, aus dessen Kissen flaumiges Füllmaterial quoll; eine Stereoanlage und einen Fernseher, belagert von CDs und Videos; einen Tisch, begraben unter einem ganzen Heer erbärmlicher McDonald's-Tüten und -Becher, von schlanken Strohhalmen boshaft aufgespießt. Die zerquetschten Kadaver von Zigarettenpackungen lagen herum, und diverse Aschenbecher waren bis über den Rand gefüllt mit Kippen und Asche. Das Fenster bot den (halbdunklen) Ausblick auf eine typische Backsteinmauer. Eine schweineartige schwarze Katze («Sie heißt Moskwa», sagte Andrea) warf einen Blick auf Pronek und fand an ihm wohl nichts, was sie interessiert hätte, denn sie konzentrierte sich gleich wieder auf das Fenster und die Backsteinmauer gegenüber.

Andrea drückte auf die «Play»-Taste der Stereoanlage, und ein Song von Madonna – *Material Girl*, glauben wir – ließ die Katze vom Fenstersims springen und in die Küche rennen, gefolgt von Andrea und ihrem ausländischen Freund. «Ich hasse diese Scheiß-Madonna», sagte sie. «Sie verkörpert die sexistische Traumvorstellung. Mein Zimmergenosse ist ein verdammter Trottel.» Auf dem Küchentisch standen jede Menge Bierflaschen, denen jemand das Etikett abgerissen hatte; es sah aus, als seien die wackeren Flaschen gefoltert worden und warteten nun auf ihre Hinrichtung. Die Spüle war randvoll mit Geschirr, das in einer trüben Brühe lag. Von Zeit zu Zeit kam eine Luftblase an die Oberfläche und platzte schließlich mit einem kaum hörbaren Rülpser. Offenbar gab es da ein kleines Monster, dachte Pronek, das sich in den Schlamm am Boden des Spülbeckens eingegraben hatte.

«Wer ist dein Zimmergenosse?», fragte Pronek.

«Mein derzeitiger Freund», sagte Andrea. «Aber wir haben getrennte Schlafzimmer.»

«Und, wie lange seid ihr schon zusammen?»

«Zehn Jahre vielleicht, mit Unterbrechungen. Aber ich hasse den Wichser, ich glaube, ich will Schluss machen.»

«Weiß er von mir?»

«Todsicher tut er das. Ich hab ihm gesagt, dass du kommst. Das ist dem doch scheißegal. Er weiß alles.»

Na ja, wir wissen zufällig, dass das nicht stimmte.

Sie schob die Flaschen zur Seite, so dass sie mit einem hilflosen Klirren eng zusammenrückten, bis sie auf der linken Hälfte des Tisches zur Ruhe kamen. Sie zog zwei Stühle heran und stellte zwei große Kaffeetassen auf den freigemachten Teil des Tisches; Pronek entdeckte, dass der Tisch mit Tabakkrümeln übersät war, die an der fettigen Oberfläche festklebten.

Er wollte ihre Apfelwangen berühren, die schimmernde Seide in ihrem Nacken, die sanfte Neigung ihrer Schultern, die kleine Höhle unter ihren Brüsten, bis zu der er erst einmal – in Kiew – vorgedrungen war und die seinerzeit voll köstlicher Schweißtröpfchen war. Er war wie hypnotisiert von der Art und Weise, wie ihre Lippen sich kaum berührten, wenn sie ein *B* oder ein *M* formten, und wie bei den Reibelauten ihre Zähne blitzten. Mehr als alles andere faszinierte ihn die Art, wie sie lachte: Sie kippte dabei immer ein wenig nach links und hielt sich den Bauch, wie um ihre Eingeweide am Herausspringen zu hindern, streckte die Zungenspitze heraus und brachte schließlich ein entzückendes Glucksen hervor.

Pronek hatte Phantasievorstellungen von ihr entwickelt, von ihrem «unvermittelten» Körper – sie tat nichts, um sich zu verschönern. Ihr Körper war ein Instrument zur Erforschung (das waren Proneks Gedanken, wohlgemerkt), kein Objekt, das in der Absicht verpackt wurde, Männer anzulocken. Pronek war all der Männer und Frauen in Sarajewo überdrüssig, die endlos Zeit für kleine Liebesrituale aufwandten, um sich als begehrenswert darzustellen. Er wollte – so glaubte er – wahre Liebe und dazu einen wahren Körper. Andrea war seine Freiheitsstatue, ein Symbol emotionaler Freiheit, ein Beweis für die Möglichkeit, dass zwei Menschen füreinander *da sein* (Proneks Hervorhebung) können, anstatt Liebe einander vorzuspielen. Nach seinen Vorstellungen konnte sie bewirken, dass all diese Frank-Sinatra-Songs, all diese Filme (*Frühstück bei Tiffany, Brigadoon, Gigi*) über die unentrinnbare, unbesiegbare, erhabene Liebe, dass all das Wirklichkeit wird.

Daher trug er seine zwei sperrigen Koffer in ihr Zimmer: Überall lagen ihre winzigen Höschen herum; ihre BHs hingen wie Hasenbälge von Türgriffen; eine Tasche voller Schuhe und Bücherstapel machten den Fußboden zu einem kleinen Einkaufszentrum; die grüne Bettwäsche auf dem Bett war zerwühlt, von ihrem Körper geformt.

In dieser Nacht liebten sie sich.

Aber bevor es dazu kam, machte sie ein Päckchen Kondome auf, und Pronek musste eines nehmen. «Wir leben in den Neunzigern», sagte sie. «Die Menschen können sich nur noch anfassen, wenn sie Gummihandschuhe tragen.» Also zog er vor der amüsierten Andrea seinen einfingrigen Handschuh an. Als sie die Leintücher bearbeiteten und das Bett begeistert quietschte, während ihm die Katze, die aufs Bett gesprungen war, mit ihrem flaumigen Schwanz übers Gesicht strich, fragte Andrea immer wieder: «Ist das nicht gut? Gefällt es dir? Ist das nicht herrlich?» Es war gut – in dem Zimmer roch es stark nach Körperflüssigkeiten und Oberflächenreibung und Staub. Sie atmeten einander ins Gesicht, während Unterleib an Unterleib klebte. Dann teilte sich ihre kleine Sexzelle, und Andrea ging ins Bad – ihre Silhouette gegen das Küchenlicht war in Proneks Augen grandios. Er entkleidete seinen Penis und dachte, auf dem Bett liegend, über sein Leben nach, während das Kondom zwischen seinen Fingern baumelte. Wir sind in der privilegierten Lage zu ahnen, womit seine Gedanken beschäftigt gewesen sein könnten: Was wird wohl aus mir?, fragte er sich. Die Verhältnisse zu Hause werden nie wieder in Ordnung sein. Krieg in Bosnien war wahrscheinlich, obschon unvorstellbar. Er stellte sich vor, er würde Andrea heiraten und das Leben eines Schriftstellers führen, der an einer kleinen Universität unterrichtet. Er würde ein Tweedsakko tragen, mit Wildlederflicken an den Ellbogen; er würde Henkelohren bekommen, eine Brille tragen und einen grauen Bart; er würde eine Abonnementskarte für die

Konzerte des Sinfonie-Orchesters haben; er würde oft die Stirn runzeln und über die Cartoons im *New Yorker* schmunzeln; sie würden ihre Kinder auf die Harvard-Universität schicken. Er stellte sich Andrea und sich selbst alt vor, aber immer noch verliebt, ihre Knochen abgenutzt, ihre Haare ergraut, ihre Stimmen schwach; sie würden mit warmem Rücken an einem offenen Kamin sitzen und Bücher der Alten Meister lesen, und ihr Rasen würde grün und bunt sein, und überall auf ihrem bescheidenen Anwesen würden sorglose Grasmücken herumhüpfen. Dann ließ ein plötzliches gieriges Verlangen zwischen den Beinen den Zug mit dem amerikanischen Traum entgleisen, und Andrea kam herein, umgeben vom Duft eines himmlischen Shampoos. Auf seinem Weg ins Bad küsste er sie auf die nassen Haare, während er das baumelnde Kondom von sich hielt wie eine tote Ratte.

Und als er gerade das Bad betreten wollte, dessen Türen freundlicherweise offen standen, so dass sich der Dampf rasch verflüchtigte, stand plötzlich ein Mann in der Wohnung. Aus unerklärlichen Gründen entwischte Pronek nicht ins Bad («Komm herein», flüsterte der Dampf), sondern blieb einfach stehen, nackt wie ein Spanferkel, sich plötzlich der Haarlosigkeit seiner Hühnerbrust und der allgemeinen Absurdität der Vorderansicht eines nackten Mannes bewusst, ganz zu schweigen von dem klebrigen Kondom in seiner Hand.

«Hallo!», sagte Pronek.

«Wie geht's?», sagte der Mann.

«Gut.»

«Gut.»

Schweigen.

«Wer bist du?», fragte der Mann.

«Ich bin der Freund von Andrea.»

«Ah ja, klar», sagte er. «Ich bin Carwin.» Er war modisch

unrasiert und hatte widerspenstige Haare, was zynische Aufsässigkeit signalisierte. Er trug sein Flanellhemd offen und darunter ein T-Shirt mit dem Bild eines gekreuzigten blonden Engels.

«Bist du Russe?», fragte er.

Da Pronek allmählich kalte Füße bekam, drückte er die linke Fußsohle gegen die rechte Wade und stand nun da wie ein Massai-Krieger, nur dass er statt des Speers ein gebrauchtes Kondom in der Hand hatte.

«Nein, ich komme aus Sarajewo in Bosnien», sagte Pronek. «Aber kennen gelernt haben wir uns in der Ukraine.»

«Freut mich», sagte er. «Und ich hoffe, ich seh deine blöde Fresse nie wieder.» Dann rief er zu Andreas Zimmer hinüber: «Du bringst jetzt also Scheiß-Ausländer in die Wohnung. So'n Amischwanz ist dir wohl nicht mehr gut genug, du verdammte Hure!»

«Fick dich doch ins Knie, du verficktes Ami-Arschloch!», brüllte sie zurück.

Das war der Augenblick, in dem Pronek endlich ins Bad schlüpfte. Das Kondom wollte nicht in der Kloschüssel verschwinden, und so betätigte Pronek immer wieder die Wasserspülung, aber wie ein trotziges Stehaufmännchen kam es prompt wieder nach oben. Eine Rolle Toilettenpapier lag hinter der Kloschüssel versteckt, wie ein erschreckter Igel. Wir können bezeugen, dass sich Pronek in diesem Moment äußerst hilflos vorkam. Eine Jury aus Plastikflaschen, verwirrt von der Waschung, die er vornehmen musste, stand in Reih und Glied auf dem Regal: *Natural Care, Head and Shoulders, Happy, Antarctica, Morning Mist, Mud Miracle (Swiss Formula), No More Tangles*. Er blickte in den Spiegel und sah zinnoberrote Flecken in seinem Gesicht und blässliche Zähne und einen kantigen slawischen Kopf mit einem flachen Schädel und einer Knollennase und fettigen Haaren, die auf der niedrigen Stirn klebten. «Was mache ich eigentlich hier?», fragte er sich (Geduld, lieber Freund, nur Geduld). Aber es gab nichts, was er hätte tun können, es gab für ihn in diesem Augenblick nichts Zwingenderes, als unter die Dusche zu gehen.

Pennsylvania 1760

Es ist vielleicht wichtig zu wissen, dass Andrea eine Künstlerin war, genauer gesagt eine Malerin. Sie zeigte Pronek ihr jüngstes, bereits ein paar Jahre altes Bild, auf dem sie selbst zwischen einem Eber und einer Sau dargestellt war – alle drei gafften Pronek an, eingerahmt von einem ländlichen Zaun, wie es schien. Die Schweine waren von einem unerbittlichen Rosarot. Der Eber schien die Situation zu genießen; er hatte zwei graubraune Flecken vorne an den Schenkeln, und die Zitzen der Sau waren angeschwollen. Das Gemälde hatte den Titel «Zuhause». Pronek konnte sich nicht entscheiden, ob ihm das Bild nun gefiel oder nicht, sagte aber dennoch, es gefalle ihm, und sie erzählte ihm, dass sie danach nichts mehr gemalt habe. «Bestimmte Dinge, die mich selbst betreffen, muss ich erst verstehen, bevor ich sie mit anderen teilen kann», sagte sie.

Sie arbeitete im Geschenkladen des Art Institute. Morgens im Bett fuhr sie immer urplötzlich hoch, so wie junge Mädchen in Horrorfilmen, die aus qualvollen Alpträumen aufwachen, unmittelbar bevor sich der Killer (der immer ganz in der Nähe ist) auf sie stürzt, um sie mit dem Messer zu zerstückeln. Dann zündete sie sich eine Zigarette an und sah besorgt aus. Pronek sah an der Art, wie sie rauchte, dass ihr Leben eine mühsame Aufgabe war: Ihre Stirn legte sich in Falten; sie fuhr sich mit der Zunge über die Innenseite der Lippen, als ob Antworten auf alle Fragen zusammen mit Essensresten in irgendwelchen Nischen in der Mundhöhle zu finden seien; sie zwängte den rechten Ellbogen in die offene linke Hand und führte die rechte Hand mit der Zigarette dicht an den Mund, knabberte an dem Filter, inhalierte mit kurzen intensiven Zügen, und wenn sie den Rauch ausstieß, kam hinterher ein schwerer tiefer Seufzer, wie ein Punkt am Ende eines Satzes. Sie kratzte sich mit dem Daumen der linken Hand am Rückgrat, und die Schulterblätter bewegten sich unter der straffen Haut aufeinander zu, nur um sich gleich wieder in ihre Ausgangsposition zurückzuziehen.

Pronek hörte das feine Geräusch, mit dem der lange Fingernagel an der Haut kratzte, und obwohl er noch in seinem eigenen Alptraum gefangen war, machte er sich Sorgen, die Muttermale könnten von ihrem Rücken gerissen werden.

Er beobachtete sie dann verstohlen und vermied jedes Geräusch. Wenn sie sich ihm zuwandte, tat er, als schlafe er noch, hielt Augen und Mund geschlossen, für den Fall, dass sie ihn küssen wollte, denn er schämte sich seines fauligen Mundgeruchs am Morgen. Sie stapfte dann ins Bad, und er hörte das anhaltende Rauschen der Dusche, vermischt mit platschenden, planschenden Geräuschen, als widersetze sie sich einer Überschwemmung. Es folgte das Summen des Haartrockners, und danach, so vermutete er, kümmerte sie sich um ihre Haare und ihre Achselhöhlen und ihre Lippen. Wenn sie dann in ihr Zimmer (Pronek hätte allerdings nie von «unserem Zimmer» gesprochen) zurückkam, schlief er, und ihr geschäftiges Wühlen im Kleiderschrank konnte ihn ebenso wenig dazu bewegen, die Augen zu öffnen, wie das Knistern, das beim Anziehen der Strümpfe zu hören war.

Er stand ein paar Stunden später auf und folgte ihrem Wohlgeruch ins Bad, wo sie als duftender Dampf immer noch zugegen war und wo in der Badewanne die unseligen Spuren ihrer Haare zu sehen waren, die hier und da gekräuselt darauf warteten, im Massengrab des Abflusses versammelt zu werden. Pronek machte seine Morgentoilette und versuchte, seinen Körper für Amerika annehmbar zu machen. Drei Zahnbürsten waren da, von denen zwei – die von Pronek und von Andrea – nebeneinander lagen, als nähmen sie zusammen ein Sonnenbad, während die dritte beiläufig am Rand des Waschbeckens lag.

Diese dritte Zahnbürste war es dann, die Pronek in das Wasser in der Kloschüssel tauchte.

Manchmal fischte sich Pronek morgens aus dem sumpfigen Spülwasser einen Teller, der noch keinen Schimmel angesetzt hatte, und aß schwammigen Käse (ausnahmslos Mozzarella) und uralte Kräcker. Zuweilen trank er schlückchenweise Kaffee aus einer Tasse, die er so drehte, dass die Lippenstiftflecken auf der anderen Seite waren; dabei starrte er auf ein leeres Blatt Papier, schrieb «Chicago, im April 1992» in die rechte obere Ecke und starrte dann wieder, bis er schließlich den Versuch, einen Brief zu schreiben, abbrach. Er kam nie über den Ort und das Datum hinaus, als könnten die absolut für sich selbst sprechen und bräuchten keine weiteren Erläuterungen. Er wollte seine Eltern anrufen, hatte dafür aber kein Geld, und Andrea sagte, er solle Carwin fragen, denn er sei «der Telefon-Mann im Haus». Manchmal schaltete er die Nachrichten ein, sah Barrikaden und panisch durcheinander laufende Leute und weiße, unschuldige, gepanzerte Fahrzeuge, die mitten auf einer Straße in Sarajewo parkten.

Wenn Carwin als Lagerverwalter am Pier 1 einen freien Tag hatte, quartierte er sich nach dem Aufstehen auf dem Sofa ein, schob die Hand in seine Flanellshorts und verfolgte zusammen mit unserem Ausländer die Nachrichten. Er sagte: «Mann, was für eine Scheiße, ich begreif das nicht. Können die nicht einfach Ruhe geben, Mann. Also wirklich, was soll denn die ganze Scheiße?» Pronek streichelte die schnurrende Moskva und sagte gar nichts, und dann ging er zur nächsten Haltestelle, um ins Zentrum zu fahren, wo er mit Andrea zum Mittagessen verabredet war.

Er ging die *Magnificent Mile* entlang, die «Glorreiche Meile», und schwitzte in seinem dunklen Mantel, der voller Fusseln war und stark nach Reisen und Vergangenheit roch. Oft dachte er an *Die glorreichen Sieben* und *Die sieben Samurai*, und die Meile hatte überhaupt nichts Glorreiches: Gebäude, die wie Leichenschauhäuser aussahen, und kummervolle Geschäftshäuser, die alle möglichen käuflichen Freuden versprachen. Immer wenn er auf der Glorreichen Meile war, spürte er ein brennendes Verlangen nach einem Burger von McDonald's, die er normalerweise hasste und für ungenießbar hielt.

Möglicherweise war das Proneks Beitrag zur Psychologie der Architektur.

Wenn er an Menschen vorbeischlenderte, die krampfhaft ihre Handtaschen oder Aktenkoffer festhielten und finster in den Wind blickten, fragte er sich oft: «Was sind das für Menschen? Wo wohnen sie? Was tun sie?» Während er sich durch den ekligen Matsch des nassen Aprilschnees schleppte, kam ihm einmal die Erkenntnis, dass er hier auf der Glorreichen Meile absolut überflüssig war, dass alles exakt gleich abliefe, wenn der Raum, den er in diesem Moment mit seinem Körper ausfüllte, leer wäre – die Menschen würden sich mit derselben gewohnheitsmäßigen Entschlossenheit vorwärts bewegen und dieselben Handtaschen und Aktenkoffer umklammern, vielleicht sogar eine winzige Spur glücklicher, weil sie ohne seinen Körper mehr Bewegungsspielraum hätten. Als er seine Gedanken mit Andrea teilte, sagte sie mit einem boshaften Kichern: «Das Land der Freien, die Heimat der Tapferen.»

Während Pronek darauf wartete, dass Andrea in die Mittagspause gehen konnte, durchstreifte er den Laden, besah sich Postkarten, probierte Schürzen an, die mit Bildern von Picasso oder Monet bedruckt waren, schmökerte in Büchern über afrikanische Kunst. Einmal machte er all die Kameras in dem Laden ausfindig, unvoreingenommene kleine Augen, die von fernen oberen Ecken herabblickten, und versuchte eine Stelle zu finden, die von keiner Kamera überwacht wurde, doch er fand keine. Manchmal suchte er einfach ein unauffälliges Plätzchen in dem Laden, wo er sich hinter einer Reihe von Postern verstecken oder so tun konnte, als lese er in einem Buch, und dann beobachtete er Andrea, wie sie lächelnd die Kunden bediente, ihnen mit einer anmutigen Geste ihre Kreditkarten zurückgab oder eine Tüte, in der auf Kunst bezogene Waren steckten, über den Ladentisch reichte. Dann kam ihre Mittagspause, und sie streiften ziellos durch das Museum, ohne jemals Händchen zu halten. Sie versteckten sich in der Abteilung «Amerikanische Möbel und Kunstgewerbe» und riskierten unerlaubte, herrlich gefährliche Berührungen unter dem sorgenvollen, sorgenvollen Blick George Washingtons; oder unter dem ehelichen Blick von Mr. und Mrs. Daniel Hubbard – wobei Daniels vorspringendes Kinn in die glorreiche revolutionäre Zukunft wies; oder unter dem höchst keuschen Blick von Abigail Cheseborough. Natürlich waren für Pronek die meisten dieser Namen ohne Bedeutung, aber sie schienen sich alle auf eine fromme Art unbehaglich zu fühlen. Pronek und Andrea schlichen um einen Lincoln herum, der auf die Marmorfliesen unter ihren Füßen starrte, offenbar nachdenklich, mit schnabelförmigen Stiefeln und mit einem Schnabelbart, ein Fuß vorgeschoben, die Hände hinter dem Präsidentenhintern gefaltet. Und es gab einen Lincoln, der an einen unbequemen Messingstuhl geschweißt war, auch er voller Sorgen, mit denselben Stiefeln, nur dass die klumpigen großen Zehen zu erahnen waren, so dass sich Pronek die verschwitzten, geschwollenen Füße vorstellen konnte, und dazu die eingewachsenen Zehennägel, die eine Menge banaler Schmerzen verursachten.

Sie streiften durch die Abteilung mit Rüstungen und Panzern, wo metallene Menschenfutterale eine gespenstische Wirkung erzielten, als würden die Körper, die eigentlich in diese Rüstungen gehörten, irgendwo in einem Lagerhaus aufbewahrt. Sie gingen hinter einer Heerschar von Schulkindern her, überwiegend blond und fett («Gut gemästet», flüsterte Andrea), die vor Gemälden mit nackten Ladys albern lachten, während ihre Gesichter an der Frühjahrskollektion Sommersprossen arbeiteten. Zuerst sahen sie sich Gemälde aus dem vierzehnten Jahrhundert an und folgten dann, wie alle anderen Besucher, der chronologischen Anordnung, gegen den Uhrzeigersinn. Es kam Pronek so vor, als habe zwischen dem vierzehnten und dem siebzehnten Jahrhundert das Leben der Menschen hauptsächlich aus Leiden, Folter, Angst und Vergewaltigung bestanden. «Hat es das sechzehnte Jahrhundert bei euch in Sarajewo auch gegeben?», fragte Andrea ihn einmal. «Sicher», sagte unser Freund. «Aber es war anders.» Er gab sich Mühe, gebildet und zivilisiert zu wirken – gleichsam die Rolle des Europäers zu spielen – und aus seinem Zwei-Stunden-Besuch im Louvre das Beste herauszuholen, auch wenn er fast die ganze Zeit in einem Flügel mit alptraumhaften Bildern aus dem achtzehnten Jahrhundert verbracht hatte. Er gab sich Mühe, jedem Bild ein vernünftiges Quantum an Gedanken zukommen zu lassen, ertappte sich aber oft dabei, wie er die geschnitzten Rahmen und leeren Wände rings um das Bild betrachtete und dazu gähnte wie ein erregter Affe. In dem Raum, der einen *Raub der Lukretia* enthielt, starrte er auf das zerrissene Perlenhalsband Lukretias, das ewig in der Luft hing, und machte sich Gedanken darüber, dass man Leute in Museen unglaublich oft gähnen sieht, in erster Linie deshalb, weil es am Luftaustausch fehlt, so als könnte das Atmen dem Verständnis großer Kunst im Wege stehen.

Eine alte Dame in einer schreiend pinkfarbenen Jacke blieb vor Lukretia stehen und schnappte nach Luft.

Andreas Lieblingsbild war monumental und völlig schwarz – schwarze Runzeln, schwarze Kleckse, schwarze Falten werfende Farbe, und Pronek gefiel es, aber er wusste nicht, warum. Sie glotzten es eine Weile an, und Andrea sagte: «Wer sind wir schon in den Händen eines zornigen Gottes?»

Eines Tages stiegen Pronek und Andrea hinunter zu den Räumen mit den Miniaturen. «Beginnen Sie zu Ihrer Linken» stand auf dem Schild an der Wand, und als sie rechts anfangen wollten, verwarnte sie eine ältere Dame mit toupierten Haaren und schmalen Lippen – der Zerberus der Miniaturen – mit einem feurigen Blick und einem merklichen Zusammenpressen der Lippen, und so begannen sie zu ihrer Linken. Ein blonder Lausebengel rannte kreuz und quer wie ein wild gewordenes Fohlen und spähte immer mal wieder an der Trennwand vorbei in die Räume mit den Miniaturen. Dann lief er wieder los und brüllte: «Gigantisch, Baby! Gigantisch, Baby!» Die Räume waren klein, sehr klein. Pronek hatte so etwas noch nie gesehen. Ein Zimmer mit der Bezeichnung «Pennsylvania 1760» barg winzige Sessel und Schreibtische und einen ganz kleinen offenen Kamin mit einem winzigen imitierten Feuer. Es gab auch einen kleinen Teppich und winzige Fenster und dahinter einen von einer unsichtbaren Sonne erhellten Garten. Pronek blickte als Einziger in das Zimmer «Pennsylvania 1760», und so war er auch der Einzige, der eine zierliche Gestalt mit langen weißen Haaren und einem spitzbübischen Minigrinsen durch das Miniaturzimmer laufen sah. Pronek hörte das Tappen, die kaum wahrnehmbaren, sich verflüchtigenden Echos der winzigen Schritte dieses Wesens, das dann im Garten verschwand.

Zweifellos eine Halluzination.

Der Lausebengel drehte sich um einen Mittelpunkt, der für alle außer ihm selbst unsichtbar war, und er kreischte immer noch: «Gigantisch, Baby!», doch irgendwann wurde ihm so schwindlig, dass er zu Boden stürzte. Er lag direkt unter dem Zimmer «Virginia 1790», fasste sich mit den Händen an die blonde Wassermelone und sagte keuchend: «Gigantisch, Baby!»

Andrea ging mit Pronek zur Garderobe, um seinen Mantel zu holen, und Pronek sagte: «Wie kann man sicher sein, dass man den richtigen Mantel wiederbekommt? Vielleicht ist alles, was man hat, durch etwas anderes ersetzt worden. Ich glaube, sie durchwühlen die Taschen. Sie fotografieren den Inhalt, machen Schlüssel nach und verändern alles. Und wenn man dann geht, ist alles anders, und die Erinnerungen stimmen nicht mehr, also ändert man sie.» Er zog den Mantel an. «Verstehst du, was ich sagen will? Ich kann nie sicher sein, dass das hier mein richtiger, alter Mantel ist, aber ich muss ihn trotzdem tragen, weil es keinen anderen Mantel gibt, und ich muss das in meine Erinnerungen aufnehmen.»

«Ihr Osteuropäer seid ganz schön verrückt», sagte Andrea.

Als Pronek nach Hause kam (obgleich es Andreas Zuhause war), sprang Carwin von der Couch, aller Wahrscheinlichkeit nach beim Masturbieren gestört, und verschwand rasch in sein Zimmer. Pronek schaltete von *Ein Duke kommt selten allein* auf CNN um und sah eine Ansammlung von Menschen vor dem Parlamentsgebäude in Sarajewo, die sich duckten und eilends Deckung suchten oder – vom Heckenschützenfeuer verwirrt – einfach umherwanderten. Es gab eine Momentaufnahme von einem Paar Füße, der eine mit, der andere ohne Turnschuh; beide zuckten, und ein rundlicher großer Zeh war zu sehen, während der Rest des Körpers von einer Menschentraube verdeckt war, Menschen, die helfen wollten und die zum Teil weinten und sich die Tränen mit blutigen Händen abwischten.

Als die überregionale Wettervorhersage folgte, stand Pronek auf und holte sich ein schmutziges Glas Gingerale.

Die Sache mit Bruno

Mitten in einer verschneiten Nacht, als Schneeflocken ihre Kristallgesichter gegen die Fensterscheibe drückten und nachdem Carwin, der einen Topf mit schimmelnden Spaghetti auf den Boden hatte fallen lassen, «Scheiße!» sagte, entschied sich Jozef Pronek, in den Vereinigten Staaten zu bleiben, möglicherweise für den Rest seines Lebens. Er wachte wieder einmal mit heftigem Herzklopfen auf (es war nicht das erste Mal), nachdem er geträumt hatte, dass ihn Hunde in Stücke rissen – ein Deutscher Schäferhund war ihm an die Kehle gegangen, ein Pudel an die Waden. Durch den Türspalt sah er, wie Carwin versuchte, den roten Brei aufzuwischen, und ihn dabei über den ganzen Boden verteilte, als male er ein Bild. In Proneks Augen sah es aus wie Blut und Gehirn. Er sah sich selbst dort am Boden liegen, stellte sich vor, wie der Inhalt seines Schädels langsam auslief, wie er keinen Schmerz spürte, nur eine gewisse Benommenheit. Carwin kratzte sich nachdenklich zwischen den Beinen und beschloss, den Vertuschungsversuch abzubrechen; noch einmal sagte er: «Scheiße!», um seine kompromisslose Entscheidung zu besiegeln, und stapfte dann hinüber zur Couch und zum Fernseher.

Als er am nächsten Morgen aufwachte, war er krank, mit pochenden Schmerzen hinter der Stirn und im Nacken. Andrea war schon fort, er hörte den Fernseher, aber er konnte nicht aufstehen, und so schloss er die Augen und versank wieder in den Tiefen seines Schlummers. Er hatte immer wieder matte Träume über Sarajewo, in denen er (zum Beispiel) versuchte, den Stadtplan auf Englisch zu zeichnen, aber vergebens, da er nicht auf Englisch zeichnen konnte. Oder er ging seine Straße entlang (von Passanten mit spitzen schwarzen Regenschirmen misstrauisch beäugt), und sie kreuzte sich auf eine unmögliche Art mit der falschen Straße, so dass er sich nicht mehr orientieren konnte.

Ungeachtet der banalen Symbolik dieser Träume sollten wir festhalten, dass sie auf die Situation eines Menschen hindeuten, der ausweglos festsitzt.

Andrea kam von der Arbeit nach Hause, machte Pronek einen Tee, gab ihm ein Schälchen Cornflakes, die in glitzernder Milch schwammen, küsste ihn auf die kalte Stirn (zwischen zwei Fieberattacken) und machte sich auf den Weg zu einer Galerie-Eröffnung. Sie kam in dieser Nacht nicht mehr zurück, und Pronek schwitzte unentwegt, bis die Betttücher klatschnass waren und an seinem fiebrigen Körper klebten, so dass er aufstehen und auf der Suche nach frischer Bettwäsche ihre Schränke durchwühlen musste, nur um ein Notizbuch mit einem kleinen Schloss unter einem Berg von Handtüchern zu finden. Doch Pronek zitterte und hatte nicht die Kraft, darin zu lesen, denn er fürchtete, er könnte Dinge herausfinden, die er gar nicht wissen wollte. Er nahm also zwei Handtücher und breitete sie auf der nackten Matratze aus, wie fliegende Teppiche, und machte sich wieder ans Schwitzen. Er wusste nicht, wie lange er im Bett blieb: vereinzelte Küsse, Tassen lauwarmen Tees und das Erwachen in einem kalten, feuchten Bett – das alles verschmolz zu einem einzigen, langen, sich wiederholenden Muster, wie das Belegtzeichen im Telefon. Wenn wir ihn heute fragten, würde er sich wahrscheinlich daran erinnern, dass der Wind am Fenster rüttelte und dass infernalische elektronische Stimmen kreischten: «Auflegen! Hi hi hi ...!» Er würde sich dunkel daran erinnern, dass er seine Eltern anrief: Sein Vater sagte ihm, es wäre unklug, nach Sarajewo zurückzukommen, während ihm seine Mutter berichtete, es seien heute schon weniger Schüsse gefallen als gestern, und sie vermissten ihn.

Einmal brachte er ein wenig Energie auf, als das Fieber irgendwo in seinem Körper abgebaut wurde, und da fand er Carwin und einen Haufen seiner Freunde um den Fernseher versammelt, in dem gerade ein Pornofilm lief. Pronek brauchte eine Weile, bis er die klaffende Vagina erkannte – das schlürfende Geräusch, das von ihr ausging, verwirrte ihn. Aber sie sahen gar nicht hin, sie waren vollauf damit beschäftigt, mit einer Art Stoffball, den sie Hackysack nannten, nach dem rotierenden Deckenventilator zu werfen, der von Zeit zu Zeit diesen Hackysack zurückschleuderte, so dass er gegen die Wand krachte. Irgendjemand gratulierte dann dem Ventilator mit einem «Scheiße!» und bekam die dem Sensenmann nachempfundene Haschpfeife gereicht.

Einer der Typen hieß Chad, und er studierte Geschichte.

Chad blieb den Rest der Woche da und schlief auf der Couch, weil er mit Carwin auf dem Nintendo eine ganze Footballsaison im *Tecmo Bowl* durchspielen musste: Carwin übernahm die Cowboys, Chad die Redskins. Pronek verbrachte diese Woche entweder im Bett oder am Küchentisch; manchmal versuchte er Briefe zu schreiben, aber alle seine Sätze zerfielen, bevor sie das Papier erreichten. Andrea war verschwunden. Carwin behauptete, sie sei für ein paar Wochen nach DeKalb gefahren, weil sie eine Pause brauche. Hin und wieder hatte Pronek zwischen virtuellen Footballspielen und Pornos Gelegenheit, Kurznachrichten zu sehen, und so bekam er mit, dass paramilitärische Einheiten (die Chad spöttisch zu «pornomilitärischen» Einheiten machte) von Serbien aus in Bosnien eindrangen. Carwin und Chad sahen Bilder von Männern in Kampfanzügen und eine Frau, die von Massakern an Moslems im östlichen Teil Bosniens berichtete.

«Das ist deprimierend», sagte Carwin.

«Was seid ihr bloß für Typen?», fragte Chad. «Könnt ihr denn keine Ruhe geben?»

«Die hassen einander da drüben, ganz einfach», sagte Carwin.

«Gehst du zurück?», fragte Chad.

«In ein paar Wochen soll ich zurückfliegen», sagte Pronek.

«Warum bleibst du denn nicht hier?», fragte Chad.

«Was soll ich machen?», sagte Pronek. «Meine Familie ist dort.»

«Mann, ich wollte, ich müsste meine Scheißfamilie nie wieder sehen», sagte Carwin und fuhr sich wütend mit der Hand in die Hose.

«Du solltest hier bleiben und deine Familie rausholen. Sollen sich diese Wichser doch gegenseitig umbringen, wenn sie wollen», sagte Chad. Chad besaß die unheimliche Fähigkeit, seine Beine so sehr zu biegen, dass er wie ein indischer Weiser mühelos im Lotossitz verharren konnte, während er Football spielte, wobei er mit den Daumen die Knöpfe mit einer unglaublichen Geschwindigkeit bediente.

«Scheiße, Mann, ich finde, so ein Krieg hat was Gutes. Wenn wir keinen Krieg hätten, gäbe es viel zu viele Menschen. Es ist wie bei der natürlichen Auslese, wie auf dem freien Markt. Die Besten sind obenauf, die Scheiße sinkt nach unten. Ich weiß nicht viel über dich, Russki, und ich mag dich nicht, aber wenn du es hierher geschafft hast, kannst du nicht ganz wertlos sein. Es ist wie bei diesen Einwanderern, Mann, daheim waren die nur Dreck, dann sind sie hierher gekommen und waren im Nu Millionäre, die Wichser. Deshalb sind wir, verdammt noch mal, das härteste Land der Welt. Weil hier nur die Tüchtigsten überleben.»

Carwin nuckelte an einem Strohhalm von McDonald's und verfolgte die Nachrichten über die Bulls. «Mann», sagte er. «Wir machen die anderen wieder zur Sau dieses Jahr.» Pronek schleppte sich zurück in sein Zimmer (na ja, Andreas Zimmer) und lag dann in der hereinbrechenden Dämmerung da, bis er die zitternden Schatten von Zweigen an der Wand sehen konnte.

Andrea kam am nächsten Morgen aus DeKalb zurück, gut erholt. «Junge, Junge», sagte sie. «War ich auf einem Trip, der ging tagelang.» Als sie zur Tür hereinkam, war Pronek gerade auf dem Weg ins Bad, um in den Spiegel zu schauen, und er machte einen Schritt über den See aus roter Pastasauce. Mit den winzigen Bartstoppeln aus zwei Wochen sah sein Gesicht aus, als sei dort Kohlestaub verschmiert worden; er hatte ihren Morgenrock an, und seine Unterhosen hingen auf dem Hüftknochen.

Er hatte zwei Wochen von Carwins Vorrat an Creme-Törtchen gelebt.

Als er an diesem Morgen nach einer Nacht voll beunruhigender Träume aufwachte, sah er seinen Körper als den Körper eines anderen. Seine Zehen waren meilenweit weg; seine Knie waren zwei runde Dünen. Er warf einen Blick auf seine Hände, und sie hoben den Kopf, um ihn feindselig anzustarren. Er wusste nicht, was er war. Aber als Andrea hereinkam und ihn anschaute, erkannte er sich plötzlich als Ausländer wieder – ungeschlacht, ungehörig, mit einem unangenehmen Körper, ohne Ziel. Er ging ins Bad, rasierte und wusch sich und machte daraus ein Ritual, als zelebriere er seine neue Identität.

Am nächsten Tag waren sie zum Essen bei Andreas Eltern.

Sie fuhren den Lake Shore Drive hinunter und sahen, wie die Wellen das Ufer attackierten, während sich die Bäume im Wind bogen, als dehnten sie den Rücken in einer Aerobic-Übung. Andrea pfiff *Dear Prudence* vor sich hin, und als sie in den Nachrichten vom unmittelbar bevorstehenden Krieg in Bosnien hörten, sagte sie: «Du solltest hier bleiben.» «Ich weiß», sagte Pronek. Die Straßenbeleuchtung war wegen des eisigen Nordwindes von einer grellen Klarheit. Sie fuhren an den düsteren Festungen der Universität von Chicago vorbei («Dort haben sie die erste Atombombe gebaut», sagte sie), und dann ging es in ein Labyrinth aus identischen roten Backsteinhäusern.

Andreas Vater schüttelte Pronek lebhaft die Hand, und ihre Mutter sagte: «Wir haben schon so viel von Ihnen gehört.» Dann stellten sie ihn einer alten Frau vor, die über einen

Gehwagen gebeugt war und mit Hingabe die seitlichen Griffe umklammerte, als halte sie eine Ansprache von einer Kanzel. «Nana», sagte Andreas Mutter, «das hier ist Andreas Freund aus Bosnien.»

«Ich war noch nie in Boston», sagte Nana.

«Bosnien, Nana, Bosnien. In Jugoslawien, nicht weit von der Tschechoslowakei», sagte Andreas Mutter, schüttelte den Kopf und fuhr mit der Hand durch die Luft, als wehre sie einen Basketball ab; es war die Bitte an Pronek, Nana zu verzeihen. In einem Moment der Verwirrung zog Pronek die Schuhe aus. Andreas Mutter blickte auf seine Füße, faltete dann, nach links deutend, die Hände vor dem Busen und sagte: «Gehen wir in den Salon.»

Sie saßen um einen runden Tisch unter einer imposanten Leuchte, deren schwere Kristallteile über ihren Köpfen schwebten. Andreas Vater füllte die Weingläser. Mit der schlanken grünlichen Flasche in der Hand blieb er neben Pronek stehen und wartete darauf, dass er den Wein probierte. Pronek trank ein Schlückchen, und das Glas stieß klirrend gegen seine Zähne, doch dann sagte er: «Er ist gut. Bisschen lieblich.»

«Na ja, es ist ein Chardonnay», sagte Andreas Vater erfreut.

Nana saß Pronek gegenüber; sie leckte sich die Lippen und wackelte mit dem Unterkiefer, und sie konnten alle das stetige Klappern ihres künstlichen Gebisses hören. Ihr Gesicht glich einer Landkarte – Täler, Furchen, Falten, Wangenknochen, die wie Berge herausragten. «Ich will Wein», sagte sie. «Wo ist mein Wein?» Unaufhörlich bewegte sie den Mund, als kaue sie das Unkaubare.

«Wein ist nicht gut für dich, Nana», sagte Andreas Mutter. «Das weißt du doch.»

«Was für Weine gibt es denn in Ihrer Heimat?», fragte Andreas Vater und kippte den Kopf nach links, um starkes Interesse zu bekunden.

«Ich weiß nicht», sagte Pronek. «Regionale Sorten.»

«Hmm», sagte Andreas Vater.

«Andrea hat uns erzählt, dass Sie Schriftsteller sind», sagte Andreas Mutter. Sie trug eine Brille mit Fensterglas und ein enges Perlenhalsband, und ihre Zähne waren weiß und gerade wie Klaviertasten. Andreas Vater trug ein Tweedsakko mit Flicken an den Ellbogen; er hatte Segelohren, und wenn er vor dem Licht stand, sah Pronek eine rosarote Aura um seine Ohrläppchen.

«Ich bin es gewesen», sagte Pronek.

«Wir mögen gute Bücher», sagte Andreas Mutter.

«Haben Sie schon mal Richard Ford gelesen?», fragte Andreas Vater.

«Gefühlvoller bürgerlicher Macho-Mist», fuhr Andrea dazwischen und sah Pronek an, der nur «Nein» sagte.

«Sehr gut geschrieben», sagte Andreas Vater und schüttelte den Kopf wie eine Rassel. «Sehr gut geschrieben.»

«Und wir mögen Kundera», sagte Andreas Mutter. «Er kommt auch aus der Tschechoslowakei.»

«Wer kommt noch?», fragte Nana und spitzte die Ohren, die schwer an grauen Büscheln zu tragen hatten. Ihre Arme waren wie dünne Zweige, und die zerknitterte Haut hing an ihnen herab wie trocknender Teig. Zwischen zwei Adern an ihrem rechten Unterarm war eine kaum noch zu erkennende Zahl eintätowiert.

«Es kommt niemand mehr, Nana. Wir sind alle da», sagte Andreas Vater und verdrehte die Augen für Pronek, um dessen Solidarität einzufordern.

Andreas Mutter servierte eine Folge von Speisen, die Pronek nicht kannte und die den Geschmack und die Konsistenz von zerhacktem Pappkarton hatten («Das ist Wildreis», verkündete sie mit einem Perlmuttstrahlen); er aß sehr behutsam, aus Angst vor einem plötzlichen Missgeschick, denn es galt zu verhindern, dass er mit offenem Mund kaute oder dass ihm eine Gabel voll Wildreis und Salat «mit einem Dressing aus Ahornsirup und Sonnenblumenkernen» in den Schoß fiel. Pronek hatte das bohrende Gefühl, dass sich seine Füße anschickten, Gestank zu verbreiten, und so schob er den rechten Fuß über die Zehen des linken Fußes, machte sich dann aber Sorgen, das Knistern der Sockenreibung könnte zu laut werden. Er war überzeugt, dass er sich möglichst wenig bewegen sollte, um nicht durch unnötige Bewegungen mutwillige Moleküle von Körpergeruch freizusetzen.

«Wer ist nicht da?», fragte Nana. Sie füllte den Mund und kaute dann geduldig und sah die anderen mit müder Gleichgültigkeit an. Ihre Haare waren platinweiß, aber rötliche Flecken schimmerten deutlich durch den Flaum, und ihr Schädel lag dicht unter der Haut, ganz dicht, dachte Pronek.

Dann gab es Brombeeren auf fettarmem Käsekuchen, fettarmen gefrorenen Kiwi-Joghurt und koffeinfreien Kaffee mit Haselnuss- und Vanillegeschmack.

«Und, was gibt's Neues aus der Tschechoslowakei?», fragte Andreas Mutter.

«Jugoslawien, Mama, Jugoslawien», sagte Andrea.

«Ich lese darüber in der Zeitung, und ich würde es gern begreifen, aber es gelingt mir einfach nicht», sagte Andreas Vater. «Jahrtausende voller Hass, das ist es wohl.»

«Es ist eine traurige Geschichte», sagte Andreas Mutter. «Es ist schwer für uns zu verstehen, weil wir in einem so sicheren Land leben.»

«Es ist haarsträubend», sagte Andreas Vater.

«Wo ist Bruno? Ist Bruno in der Küche?» Plötzlich brüllte Nana: «Bruno, komm her!»

«Beruhige dich, Nana. Das ist nicht Bruno. Bruno ist nicht mehr unter uns», sagte Andreas Mutter.

«Nun komm schon, Bruno!», rief Nana in Richtung Küche. «Iss mit uns! Wir haben jetzt alles!»

«Beruhige dich, Nana. Sonst musst du auf dein Zimmer», sagte Andreas Vater und wandte sich an Pronek. «Sie ist manchmal ganz schön obstinat.» Pronek wusste nicht, was «obstinat» bedeutete, und sagte nur: «Das ist schon in Ordnung. Kein Problem.» Nana wackelte mit dem Unterkiefer und beruhigte sich. Andreas Mutter kratzte die Speisereste, kleine breiige Häufchen, von den Tellern auf eine große Platte.

«Was willst du damit machen?», fragte Nana. «Wirf das nicht weg, Bruno hat Hunger. Bruno!»

«Wir werfen das nicht weg», sagte Andreas Mutter. «Wir bewahren es für Bruno auf.» Nanas Gebiss klapperte jubelnd. Sie schlürfte rasch etwas Kaffee und sah dann Pronek an.

«Wer sind Sie?», fragte sie.

«Ich bin der Freund von Andrea», sagte Pronek.

«Gut», sagte sie.

Während sich Pronek die Schuhe anzog, wobei alle den Schmutz vorne an den Kappen sehen konnten, hielt ihm Andreas Vater den Mantel hin. «Sie sollten ihn in die Reinigung bringen», sagte er. «Ich weiß», sagte Pronek. Andreas Mutter drückte ihre Wange, weich und nach Kokosnuss duftend, an Proneks Wange und küsste die Luft neben seinem Ohr. «Es war schön, Sie bei uns zu haben», sagte Andreas Vater, während er ihm mit dem gewohnten Nachdruck die Hand schüttelte. «Sie werden hier gut zurechtkommen, falls Sie bleiben, da bin ich mir sicher. Es ist das großartigste Land der Welt, man muss nur hart arbeiten.»

«Das stimmt», sagte Andreas Mutter.
«Werden Sie Bruno besuchen?», fragte Nana.
«Nein, Nana», sagte Pronek. «Es tut mir Leid.»

Romanasalat, Eisbergsalat

Pronek stand auf und zog das Beste an, was er hatte: ein graues Seidenhemd, das einmal ein Freund der Familie aus China geschmuggelt hatte und das im Bereich der linken Brustwarze einen amöbenförmigen Fettfleck hatte, als sei es zu einer unfreiwilligen Milchabsonderung gekommen; die hinlänglich bekannten orange-befleckten beigefarbenen Hosen; eine Krawatte mit einem Mickymaus-Muster, von Carwin ausgeliehen und folgerichtig auch gebunden; ein pfirsichfarbenes Sakko, ebenfalls großzügig von Carwin geliehen, der es seit Jahren nicht mehr getragen hatte, eine Nummer zu klein und deshalb in den Schultern ziemlich eng, so dass Pronek, wenn er die Arme ausstreckte, wie ein jämmerlicher Gabelstapler aussah. Er zog seine Schuhe an, über deren Ränder Büschel aus algenähnlichen schmutzigen Fasern – früher einmal ein Webpelz-Futter – seitlich herausstanden.

Das also ist die Ausstattung, in der sich Pronek dem amerikanischen Arbeitsmarkt stellte.

Pronek ließ Moskwa hinaus und ging dann hinter ihr her die Treppe hinunter. Er stellte sich die in den Sonnenstrahlen herumwirbelnden Staubpünktchen als winzige Engel vor, obwohl sie ihm wenig Aufmerksamkeit schenkten. Er stand hinter der Fliegentür, als warte er auf das Stichwort zum Betreten der Bühne, und blickte die Straße hinunter: Die Baumkronen waren völlig aus dem Gleichgewicht und schwankten wild hin und her; der Wind drehte die Unterseite ihrer Blätter nach oben, wie um zu demonstrieren, dass sie nicht markiert waren. Ein Mann mit einem Rottweiler, der wie die Hunde-Version seines Herrchens aussah – das gleiche Pelikan-Kinn, der gleiche trübselige trottende Gang –, füllte eine Hand voll Kot in eine Tüte und trug sie dann ehrfürchtig, als wär's ein wertvolles Beweisstück, hinter dem neugierig schnüffelnden Hund her. Die beiden alkoholischen Schwestern mit identischen pflaumenfarbenen Tränensäcken strebten ihrem Morgentrunk zu und zankten sich Händchen haltend darüber, wer denn nun schuld daran sei, dass die Alkoholvorräte nicht aufgefüllt worden waren. Am Straßenrand war ein betagter weißer Cadillac abgestellt; auf einem Schild hinter der Windschutzscheibe stand: «Nicht abschleppen, gehört mir», unterzeichnet von «Jose». Der Himmel rumorte, als schiebe jemand im Weltall dort oben Möbel umher. Er blickte hinauf zum Bauch des Himmels und zu den Wolken, die die unruhigen Bäume niederdrückten, und zog die Stirn in Falten – es würde wohl wieder regnen, nahm er an. Er ging die Norwood Street entlang und bog am Broadway nach Norden ab, so dass ihm die Autos entgegenkamen. Auf Höhe der Granville Avenue wartete er darauf, den Broadway zu überqueren – «DON'T WALK» forderte ihn die Ampel auf. Er malte sich aus, er würde über die Straße rennen und stolpern, ein Taxi versuchte dem Gestürzten auszuweichen und fuhr ihm dabei mit dem linken Vorderrad über den Kopf und zermalmte ihn. Er malte sich aus, was er als Letztes sehen würde: die schmierige Unterseite eines Autos und die Dreckschichten an den Achsen. Bevor er – «WALK» – die Straße überquerte, blickte er in unsere Richtung (obwohl wir überall waren) und ging dann weiter zur Hochbahn.

Aber dann sah er im angelaufenen Fenster der Eisdiele

das Schild «OPEN» und beschloss, ein Eis zu essen. Er begrüßte den Besitzer (auf Englisch), einen Russen, der seinen Schnurrbart in dem Maße wachsen ließ, wie sein Geschäft gedieh.

In diesem Augenblick hatte er den feinen Schnurrbart eines leidenschaftlichen Stierkämpfers.

Pronek bekam ein großes Regenbogen-Fruchteis und begann sofort mit Hingabe zu lecken, sorgfältig darauf bedacht, jeder Farbe gleich viel Aufmerksamkeit zu schenken, so dass er bald eine mehrfarbige Zunge hatte. Draußen warf er dummerweise einen Blick auf den Drogenhändler an der Ecke, der ihn einen angespannten Moment lang wütend fixierte. Pronek bekam sich genügend in den Griff, um auf die Spitzen seiner Schuhe hinunterblicken zu können, in denen er sich ständig unwohl fühlte, während sein gequälter großer Zeh von Zeit zu Zeit vor Schmerzen zuckte.

Als die Bahn einfuhr, leckte er den Rest des Regenbogens aus der Waffeltüte, die er dann geräuschvoll zerkaute. Genau vor ihm ging eine Schiebetür auf («Sesam öffne dich», dachte er). Er stieg ein, und die Tür ging hinter ihm zu. «Zweiundzwanzig Minuten ins Zentrum», stand auf einem Schild. Der Wagen war leer, bis auf den Mann, der mit seinen Händen redete. Pronek sah ihn nicht zum ersten Mal: Der Mann hatte seine Hände mit der Innenfläche nach oben im Schoß liegen und redete auf sie ein, und von Zeit zu Zeit stieß er den Zeigefinger der rechten Hand ins Zentrum der linken Handfläche, als drücke er auf einen magischen Knopf. Das Klappern und gleichmäßige Murmeln des dahinrasenden Zuges machten Pronek schläfrig, und er machte die Augen zu. Er hörte das Rauschen seines Blutes, und aus Gründen, die wir nicht kennen, erreichte eine ziemlich sinnlose Folge von Worten die lebendige Oberfläche seines Verstandes: «Spalte mir den Kopf wie eine Wassermelone.» Er öffnete die Augen und sah die neuen Passagiere, die gerade feste Gestalt annahmen und ihn unauffällig umgaben. Der Mann, der mit seinen Handflächen redete, sammelte jedes Stück Papier ein, das er finden konnte: Er schlüpfte unter die Sitze, um einen Handzettel mit der Überschrift «Gott ist bei dir» hervorzuholen; er kippte den Inhalt von McDonald's-Tüten auf den Boden und faltete sie zusammen; er stopfte Zeitungsseiten in seinen Trenchcoat, der Schmutz in allen Schattierungen aufwies. Er setzte sich schließlich vor Pronek hin und begann einen Sticker der Guardian Angels vom Fenster abzulösen, als wäre es seine Aufgabe, Beweismittel eines ungeheuerlichen Verbrechens sicherzustellen. Der Mann legte immer wieder die Stirn in Falten, als ob Wellen von Sorgen von innen dagegen krachen würden. Pronek beobachtete, wie die langen gelben Nägel mit einem Halbmond aus grauem Schmutz den Sticker packten, machte dann einen Schwenk zur Schläfe des Mannes und sah (Zoom) eine Laus durch das aschgraue Haar des Mannes krabbeln.

Spalte mir den Kopf wie eine Wassermelone.

Im Zentrum Chicagos gab es Straßen, die nach verstorbenen Präsidenten benannt waren, und Pronek dachte, es sei erbaut worden, als die Präsidenten im Himmel (oder in der Hölle, wir sollten nicht vermessen sein) Monopoly spielten und nach einem guten Wurf Häuser an ihre Straßen stellten. Pronek ging auf der Jackson Street in östlicher Richtung zur Michigan Avenue und dann nach Norden, bis er die «Französische Sauerteigbäckerei Boudin» fand.

Eine Frau mit Namen Dawn Wyman, wie das Blechschildchen an der halb durchsichtigen Bluse verriet, erwartete ihn schon. Ihre Haare waren aufgebauscht, als komme ein ständiger Strom warmer Luft aus ihrem Schädel. Die Augenlider waren von einem kräftigen Blau, das den Farbton ihres Rocks widerspiegelte. Sie trug Ohrringe in der Form von Augäpfeln, deren zitternde Pupillen Pronek anglotzten.

«Wo kommen Sie her?», fragte Dawn.

«Aus Bosnien», sagte Pronek.

«Das liegt in Russland, richtig?»

«Es lag in Jugoslawien.»

«Richtig. Dann sagen Sie mir mal, warum Sie für uns arbeiten möchten.»

Ein Mann mit einem weißen Cowboyhut saß in der Ecke unter einem Bild der ersten Bäckerei Boudin, die in der Ära der Schwarzweißbilder in San Francisco gegründet worden war. Er grub kackbraune Löffel voll von irgendwas aus einem runden Brotlaib. Dann schob er den Plastiklöffel entschlossen in den Mund.

«Mir gefällt europäische Note hier», sagte Pronek.

«Richtig», sagte Dawn mit einem mechanischen Lächeln. Sie hatte einen Anflug von Lippenstift an den weißen Zähnen. «Wir wollen etwas Besonderes bieten, etwas für den Kunden mit anspruchsvollem Geschmack und internationaler Erfahrung.»

«Richtig», sagte Pronek.

«Was glauben Sie der Französischen Sauerteigbäckerei Boudin bieten zu können?»

Der Mann mit dem Cowboyhut legte den Löffel in den Brotlaib, leckte sich die Lippen, nahm den großen Hut ab und fuhr sich über seine Melone; über der rechten Augenbraue hatte er eine knollenförmige Warze. Er setzte den Hut wieder auf, erhob sich, zog die Hose bis zur Mitte des Bauches hoch und kippte dann das Tablett in den Abfalleimer. Der Brotlaib glitt in die schwarz klaffende Öffnung des Eimers, und Pronek hörte den Aufprall.

«Ich kann harte Arbeit und Lebenserfahrung bieten. Ich bin harter Arbeiter, und ich arbeite gern mit Menschen. Ich war früher Journalist und habe sehr viel kommuniziert», sagte er.

«Richtig», sagte Dawn und blickte ohne echtes Interesse auf die Bewerbung. «Wie stellen Sie sich Ihren Lohn vor?»

«Ich weiß nicht. Zehn Dollar auf Stunde.»

«Wir können Ihnen fünf anbieten, und vielleicht können Sie sich später hocharbeiten. Hier hat jeder eine faire Chance.»

«Gut», sagte Pronek.

Und so wurde Pronek in die Familie der Französischen Sauerteigbäckerei Boudin aufgenommen und bekam die ehrbare und verantwortungsvolle Aufgabe einer Küchenhilfe übertragen.

Er schnitt Croissants auf, beschmierte sie innen mit Dijon-Senf (»Nicht zu viel», ermahnte ihn Dawn im Vorbeigehen) und gab sie dann an den Sandwich-Mann weiter («Das ist der Sandwich-Mann. Das ist die Küchenhilfe», stellte Dawn sie einander vor). Er wurde von dieser Arbeit abgezogen, nachdem er sich beinahe den linken Daumen abgeschnitten und dem Sandwich-Mann eine Serie blutgetränkter Croissants ausgehändigt hatte. Nun schnitt er Tomaten in dünne Scheiben («Dünner», ermahnte ihn Dawn im Vorbeigehen) und streute Käsekrümel auf eine Kolonne von Mini-Pizzas. Er füllte Styroporschalen mit der natriumarmen, fettfreien kreolischen Gumbosuppe und gab sie dem Suppenmann weiter, bis er mit dem verletzten Daumen in eine siedend heiße Jumbo-Gumbo fasste («Kleine Schale – reichlich Gumbo. Große Schale – Jumbo-Gumbo», erklärte Dawn kurz und bündig die Gumbo-Strategie), was zur Folge hatte, dass er die Schale zu Boden fallen ließ und sich ein paar Verbrennungen an den

Knöcheln einhandelte. Er köpfte einen Sauerteiglaib und nahm ihn dann aus, wobei er die weichen, nach Hefe riechenden Innereien in einen Abfalleimer warf; weil er dabei aus irgendeinem Grund furchtbare Schuldgefühle hatte, aß er am ersten Tag eine ganze Menge davon und bekam zur Strafe fürchterliche Magenkrämpfe. Den ausgehöhlten Laib füllte er dann mit einer fettarmen Chilisauce.

Als er zum ersten Mal den tresorähnlichen Kühlraum betrat, um einen Salatkopf zu holen, ging hinter ihm langsam die Tür zu, und er fand sich wieder inmitten eines monotonen eisigen Summens im fahlen Licht einer einzelnen Glühbirne. Er stellte sich vor, er würde hier erfrieren, und wenn sie ihn dann fänden, läge er eisüberzogen da, die Augen weit aufgerissen, winzige Eiszapfen an den Wimpern, mit dem Hinterkopf tief in einer Salatkiste. Er hämmerte gegen die Tür, schrie gellend um Hilfe, aber niemand war in der Nähe, niemand konnte ihn hören. In seiner Verzweiflung lehnte er sich mit dem Kopf an die Tür, und schon klebte seine Stirn an der eisigen Fläche. Er versuchte freizukommen, aber es tat weh, und er wurde von einer fatalistischen Schwäche überwältigt.

Als dann Dawn die Tür aufmachte und mit ihrer Kraft seine Stirn mitriss, stolperte er hinaus und stand mit einem scharlachroten Fleck auf der Stirn vor ihr.

«Was machen Sie denn da?», fragte sie, und dabei gingen ihre gezupften Augenbrauen nach oben und formten sich wie zwei symmetrische Nagelclips.

»Ich war da geschlossen», sagte Pronek.

«Die Tür lässt sich von innen öffnen, man muss nur ein bisschen drücken», sagte sie.

«Ja, ich weiß», sagte Pronek und beeilte sich, seinen gefahrlosen Pflichten als Geschirrspüler nachzukommen.

Nach dieser Station in seiner gastronomischen Laufbahn

bekam Pronek einen festen Platz in der Abfallbeseitigung. Er wurde als Lehrling einem Mann namens Hemon zugeteilt. Pronek wusste nicht, ob Hemon der Vor- oder Nachname des Mannes war, aber er stammte aus der Dominikanischen Republik und war in die USA gekommen, um Berufsfußballer zu werden. Pronek kam auf Hemons Fußballträume, nachdem dieser auf sich selbst deutete, mehrmals «McMannaman» sagte und dann gegen einen imaginären Fußball trat. Hemon war groß und nach Proneks Einschätzung nicht besonders intelligent, obwohl er nichts sagte, da er kein Englisch sprach. Sie kippten ausgehöhlte Brotlaibe, massakrierte Croissants und trockene Suppenschalen von den verlassenen Tabletts in die Mülltonnen; sie zogen volle Müllsäcke aus den Tonnen, schnürten den Säcken mit einem Knoten den Hals zu und schleiften sie wie Leichen («Schneller», mahnte Dawn im Vorbeigehen) zum Müllwagen in einer Nische hinten in der Küche. Zusammen mit dem stets niedergedrückten Hemon schob Pronek den Wagen durch den hinter der Küche liegenden Gang, durch die hinterhältige Pendeltür, die einen immer im Rücken oder an den Fersen erwischte, und weiter zum Aufzug. Über der Tür war eine kleine Kamera angebracht, die sie böse anfunkelte. Schweigend starrten sie auf die Tür und warteten darauf, dass sie aufging. Sie drückten auf den untersten Knopf und standen, durch den Wagen getrennt, mit dem Abfall da, als wären sie die Ehrengarde an einem bedeutsamen Sarg. Sie fuhren hinunter in den Keller, immer weiter hinein in den Sirup der Stille, und wenn dann die Tür aufging, traf sie eine Woge kalter, fauliger Luft wie ein Schlag ins Gesicht. Sie schoben den Wagen in eine Art Grotte mit niedriger Decke, wo mitten im Raum ein gigantischer Müllcontainer stand, über dessen Ränder oft die schwarzen Müllsäcke quollen.

Für ihr einfaches Gemüt war das die Oberste Mülltonne, der sie täglich ihre Opfergaben darbringen mussten.

Sie schoben den Wagen auf eine altarähnliche Hebebühne, hakten die Achse des Wagens ein und fuhren ihn dann bis zum Rand des Containers hoch. Einer von ihnen drückte auf einen roten Knopf, der die Bühne zum Kippen brachte und den Wagen entleerte. Oft fiel auf heimtückische Art und Weise der ganze Wagen hinein, und dann mussten sie in die Oberste Mülltonne steigen, die genüsslich aufstöhnte. Sie mussten, bis zu den Knien in verfaulenden Speiseresten stehend, den Wagen bis über ihre Köpfe hochstemmen, um ihn aus der großen Tonne hieven zu können, während ihnen eine Mischung aus Majo, Dijon-Senf, Essig, Gumbo und fettarmer Chilisauce über die Arme nach unten kroch. Sie spülten die Müllreste aus dem Wagen und wuschen sich die Hände («Personal bitte stets die Hände waschen», stand auf dem Schild über dem Waschbecken), aber es gelang ihnen nie, die feinen Dreckspuren aus den Furchen ihrer Handflächen zu waschen.

In ihrer Mittagspause saßen Pronek und Hemon in zweisprachigem Schweigen da und gafften die Leute an, die an den Boudin-Tischen saßen: ein Mann mit einem Feuer speienden Drachen auf dem Unterarm und einer Klappe über dem Auge, Jumbo-Gumbo schlürfend, mit Bedacht unrasiert; eine einsame, schlanke, schwarze Frau, die *Sieben göttliche Gesetze des Wachstums* las und von ihrem sichelförmigen Croissant nur die Spitze abgebissen hatte; eine fettleibige vierköpfige Familie mit identischen Kürbisköpfen, dicken Bäuchen und länglichen Waden, als gehörten sie einer Spezies an, die sich durch Zellteilung fortpflanzte; ein Herr in einem strengen marineblauen Anzug, mit randloser Brille und der grauen Einheitsfrisur von Führungskräften, in einem Surfer-Magazin lesend, während mehrere Blätter Romana-Salat sauber aufgestapelt neben seinem Styroporteller lagen; zwei Jungen im Teenager-Alter mit schwarzen Spinnweben im Gesicht und in T-Shirts der «Smashing Pumpkins», eingemauert von einem Wall aus Einkaufstüten und damit beschäftigt, die Brüste (von ihnen «Täubchen» genannt) zu bewerten, die es in der Französischen Sauerteigbäckerei Boudin zu besichtigen gab; ein Brille tragender, schwitzender, glatzköpfiger, knochiger Mann im Gespräch mit einer jungfräulichen Tüte Kartoffelchips («Glaubst du, ich habe Angst vor dir? Also, da irrst du dich!»), die Pronek hinterher rasch und vorsichtig in einen Mülleimer warf.

«Aus was für einer Evolutionssuppe ist das Leben dieser Menschen hervorgegangen?», fragte sich Pronek (mit nicht ganz so vielen Worten und in seiner Muttersprache). «Wie sind sie zu dem geworden, was sie sind, und nicht zu etwas ganz anderem?» Er nahm (fälschlicherweise) an, Hemon könne ihn auf Grund ihrer gemeinsamen Erfahrungen bei der Arbeit vielleicht verstehen, und so versuchte er mit ihm die quälenden Fragen der Zufälligkeiten von Leben und Tod zu erörtern, seine Erfahrung, dass es so leicht war, die Kontrolle über «den Strom des Lebens» zu verlieren und ein anderer zu werden, einer, der einem selbst völlig fremd war. Aber Hemon verstand kein Wort von Proneks Grübeleien – er hatte dafür nur ein müdes Lächeln, zeigte mit dem abgewinkelten Daumen auf sich selbst und sagte: «McMannaman!»

Pronek fuhr mit der Hochbahn zurück in seine Wohnung (na ja, Andreas Wohnung), stehend, die Schmerzen in seinen Beinen so massiv wie Eisenstangen, der Wagen voll erschöpfter Menschen, stark verschwitzt, zusammengedrängt wie Spargel im Supermarkt.

Andrea war in die Ukraine gereist («Ich brauche ein bisschen Freiraum», hatte sie zu Pronek gesagt. «Aber du kannst weiter hier wohnen.»), und die Wohnung wurde renoviert, da Andreas Eltern sie verkaufen wollten. Carwin zog bei Chad ein, und so warteten auf Pronek nur vier polnische Bauarbeiter, die die Farbe von den Wänden kratzten, Türpfosten herausrissen und die Bodenfliesen ausgruben. Ein Nylonpfad, beschwert mit Farbeimern, führte zu Andreas Zimmer. Pronek musste unter der Leiter durch, die täglich ihren Standort wechselte, und stolperte durch den Dschungel von nassen Pinseln, obskurem Werkzeug, herumliegenden verbogenen Nägeln und Farbklecksen, um in das Zimmer zu gelangen, das jetzt der Zelle eines Mönchs glich: nur das Bett, ein kleiner Turm aus Büchern, leere Koffer, ein Fernseher und ein Berg aus schmutziger, feuchter Wäsche, die in der Ecke vor sich hin rottete. Er betrat das Zimmer, als wäre es ein U-Boot, mit dem er in die Ruhe am Meeresboden abtauchen konnte: namenlose Fische, platt gedrückt vom unfassbaren Druck des großen Wassers, schimmerndes Plankton und kurzlebige Einzeller glitten in absoluter hypnotisierender Stille langsam an seinem Fenster vorbei. Er blieb in dem Zimmer, bis die Arbeiter gegangen waren, und dann erhitzte er, ohne auf die nackten Wände und gähnenden Türöffnungen zu achten, eine Dose Tomatensuppe und streute etwas Oregano drauf, das stark an Heu erinnerte. Das Spülbecken war jetzt leer, all die Teller und der Schimmel waren verschwunden, und nur noch eine Gabel war da, mit der er eine Dose glitschigen Thunfischs öffnete. Er schlürfte die Suppe in Andreas Bett, während der Thunfisch wartete, bis er an die Reihe kam, und verfolgte die Kurznachrichten im Fernsehen: Sarajewo war im Belagerungszustand, der Mangel an Nahrungsmitteln wurde immer kritischer, es gab Gerüchte von Konzentrationslagern, aber er achtete nur auf die Bilder, um vielleicht Menschen zu erkennen. Einmal glaubte er seinen Vater zu sehen, wie er durch die Allee der Heckenschützen rannte, aber er war sich nicht sicher, da der Mann sein Gesicht hinter einer auseinander gefalteten Zeitung versteckte. Die Gangart des Mannes kam ihm allerdings bekannt vor: Er lief mit langen Schritten, leicht vornübergebeugt, und der rechte Arm ging hin und her wie ein Pendel.

Danach legte er sich schlafen. Das Licht machte er nachts nicht mehr aus, nachdem er Berichte von Sarajewo bei Nacht gesehen hatte, die Stadt in totaler, endloser Dunkelheit, während Gewehrkugeln und Raketen den Himmel aufschnitten und erhellten. Sein Schlaf war alles andere als erholsam, immer wieder gestört von Alpträumen und einer nervösen Blase.

Am Morgen weckten ihn die polnischen Arbeiter mit ihrem emsigen Geplauder. Als sie anfingen, die Decke herunterzuschlagen, kamen die rippenähnlichen Balken zum Vorschein, und Pronek hatte das Gefühl, im Innern eines Wals aufzuwachen. Die Polen wollten sich mit ihm unterhalten, aber er konnte sie nicht verstehen, obwohl die ganzen Wörter und Laute irritierend vertraut klangen, als komme er – obendrein sehr langsam – aus einem Abgrund der Amnesie zurück. Er setzte sich in die Küche, trank schlammigen Kaffee und nagte an einem schlappen Cremetörtchen und sah zu, wie sie die Decke herunterschlugen, während sich der Staub auf ihre buschigen Augenbrauen und basketballförmigen Bäuche legte. Sie hielten die Hämmer in ihren kräftigen Händen mit großen Daumen und flachen, breiten Nägeln und schlugen mühelos die Decke über ihren Köpfen herunter.

Pronek stellte sich vor, diese Hämmer spalteten ihm den Kopf wie eine Wassermelone.

Pronek wurde an dem Tag gefeuert, an dem er zwischen den roten Ecken auf der Titelseite der Zeitschrift TIME das

Bild eines Mannes in einem serbischen Konzentrationslager sah: der Mann stand hinter drei Reihen Stacheldraht, die Haut über den Rippen war straff angespannt, und die Barthaare fraßen ihm das Gesicht weg. Er blickte nicht in die Kamera und auf den Leser dahinter, weil er – so vermutete Pronek – nicht wusste, ob es seine Rettung oder seinen Tod bedeutete, dass er auf dem Bild war.

Pronek murmelte sich durch die Küche der Französischen Sauerteigbäckerei Boudin zu seinem Spind, während eine Woge der Hitze seine Augäpfel herauszudrücken schien. Er band sich die rote Boudin-Schürze um und setzte die kleine Baskenmütze auf («Sie soll nicht wie eine Baseballmütze aussehen», ermahnte ihn Dawn im Vorbeigehen, «das ist eine Baskenmütze.») und machte sich daran, die wartenden Tabletts zu leeren.

Während er die Tabletts über der Mülltonne stapelte, sagte ein Mann in einem grasgrünen Hemd mit dem Schatten eines zum Schlag ausholenden Golfspielers in der Herzgegend: «Junger Mann, würden Sie bitte mal herkommen!»

Pronek ging gehorsam hinüber und blieb vor dem Tisch des Mannes stehen, während sich ein dunkler Hass in seinen Muskeln zusammenbraute. Der Mann hatte eine gepflegte Frisur, und Pronek konnte sehen, wie sich die tadellose Linie des Scheitels oben in den Haaren verlor. Der Mann zeigte auf ein Croissant auf seinem Teller – er hatte einen scheußlichen goldenen Siegelring am kleinen Finger – und sagte: «Ich wollte Romanasalat auf meinem Putensandwich. Und das hier, entschuldigen Sie, ist kein Romanasalat. Das ist Eisbergsalat. Was haben Sie dazu zu sagen?»

Pronek wollte schon gehen und dem Sandwich-Mann von dem Problem berichten, aber dann überwältigte ihn plötzlich das Verlangen, jetzt nicht hier zu sein, und er sagte: «Nichts.»

«Ich möchte mein Putensandwich, bitte schön, mit Romanasalat», sagte der Mann.

«Wo ist Unterschied?», sagte Pronek.

«Entschuldigen Sie mal», sagte der Mann mit lauter werdender Stimme, und sein Doppelkinn bekam vor Empörung eine zusätzliche Falte.

«Romanasalat, Eisbergsalat, wo ist Unterschied?», sagte Pronek und hatte plötzlich das Bild vor Augen, wie er dem Mann das Salatblatt in den Mund stopfte.

«Könnte ich bitte mit jemandem sprechen, der die englische Sprache beherrscht?», sagte der Mann und schob entschlossen das Tablett von sich, so dass das Croissant zusammenzuckte und an den Rand des Tellers glitt. Pronek spürte einen Schmerz, der von seinen Waden aufstieg, durch das Becken lief und sich als Krampf in seinem Magen festsetzte. Er wollte etwas sagen, etwas Geistreiches, das den Mann vernichtend schlagen würde, wusste aber keine englischen Worte, mit denen sich das ganze Ausmaß der Absurdität ausdrücken ließe, und so blieb nur: «Romanasalat, Eisbergsalat, wo ist Unterschied?» Er murmelte das ständig vor sich hin, wie eine Zauberformel, die ihn gleich zum Fliegen befähigen würde, und dann wankte er mit weichen Knien davon und hoffte, der Mann möge einfach aufgeben.

Doch der Mann gab natürlich nicht auf, denn für sein schwer verdientes Geld verlangte er – und das zu Recht – einen kompletten und verantwortungsvollen Service.

Wie ein Verrückter säuberte Pronek ein Tablett nach dem anderen und füllte die Mülltonnen mit ausgekratzten Brotnäpfen, schrumpeligen Croissants, Pizzarändern, gezackten Melonenschnitzen, Salatresten, schmierigem fettarmem Joghurt, Jumbo-Gumbo-Morast, füllte Müllsäcke, als ob er so die Zeit anhalten und Dawn daran hindern könnte, in Begleitung des Mannes zu ihm herüberzukommen. Als Dawn mit dem erregten Mann im Schlepptau auf ihn zukam, sah ihn Hemon, der einen Leichensack hinter sich herzog, von der Seite an, als versuche er zu verstehen, welcher Teufel ihn dazu bewegt haben mochte, aufmüpfig zu sein. Pronek wollte es ihm sagen, aber Hemon hätte ihn natürlich nicht verstanden.

So stand Pronek dann vor dem tobenden Mann, der in die allgemeine Richtung seines Sandwiches deutete, während Dawn abwechselnd auf die Spitzen ihrer blauen Schuhe und auf Pronek blickte und dabei versuchte, Pronek als die Hauptfigur in der Geschichte des Mannes unterzubringen. Als der Mann seinen Vortrag beendete und darauf wartete, dass Dawn den Urteilsspruch verkündete, flüsterte Pronek: «Romana, Eisberg, alles dasselbe.»

«Ich bedaure», sagte Dawn. «Aber wir müssen uns von Ihnen trennen.»

«Ich gehe», sagte Pronek. «Kein Problem. Ich gehe.»

Attrappen und Strohmänner

Im Frühjahr 1993 erfuhr Pronek mit Hilfe einer komplizierten Nachrichtenkette – zu der ein Mitarbeiter des Roten Kreuzes in Sarajewo ebenso gehörte wie ein Amateurfunker, ein in Frankreich lebender Cousin und Zbisiek, einer der polnischen Bauarbeiter, der den Telefonhörer abnahm –, im Frühjahr 1993 erfuhr also Pronek, dass seine Eltern auf der Liste für einen Konvoi standen, der demnächst die Stadt verlassen sollte.

«Wann?», wollte Pronek von Zbisiek wissen, dessen blaue

Augen, von geplatzten Äderchen eingerahmt, aus slawischem Mitgefühl feucht geworden waren.

«Das hat er nicht gesagt.»

Von dem Augenblick an fürchtete Pronek um das Leben seiner Eltern, weil ihm – und das mag uns seltsam vorkommen – klar wurde, dass sie, wenn man sie tötete, nicht in der Lage sein würden, den Bus zu besteigen und die Stadt zu verlassen, und dass er sie dann folgerichtig nie wieder sehen würde. Ihm wurde auf einmal klar, dass in Sarajewo die ganze Zeit Menschen starben, und das hieß, dass sie all das, was sie am nächsten Tag tun wollten oder mussten, nicht mehr tun konnten, wenn sie vorher starben: aufstehen und in der dunklen, kalten Wohnung umhergehen; pinkeln und die tote Toilette mit einem Eimer Wasser spülen, mit dem sie sich vorher selber gewaschen hatten; sich zum Anzünden einer Zigarette in den dunkelsten Winkel zurückziehen, damit der geduldige Heckenschütze das Glimmen nicht sah; sich setzen; sich ducken; in Tränen ausbrechen; hungrig in einer Schlange stehen und auf die geräuschlose Granate warten, die einschlug und tötete. Bis dahin hatte Pronek für die Menschen in Sarajewo, die er im Fernsehen sah, Mitgefühl gehabt; ihr Leiden war ungeheuer, und es war gut wiedergegeben. Sie schienen in der Lage, bis zum Ende ihrer Leiden durchzuhalten, so wie all die anderen leidenden Menschen, aber mit dem Tod endete sogar das Leiden. Von nun an sah er in CNN-Sendungen Menschen mit vertrauten Gesichtern in ihrem eigenen Blut kriechen und die unerbittliche Kamera um Hilfe anflehen; er sah Menschen zucken und würgen, während ihnen das Blut aus den zerfetzten Stummeln schoss; er sah Menschen, die ihnen helfen wollten, in sich zusammensacken wie ein gesprengtes Haus, erschossen von einem Heckenschützen; und dann wusste er, das war das Ende ihres

Lebens – sie würden nie wieder einen Türgriff anfassen; nie wieder über schmerzende Zehen in unbequemen Schuhen klagen; nie wieder ein Klosett spülen; ein Kondom tragen; Kopfsalat essen; leiden. Pronek machte sich klar, dass er nie gewusst hatte, was der Tod bedeutete, und dass er in seinem eigenen Leben nie richtig zugegen war, weil er glaubte – ohne gründlich nachzudenken –, es würde ewig weitergehen. Er dachte nie genug an andere Menschen – seine Eltern zum Beispiel –, weil er sich nie klarmachte, dass sie sterben könnten.

Er schlug das Wort im Wörterbuch nach: «**Tod** – der völlige und nicht umkehrbare Stillstand der Lebensfunktionen in einem Organismus oder einem Teil davon.»

Er erinnerte sich, wie ihm seine Mutter immer in den Ohren lag, er solle seine miefigen, durchgeschwitzten Socken entwirren, bevor er sie in die Waschmaschine warf, und die Erkenntnis schmerzte, dass er ihr, falls sie nicht in dem Konvoi war, nie würde sagen können, dass es ihm heute Leid tat.

Er fing an, Snickers und Babe Ruths und Cheerios und Doritos und Burritos und alles andere, was er in den Mund bekommen konnte, zu verschlingen, als wäre es seine allerletzte Mahlzeit, und so legte er fünfzehn schwammige Kilo zu.

Leb wohl, schöner Jüngling.

Er arbeitete als Hilfskellner in einem mexikanischen Restaurant, bis er dem drei Zentner schweren örtlichen Polizisten einen Krug himmelblauer Margaritas in den Schoß kippte.

Er geriet auf den Straßen der Stadt in Panik, als ihm klar wurde, dass ihm die Namen der Bäume (Ahorn, Kastanie, Linde, Eiche usw.), der Blumen (Ringelblume, Petunie, Lilie, Iris usw.) und der Autos (Toyota, Nissan, Cadillac, Infiniti usw.) fremd waren, und sie kamen ihm alle wie weiße Flecken auf einer Landkarte vor, wie Seiten aus einem Fotoalbum, aus dem alle Bilder entfernt worden sind. Er zwang sich, den leeren Blick von den Schildern mit den ihm unverständlichen Straßennamen abzuwenden, und blickte beim Gehen nur noch vor sich hin: auf Risse im Beton, platt gedrückte Zigarettenkippen, herumliegende Ästchen, versteinerte Fußabdrücke. Er wünschte sich, er wäre blind.

Er kam in den Genuss einer Reihe von endlosen Nebenhöhlenentzündungen, die immer wieder rasende Kopfschmerzen mit sich brachten und ihm die Gehörgänge mit dickem Ohrenschmalz verstopften, so dass sämtliche Geräusche um ihn her in ein gleich bleibendes, alles zudeckendes Summen verwandelt wurden, während er selbst zu murmeln anfing. Er verstand kein Wort von dem, was die Leute zu ihm sagten, und antwortete ihnen nur mit unverständlichem Gemurmel. In der Folge begann er, murmelnde Selbstgespräche zu führen und kichernd, Fratzen schneidend und knurrend seinen eigenen unhörbaren Diskurs zu kommentieren.

Er bewarb sich um die Stelle eines Hilfskellners in einem vietnamesischen Restaurant, und der Mann, der ihm beim Einstellungsgespräch gegenübersaß – ein schwächlicher Brillenträger, mit einem Mobiltelefon in einem Futteral an der Hüfte –, musterte ihn mit irritierten Blicken.

Er schlief inmitten von Farbkübeln, umgeben von ungesunden Dünsten. Er musste die Leiter hinaustragen, um die Matratze auf den Boden legen zu können (das Bett war weg), da die Polen angefangen hatten, sein Zimmer zu zerlegen. Die Polen waren offensichtlich davon überzeugt, dass er den Verstand verloren hatte, und eines Tages gaben sie ihm 33 Dollar, die sie gesammelt hatten. Pronek murmelte ein Dankeschön in irgendeiner superslawischen Sprache.

Er hörte auf, Kakerlaken zu töten, nachdem er bei der

Rückkehr von einem ziellosen Spaziergang die Kakerlakenfalle übervoll vorfand. Er hob sie auf, und die vertrockneten Kakerlaken von gestern hingen an der Decke, während der Kakerlak von heute, der im süß duftenden Sirup steckte, seine Antennen zu ihm hin drehte und ihn grüßte. «Schatz», sagte Pronek, «ich bin wieder da.»

Er begann, die unbeschwerte Sinnlosigkeit des Baseballs zu hassen.

Er arbeitete als Hilfskraft auf einem Parkplatz beim Wrigley-Field-Stadion, wo er an Spieltagen mit wedelnden Armbewegungen Autofahrer hypnotisierte, um sie auf bestimmte Parkplätze zu locken. Er gab den Job auf, als ihm schmerzhaft bewusst wurde, wie absurd es war, dazustehen und den Arm wie einen Windmühlenflügel kreisen zu lassen.

Er begann, von sich selbst als einem anderen Wesen zu denken – einer Cartoon-Figur, einem Hund, einem Detektiv, einem Verrückten –, und er begann zu phantasieren, er würde seinen Körper einfach verlassen können und zu einem Nichts werden, ihn ausschalten wie einen Fernseher.

Er konnte sich keine Filme mehr ansehen, in denen Menschen mit Leichtigkeit getötet und weggefegt wurden, weil er sofort anfing, das Verfahren zu rekonstruieren, mit dem die Blut spritzenden Effekte erzeugt wurden, und dann wurden die Filme zu durchsichtig.

Er begann, Bill Clinton zu hassen – und jedes Mal auf den Bildschirm zu spucken, wenn er auftauchte –, weil Clinton in der Lage war, ein Funkeln in seine Augen zu zaubern, sobald Kameras in der Nähe waren.

Er versuchte, sich als zweisprachiger Vertreter für Wasserfilter und besonders gesunde Kochtöpfe die Brötchen zu verdienen, was ein Ende fand, nachdem sein zukünftiger Verkaufsleiter – ein ehemaliger Footballspieler in einem zweireihigen Anzug und mit einem Ziegenbärtchen als Beiwerk seiner fetten, optimistischen Schnauze – ihm sagte, wenn er nicht «mehr lächle und mehr Herz investiere», sei für ihn in diesem Geschäft kein roter Heller zu verdienen.

Er hörte auf, Frauen zu begehren, und begann gleichgültig zu masturbieren und bemühte dazu noch nicht einmal seine Phantasie. Danach stand er stundenlang unter der Dusche und versuchte den Dreck von seiner Haut zu waschen, bis ihm die Wasserknappheit in Sarajewo einfiel.

Er begann sich zu hassen, weil er bei all seinem Tun egoistisch war – einfach dadurch, dass er lebte.

Er stank die ganze Zeit – selbst die Innenseiten seiner Nasenlöcher stanken –, und die Menschen machten auf der Straße einen Bogen um ihn, und in der Hochbahn vermieden sie es, sich neben ihn zu setzen.

Er meldete sich auf ein Stellenangebot, und bevor er etwas sagen konnte, fragte ihn eine Stimme: «Wollen Sie richtig Kohle machen?» «Nun, es kommt drauf an …», antwortete er, und die Stimme sagte: «Das ist kein Job für Schlappschwänze», und legte auf.

Er stellte sich vor, wie er den beschissenen Rockstars aufs große Maul schlug, weil diese Wichser ständig jammerten, sie seien unglücklich.

Wir wollten, er wäre damals auf uns zugegangen, wir hätten ihm geholfen.

Er machte sich klar, dass sein früheres Leben für andere völlig unzugänglich war und dass er es komplett neu erfinden und sich wie ein Spion eine neue Biographie zulegen konnte.

Er hatte Träume, in denen seine Eltern auftraten: Sein Vater opferte einen Turm in einer Schachpartie, und Pronek bat ihn, es nicht zu tun, da der Zug zum Schachmatt führen würde; seine Mutter nahm Bücher aus den Regalen, riss die Seiten mit Bildern heraus und verbrannte sie in einem eisernen Ofen, weil ihr immer kalt war.

Er hatte ein Einstellungsgespräch für den Job eines Fahrradkuriers, und alles lief großartig, bis ihm gesagt wurde, er brauche sein eigenes Fahrrad und seinen eigenen Helm.

Er machte sich bewusst, dass er unsichtbar war, und er sehnte sich danach, beobachtet zu werden – er stellte sich eine Kamera vor, die ihm überallhin folgte und all die belanglosen und verschwindend kleinen Aktionen seines Lebens aufzeichnete.

Er arbeitete kurz in der zweiten Nachtschicht im White Castle, wo er die kleinen Hamburger klaute und mit nach Hause nahm, um sie kalt zu essen, und seine Taschen stanken nach verfaulendem Hackfleisch und zerfallenden Zwiebelringen.

Im Herbst 1993 kam Andreas Vater, kämpfte sich durch den polnischen Schutt und teilte Pronek feierlich mit, dass er ausziehen müsse, da die Wohnung an einen seriösen Immobilienmakler verkauft worden sei und möglichst bald hergerichtet sein müsse – die Polen würden Tag und Nacht arbeiten müssen. Pronek sah, wie das Quartett der Polen hinter dem Rücken von Andreas Vater gutmütig mit den Achseln zuckte, und verkündete, starr vor Verzweiflung, dass er im Augenblick arbeitslos sei, wenn auch auf Jobsuche. Worauf Andreas Vater anbot, sich bei seiner Frau dafür einzusetzen, dass er in deren Hausputz-Agentur «Home Clean Home» Arbeit bekam.

Oh, welch glückliche Fügung für unseren Einwanderer.

Pronek hatte ein reizendes Gespräch mit Andreas Mutter. «Ich weiß, dass Sie ein fleißiger Arbeiter sind», sagte sie. «Es sind Leute wie Sie, die dieses großartige Land für uns erbaut haben.» Sie gab ihm mit den Fingerspitzen einen Klaps auf die Schulter und schickte ihn zum Leiter der Agentur, einem Mann, den das Schildchen über seinem Herzen als Stephen Rhee auswies. Er sei früher bei den Marines gewesen, sagte er grimmig zu Pronek, und er lasse sich nicht auf der Nase herumtanzen. Er hatte einen Bürstenschnitt, ein makellos gebügeltes kurzärmeliges Hemd, einen buschigen Leberfleck auf der Wange, der von ferne wie eine winzige Schusswunde aussah, und auf dem Unterarm die Tätowierung eines Adlers mit einem Gewehr. Er hatte fast ständig einen Zahnstocher im Mund, und als Pronek ihm erzählte, er sei früher mal Schriftsteller gewesen, bekam er von Rhee zu hören, Jack Kerouac sei der größte Schriftsteller aller Zeiten. «Der Staub ist unser Todfeind, Staubsauger sind unsere Maschinengewehre», machte er Pronek klar, während er ihm seinen Spind zeigte, in dem der Schweißgeruch eines Fremden hing. Bevor er die Kolonnen morgens losschickte, stemmte er die Fäuste in die Hüften und hielt eine Ansprache:

«Ich habe vier Begriffe für euch: Sauberkeit, Loyalität, blitzblanke Oberflächen, Privatsphäre. Wenn wir ein Haus verlassen, hat es sauber zu sein, schließlich sind wir ein Putzdienst, verdammt noch mal. Und wir arbeiten als Team – wenn der Typ, der im Bad war, Schmutz zurücklässt, dann war die Arbeit des Mädchens in der Küche für die Katz. Alles, was in dem Haus blitzblank sein soll, muss euch blind machen mit seinem Glanz. Und noch etwas, was in eure Hohlköpfe rein muss: Das Leben anderer Menschen ist wie ein Tempel, den wir betreten. Denkt nicht einmal im Traum daran, etwas anzufassen, das nicht geputzt werden muss. Ihr dürft in einem Haus keine Spuren hinterlassen – zurück bleibt nur absolute Sauberkeit.»

Jawohl, sie putzten in Hinsdale, Orland Park, Deerfield, Highland Park, Glencoe, Schaumburg, Oak Park, Wilmette,

Forest Park, Lake Forest, Park Forest, Kildeer, Lake Bluff, einfach überall in Chicago-Land.

Einmal gab es sogar einen großen Auftrag in Normal.

Als Neuling wurde Pronek der Mann fürs Badezimmer, der «Scheißhäusler». Wenn er ein Badezimmer betrat, verschaffte er sich zunächst einmal einen Überblick. Er warf einen Blick hinter den Duschvorhang: die Fliesen an der Wand mit Seife und schmutzigem Schaum beschmiert; gekräuselte Haare um den Abfluss der Badewanne, wie Regenwürmer, die es nicht mehr in die weiche Erde geschafft hatten; der Brausekopf über der Wanne wie ein Bussardkopf; eingesperrte Shampoos in ihrem Käfig am dünnen Hals der Dusche. Die gähnende Öffnung der Kloschüssel, der Sitz hochgeklappt und die Schüssel gesprenkelt mit Urintröpfchen; Schamhaare, die an den Seiten klebten, als wollten sie nach oben klettern; ein zerknülltes und beschmutztes Blatt Klosettpapier hinter der Schüssel. Der Spiegel überall besprenkelt mit Zahnpastaschaum, am Vorabend aus jemandes Mund gespritzt; unter dem Spiegel sich windende Zahnpastatuben mit einem Daumenabdruck in der Mitte; Flaschen mit Flüssigseife, wie Flamingos ohne Beine, mit vorgerecktem Schnabel; gleichmütige Fläschchen für die Schönheit: Feuchtigkeitscremes, Handschutzcremes, Rasierwasser, Haarfestiger.

Nach der Besichtigung ging Pronek ans Saubermachen; langsam und erbarmungslos wischte er alle von Menschen hinterlassenen Reste und Spuren weg. Mit der Zeit gefiel ihm diese Beschäftigung, weil er dabei aufhörte, über sich selbst und alles andere nachzudenken; er konzentrierte sich auf Haare und Flecken und freute sich über ihr zuverlässiges, unvermeidliches Verschwinden. Die ganze Welt ließ sich auf einen Pickel-Eiter-Fleck am Spiegel reduzieren, den er geschwind wegwischte. Alles in dem Badezimmer wuchs sich zu einer Größe aus, die ihn restlos in Anspruch nahm, und er selbst wurde dabei immer kleiner, bis er sich sämtlicher Gedanken an die eigene Person und an alles, was außerhalb dieses Badezimmers lag, restlos entledigte und zu einer transzendentalen reinigenden Kraft wurde. Wenn er mit dem Putzen fertig war, fühlte er sich geläutert, so als habe sich sein Ich in der Zeit, die es von ihm weg war, gründlich verändert.

Auf diese Weise wurde er als Putzmann zu einem echten Könner. Sein Lohn stieg von sechs auf sechseinhalb Dollar in der Stunde, und Rhee erlaubte ihm hin und wieder einen «Solo-Einsatz»; dann zog er allein los, um Eigentumswohnungen in Lincoln Park oder Gold Coast zu putzen.

Mann, wie ihm das gefiel: die Wohnung zu betreten, in der noch der Duft des Eigentümers – Parfüm, Duschgel, Shampoo, Deodorant – in der Luft hing; die Möbel um den Fernseher versammelt, zwei stolze Toilettentische an der Wand; ockerfarbene (und das hieß: alte) Weltkarten, in deren Ecken sich Drachen duckten; Ansel Adams Fotos von öden grauen Wüstentälern; kleine bunte Teppiche, die sich an die Böden schmiegten wie faule, satte Katzen; ein hoher CD-Turm, der Sears Tower der Eigentumswohnung; ein stabiles Bücherregal mit Büchern, lotrecht aneinander gereiht wie still stehende Soldaten: *Unabhängigkeitstag, Sieben göttliche Gesetze des Wachstums, Was wir in uns haben – Ein Handbuch für die Seele, Der Klient, Engel der Finsternis, Essen in der Toskana, Investieren leicht gemacht, Attrappen und Strohmänner, Theodore Roosevelt: Eine Biographie, Die Einkreisung* usw.; Blumentöpfe, die von der Decke hingen wie eine Miniaturausgabe der Hängenden Gärten der Semiramis; eine Reihe von Familienfotos auf dem Klavier, die, wie Sonnenblumen am Nachmittag, leicht nach oben blickten; eine Schale mit allerlei

Krimskrams: Pfennige, Murmeln, Streichholzschachteln, Visitenkarten, Kondome, Büroklammern; ein Weinständer mit schwarzen Flaschen, wie ein Katafalk; an der Wand ein Schild mit der Aufschrift «Halteverbot – Abschleppzone»; eine Softball-Trophäe: auf einem winzigen Podest eine goldene Figur, die eine goldene Murmel wirft («Grace Cup '92»); der Computer, dessen schwarzer Bildschirm jeden seiner Schritte streng überwachte.

Manchmal setzte sich Pronek in einen bequemen Sessel und versuchte sich sein Leben in dieser Wohnung auszumalen: Er würde durch diese Tür hereinkommen, dabei kurz die Post überfliegen – stapelweise Briefe von seinen Freunden aus allen Teilen der Welt –, die Schuhe ausziehen und mit den Zehen wackeln. Er würde zu dieser großen, eleganten Flasche Scotch hinübergehen und sich einen großzügigen Drink eingießen, ein Schlückchen trinken und die Wärme langsam seine Eingeweide umhüllen lassen; er würde sich die aufgezeichneten Nachrichten anhören («Hallo! Ähem ... Hier spricht Grace, Sie haben mich um Rückruf gebeten ... Ähm ... Ich hab nächste Woche unheimlich viel um die Ohren, aber ich glaube, am Freitag könnte ich Sie noch dazwischenschieben ... Ahmmm ... Also, ich esse ganz gern italienisch ...»). Er würde immer noch an seinem Drink nippend zu dem Einbauschrank gehen, den Spiegel beiseite schieben und sein marineblaues Sakko zu den Hemden und Anzügen hängen, die sich schüchtern einer hinter dem anderen versteckten, sich aber dennoch freuten, ihn zu sehen. Und am Morgen würde er das Radio einschalten («Dan Ryan stadteinwärts ziemlich viel Verkehr ... Kennedy stadtauswärts ohne Probleme ...»). Er würde sich in der Teflonpfanne ein paar Spiegeleier braten, sich nebenher die Zähne putzen und den Schaum in das Spülbecken spucken. An Wochenenden würde er Partys veranstalten und dazu seine Freunde einladen, und später dann, wenn der letzte betrunkene Gast gegangen war, würde er es mit Grace – einer üppigen Blondine aus White Pigeon in Michigan – auf dem Sofa treiben (weil sie zu geil waren, um erst noch ins Schlafzimmer zu gehen), beobachtet von einer Phalanx aus Martinigläsern, die teilweise durch Zigarettenstummel geschändet worden waren. Manchmal, wenn er sich richtig elend fühlte, würde er bei gedämpfter Beleuchtung eine Flasche Chardonnay öffnen, einen Blues auflegen *(I'd rather go blind than see you walk away from me)* und sich langsam betrinken, bis er das Bewusstsein verlor.

Wenn die Eigentumswohnung geputzt war, ging er zurück in seine eigene Wohnung – ein kahles unmöbliertes Studio mit Blick auf die Hochbahnschienen, das er vor kurzem für 285 Dollar gemietet hatte –, legte sich auf die Matratze am Fußboden und sah dem Deckenventilator zu, der über ihm rotierte wie eine verrückt gewordene Riesenlibelle. Pronek verstand, dass die Gleichheit seiner Tage nur dann erhalten blieb, wenn der Ventilator nicht aufhörte zu rotieren; er musste täglich zur gleichen Zeit aus dem Haus und zur Arbeit gehen und mit derselben Bahn zurückkehren; mittags musste er immer die gleiche Mortadella auf Toastbrot essen. Solange ein Tag so war wie der andere, würden seine Eltern am Leben bleiben und auf den Konvoi warten, mit dem sie rauskamen.

Wenn wir das fremde Territorium in Proneks Bewusstsein skizzieren – das sich gewissermaßen nach Westen ausdehnte –, dann dürfen wir den Morast der unfreiwilligen Erinnerungen nicht auslassen, in dem er manchmal zu versinken drohte.

Die Erste dieser Erinnerungen überwältigte ihn urplötzlich,

als er eine Mahlzeit aus Hüttenkäse, vermischt mit Sauerrahm, mit grünen Zwiebeln und Roggenbrot verschlang. Sobald die geschmackliche Mischung – die kühle Milchigkeit des Käses, die scharfe und zum Niesen reizende Frische der grünen Zwiebeln, die Süße der an seiner Zunge kratzenden Brotkrümel – seinen Gaumen erreichte, durchlief ihn ein Schaudern. Eine Woge aus warmem Kummer überschwemmte seine Sinne, ein isoliertes, losgelöstes Gefühl ohne jeden Hinweis auf seine Herkunft. Er nahm den zweiten Bissen, zerkaute ihn träge, und während ihm dann der Mulch durch die Kehle rutschte, kam langsam – wie aufgehender Teig – eine Erinnerung in ihm hoch: ein Sommernachmittag Ende Juli in Sarajewo, zu Hause auf dem Balkon, mit Blick nach Westen, wo die Sonne hinter einem massigen Gebäude unterging, auf dem in großen roten Lettern zu lesen war: «Lang lebe Tito»; er las in einem Comic-Heft (Tarzan gegen Interpol) und ließ feuchte Brocken auf die Seiten fallen (Tarzan im Kampf mit einem Schurken auf dem Eiffelturm); sein Vater las, immer wieder nachdenklich seufzend, Todesanzeigen hinten in der Zeitung, die leise raschelte; seine Mutter goss Blumen, deren türkisfarbene Trompeten, von Bienen geplagt, an den Rändern im Gegenlicht funkelten; eine Clique seiner lauten Freunde (Vampir, Cober, Deba, Armin) rief vom Park herauf: «Pronek, komm runter, bring den Ball mit. Dann spielen wir Cowboy und Indianer!»; die Sonne verkroch sich hinter dem Lang-lebe-Tito-Gebäude, und sämtliche Schatten auf dem Balkon verschwanden von dem Beton, der noch Wärme verströmte, bis sich die Decke der Nacht über alles legte.

So begann eine etwa zwölf Monate dauernde Phase, in der Pronek ständig ein wenig benommen war, denn die mit den unfreiwilligen Erinnerungen verbundenen Eindrücke waren keine automatischen Wahrnehmungen mehr, sondern vielmehr eine lästige Bürde, die ihn zwang, sich freudlos in seinem früheren Leben zu wälzen.

Er betrat eine Wohnung, die zu putzen war, und geriet in eine Duftwolke (*Magie Noir*), die eine abwesende Frau hinterlassen hatte, und sofort erinnerte er sich daran, wie er das Gesicht in Zus Haaren barg, die mit ihrer seidenartigen Weichheit seine Wangen kitzelten; er säuberte die Badewanne, und der Chlorgestank des Reinigungsmittels erinnerte ihn an die Latrine, die er einst beim Militär zu putzen hatte, und hinterher brannten ihm die Hände, und wie eine Stahlkugel wütete Nostalgie in seinen Eingeweiden; der Geruch von verbranntem Fett in der Küche, wo er den Herd schrubbte, folgte ihm durch das Basarviertel, wo Kebab-Buden ihren Grillrauch ausspuckten und wo ihn das unebene Steinpflaster unter den Fußsohlen straucheln ließ; der vom Staubsauger aufgewirbelte Staub erinnerte ihn an Samstagvormittage, an die Putzstunden zu Hause, wo er für seine Mutter unters Bett kriechen musste, um die Staubansammlungen an der Wand zu erreichen – er lag da unten, genoss die Abgeschiedenheit, die Wange an das kalte Parkett gedrückt, bis die dicken Füße seiner Mutter am Bett erschienen; ein zitternder Sonnenfleck an der Wand über dem Klavier war der gleiche wie der an der Innenwand des Zeltes, wo er, von der Sonne eingeschläfert, vor sich hin döste, das Zelt erfüllt vom billigen Kokosgeruch des Sonnenöls; die Bleistiftspäne im Papierkorb neben dem Schreibtisch hatten den gleichen prickelnden Holzgeruch wie die Farbstifte, die er mit Mirza, seinem besten Freund in der Grundschule, teilte, und sie brachten den Septemberduft von gewachsten Böden und feuchten Kreidetafeln und sauberer Kinderkleidung zurück; die Anordnung der Bücher auf dem Schreibtisch – drei davon gespreizt wie aufgespießte Schmetterlinge, platt auf die Oberfläche des Schreibtischs gedrückt, den Rücken nach oben gestreckt, als machten sie Liegestütze – war so, wie einst auch die Bücher auf seinem Schreibtisch gelegen hatten.

Sein Kopf wurde größer und schwerer; sein Rückgrat krümmte sich langsam zu einem Fragezeichen; und er ging – wenn er überhaupt noch ging – vornübergebeugt, den Blick auf die eigenen Zehen gerichtet, wie eine Puppe, aus der langsam die Luft entweicht.

Eine Rose für Pronek

Doch während wir wie Angler bis zum Bauch in Proneks Bewusstseinsstrom standen, lieber Leser, um seine Psyche an den Haken zu bekommen, hörte die Welt nicht auf, sich zu drehen, und die Uhr tickte weiter. Denn drei Jahre sind unauffällig verstrichen, und wir eilen zurück in den Frühling des Jahres 1996. Für Proneks Eltern war der Konvoi unerreichbar geblieben; Proneks Vater wurde von einem Heckenschützen verletzt; und der Bildschirm war mit Bildern aus Bosnien bald gesättigt, übersättigt, untersättigt und dann das genaue Gegenteil von gesättigt – einige weitere Ausstrahlungen von Massakern in der Stadt; das brutale Massaker von Srebrenica; weitere Drohgebärden des Westens; Freunde, von Heckenschützen oder Granatsplittern getötet; Vergewaltigungslager; Geschichten vom Verhungern; brennende Dörfer; Karadzic, Mladic, Milosevic, wie sie jemandem die Hand gaben; das Ende der Belagerung Sarajewos und des Krieges; Telefongespräche mit seinen Eltern, einmal im Monat oder so. Pronek durchlitt das alles wie betäubt, aber ohne jemals – und das sagen wir mit Stolz – seine Arbeit zu vernachlässigen. Tatsächlich wurde er zum Spezialisten für Junggesellenwohnungen und baute sich einen wertvollen Stamm von ständigen Kunden auf, die ihn nie kennen lernten, ihm aber regelmäßig Trinkgelder unter die Obstschale oder auf den Couchtisch legten. Jetzt war er in der Lage, ein wenig Geld zu sparen und eine Einzimmerwohnung in West Rogers Park zu mieten. Die Wohnung hatte schräge Fußböden, schiefe Türpfosten, zischende, hysterische silbrige Heizkörper, eine uralte pinkfarbene Badewanne auf vier Beinen und ein Heer mittelgroßer Kakerlaken, die es offensichtlich angenehm, wenn nicht sogar aufregend fanden, ihn in der Wohnung zu haben. Wir sind in der Lage, von der ersten Nacht, die er allein in der Wohnung verbrachte, ein aufschlussreiches Bild vorzulegen: Pronek auf dem Fußboden, zwischen zwei dünnen, leichten Betttüchern, der Boden angenehm hart; er blickt quer durch den Raum, und der frisch gewienerte Fußboden glitzert wie der See in einer mondhellen Gala-Nacht; in den gegenüberliegenden Ecken, meilenweit entfernt, in düsterer Andersartigkeit, seine zwei Koffer, wie Don Quixote und Sancho Pansa – der schmale, große Koffer voller Bücher und Papiere und der fette zum Bersten voll mit schmutziger Wäsche und ein paar feuchten Handtüchern.

Morgens erwachte er mit Schmerzen und war stolz darauf. Er setzte sich auf den einzigen Stuhl und aß Cornflakes und Milch aus einer zwischen die Knie geklemmten lecken Holzschale (er hatte sich keinen Tisch leisten können) und blickte auf einen morgendlichen Sonnenstrahl, der scheu wie ein neugieriges Eichhörnchen in seine Wohnung eindrang. Oh ja, die knackig frischen Morgenstunden im Frühling 1996. Die warmen Winde nagten an der Schneedecke, aber es gab immer noch schwindende Schneefelder, wie Häufchen aus schaumigem Speichel. Wenn er in schläfrigen Bussen die Devon Street hinunterfuhr, auf dem Weg zur Hochbahn und zur Arbeit, verflüchtigten sich seine vergangenen Alpträume im Dunst der Morgenstunde. Er sah die Straße vorübergleiten und suchte nach Zeichen dafür, dass er wach und tatsächlich am Leben war: eine sich drehende wohlgeformte Büste im Schaufenster des Ladens mit den Brautkleidern; ein Haufen kleiner Hüte in *Noah's Ark*; Sari tragende Frauen in der Mozart Street; *World Shoes; East-West Appliances; Universal Distributors*; ein Mann in einem weißen Hemd, der vor seinem Blumenladen einen Eimer mit Rosen aufbaute; *Cosmos Press; Garden of Eden Cocktail Bar*; Handzettel mit dem Text «Betet für Mikes Erleuchtung», an Laternenpfähle, Verkehrsschilder und Briefkästen geklebt; *Miracle Medical Center; Acne Vacuum*; das Schild «Maßgeschneiderte Kleidung», von einer Schneiderpuppe hochgehalten. Jeder Morgen war wie der erste Morgen, weil Pronek am Ende seines Arbeitstages den Morgen vergessen hatte.

Eines Morgens im April sah Pronek, wie ihm die Schneiderpuppe durch den Schleier des Nieselregens zuwinkte. Er beschloss, nach Sarajewo zu fliegen, weil ihm klar wurde, dass das richtig war, und weil es so unglaublich war, dass jeder Ort einen Namen hatte und dass jeder Mensch und jedes Ding an diesem Ort einen Namen hatte und dass man nie nirgends sein konnte, weil es immer und überall irgendetwas gab. Die einzige Möglichkeit, nirgends zu sein, sah Pronek darin, überhaupt nicht zu sein.

In welchem Zusammenhang das mit seiner Entscheidung steht, können wir nicht ergründen.

Jedenfalls sparte er noch etwas mehr Geld, kaufte sich ein Flugticket und flog im Mai über Wien nach Sarajewo. An dieser Stelle wollen wir ihm seine Stimme zurückgeben und ihn für sich selbst sprechen lassen. Ideal wäre es natürlich, wenn er in seiner Muttersprache sprechen würde, aber das ist leider nicht möglich. Hier sind also seine authentischen, frischen und realistischen Erlebnisse:

Als das Flugzeug mit dem Landeanflug begann, sah ich ockerfarbene Flecken wie Narben im Grün der Berge.

Die Häuser entlang der Rollbahn waren von Einschüssen durchlöchert, und als das Flugzeug aufsetzte, hatte ich das Gefühl, im Innern einer Gewehrkugel zu sein, die auf ihr Ziel zurast.

Ich gab dem Mann hinter der Glasscheibe meinen Pass. Er blickte in den Pass, sah mich an und blickte dann wieder in den Pass. Hinter seinem Rücken stand ein junger Mann in einem nachtblauen Anzug und mit einer geflochtenen Krawatte. Er hatte ein Mobiltelefon und ließ ständig den Blick schweifen, um die ankommenden Passagiere zu kontrollieren. Dann beugte er sich über die Schulter des uniformierten Mannes, blickte in meinen Pass und sah mir dann ins Gesicht. Es war einer vom Geheimdienst.

Dobrinja, gegenüber dem Flughafen gelegen, sah aus, als sei es von einem Heer heißhungriger Termiten überfallen worden. Es bestand fast nur aus Löchern und sah aus, als werde es gleich zerbröckeln. Überall waren gelbe Bänder mit der Aufschrift «Minengefahr» gespannt.

Weil der Taxifahrer den Taxameter nicht einschaltete, forderte ich ihn auf, es zu tun. Mit einem prächtigen murmelnden Sarajewo-Akzent sagte er: Weshalb machen Sie sich Gedanken?

Sie werden schon zahlen. Aber woher weiß ich, wie viel, fragte ich. Sie werden es wissen, Sie werden es wissen, sagte er. Wir stritten darüber, bis er rechts ranfuhr, sich zu mir drehte und sein Hemd aufknöpfte, um mir eine Narbe in der Nähe seines Bauchnabels zu zeigen, und sagte: Jetzt passen Sie mal auf. Ich hab nicht vier Jahre in den Schützengräben verbracht und diese Stadt verteidigt, um jetzt den Taxameter einzuschalten, in Ordnung? In Ordnung.

Jedes einzelne Haus gezeichnet von Einschusslöchern, zerstörten Fenstern und Menschenleben, die sich einst in diesen Wohnungen abspielten, überall Schutthaufen, verbrannte Autos, verbrannte Busse, verbrannte Kioske, verbrannte Straßenbahnen. Da ist das Kino, wo ich zum ersten Mal Apocalypse Now *gesehen habe; es ist abgebrannt.*

In dem Augenblick, da ich aus dem Taxi stieg, sah ich Aida. Ich hatte sie seit Jahren nicht gesehen. Als wir noch Kinder waren, zeichnete sie sich mit einem Kugelschreiber ein Herz auf den Unterarm und schrieb meinen Namen hinein. Es war mir eine Freude, sie wieder zu sehen, und ich umarmte sie. Sie war verheiratet, sie hatte einen Sohn, der während der Belagerung auf die Welt gekommen war. Ich freute mich so, sie zu sehen. Wie geht's dir denn?, fragte ich. Was macht deine Mutter? Ihre Mutter machte immer herrliches Baklava. Ihre Mutter, sagte sie, sei von einem Heckenschützen getötet worden, gleich am Anfang. Sie hatte es selber gesehen, denn ihre Mutter hatte unmittelbar vor ihr eine von Heckenschützen überwachte Straße überquert; sie wurde getroffen und war auf der Stelle tot.

Meine Mutter und mein Vater warteten vor dem Haus auf mich. Mein Vater umarmte mich, und wir hielten uns fest, ohne ein

Wort zu sagen. Dann nahm mich meine Mutter in die Arme, und sie weinte und weinte.

Eine Kugel hatte meinen Vater in der linken Wange getroffen und war dann einfach auf der anderen Seite wieder ausgetreten. Er hatte zwei Narben auf den Wangen, wie zwei symmetrische Warzen, und er lispelte jetzt. Er sagte: Hätte ich den Mund zu gehabt, wäre ich jetzt tot. Die Munition der Kalaschnikow, erklärte er, ist sehr leicht, erreicht aber eine hohe Geschwindigkeit, und wenn sie in den Körper eindringt und den Knochen trifft, bleibt sie nicht stecken, sondern wird zum Querschläger, der alles in Stücke reißt. Glaub mir, sagte er, hätte die Kugel, bevor sie wieder austrat, meine Zähne getroffen, dann wäre sie kreuz und quer durch meinen Schädel gerast und hätte mir das Gehirn zerfetzt, bis mein Kopf im Innern so matschig gewesen wäre wie eine Wassermelone.

Ich ging in der Wohnung meiner Eltern umher und fasste alles an: die saubere, gestreifte Tischdecke; das Radio, mit sieben elfenbeinfarbenen Knöpfen und einem Donald-Duck-Sticker; die grinsenden afrikanischen Masken; die Teppiche mit ihren kniffligen, aber vertrauten geometrischen Mustern, übersät von klaffenden Wunden, unter denen das Parkett verschwunden war, verheizt in dem rostigen Ofen in der Ecke; die Mokkatasse, die Kaffeemühle, die Löffel; meines Vaters Anzüge, feucht, hier und da von Granatsplittern aufgerissen; die schwarzen Türgriffe, die Kuckucksuhr, mittlerweile defekt; die Kristallvase, die Gesamtausgabe der Werke Joseph Conrads, die Hälfte davon verschwunden, verfeuert im Ofen; die tropfenden Wasserhähne; die Bilder, schwarzweiß und in Farbe. Wir drei am Strand in Makarska, links meine Mutter mit einem Schal und einer dunklen Sonnenbrille, rechts mein Vater mit einer Zigarette zwischen den

Lippen, ich in der Mitte auf einem verwirrten, traurigen Esel, dem sie einen Sombrero aufgesetzt haben.

Es waren keine Fenster mehr in dem Zimmer, das einmal meines gewesen war. Stattdessen blähten sich dort im Wind flatternde Nylontücher, auf denen in blauen, ordentlichen Buchstaben UNHCR geschrieben stand.

Ich machte einen Spaziergang mit meiner Mutter. Mein Vater ging nicht mehr gerne aus dem Haus, außer zur Arbeit, da er immer das Gefühl hatte, irgendjemand beobachte ihn. Sie zeigte mir, wo Vera, ihre Nachbarin, ums Leben gekommen war. Mutter und Vera traten Arm in Arm aus dem Haus, und in dem Moment wurde Vera ins Herz getroffen und nach rechts geschleudert – meine Mutter zeigte mir die Pirouette – und sank, ohne die Handtasche loszulassen, genau hier in sich zusammen, und dann würgte sie und spuckte Blut. Ich wusste nicht was tun, sagte meine Mutter.

Auf Straßen und Gehwegen waren überall in der Stadt Rosetten zu sehen – die Stellen, wo Geschosse eingeschlagen hatten. Ein winziger Krater und ein paar gerade, unterschiedlich lange Linien, wie Sonnenstrahlen auf einer Kinderzeichnung.

Eine Rosette erinnerte an die Granate, die die Schlange vor der Essensausgabe in der Ferhadja-Moschee massakriert hatte. Amela, die Tochter von Freunden, starb dort. Ein Granatsplitter war in ihren Hinterkopf eingedrungen und hatte ihr auf seinem weiteren Weg das Gesicht zerfetzt. Ihr Vater Adil hatte selbst Hand angelegt und ihr Gesicht wieder zusammengesetzt, damit sie ordentlich begraben werden konnte.

An der Mauer bei «Ägypten» verriet eines der Graffiti: «Samir liebt D.» Wer war D? Wo war sie wohl jetzt?

Ich blickte auf den Trebevic, nun ein friedlicher Berg, dunkel und still. Mein Vater zeigte auf ihn: Die Tschetniks konnten uns so deutlich sehen wie ihre eigene Hand, sagte er. Dann zeigte er mir, wo, unmittelbar über den Dächern, die Kampffront verlief, ein dünner grauer Faden mitten im Grün, kaum zu erkennen.

Ich dachte schon, ich würde dich nie wieder sehen, sagte Veba. Er hatte annähernd fünfzehn Kilo abgenommen. Es gab nicht viel zu essen, verstehst du. Reis oder gar nichts, sagte er. Ich musste die Treppe bis zur fünfzehnten Etage hinaufgehen, um in seine Wohnung zu gelangen. Vom Wohnhaus nebenan standen nur noch die Außenmauern, schwarz verkohlt; gurrende Tauben bauten dort ihre Nester. Veba hatte den Krieg in der bosnischen Armee verbracht, aber jetzt wollte er nach Kanada.

Veba sagte, er arbeite mit einem Typ zusammen, der als Scharfschütze eine gewisse Berühmtheit erlangt hatte, weil er zwei Mädchen am anderen Ufer mit einer einzigen Kugel erschossen hatte. Er war auf dem Dach des Hotels Bristol, und sie spielten irgendwo auf der anderen Seite des Flusses.

Ich sah die Kreuzung wieder, wo ich den einzigen Autounfall meines Lebens gebaut hatte, als ich von hinten auf einen Traktor aufgefahren war. Die Straßenlaternen waren aus, und eine von ihnen hing baumelnd da wie ein abgeschossener Ast, direkt über einem ausgebrannten Rettungswagen.

Meine Mutter und ich überredeten schließlich meinen Vater zu einem Spaziergang mit uns. Nachbarn grüßten uns, und wir grüßten sie, und manchmal blieben wir stehen und unterhielten uns. Und wie geht's in Amerika?, fragten sie. Gut, sagte ich, viel Arbeit. Unter den blühenden Kronen von Kastanien gingen wir die Miljacka entlang. Da der Fluss die Frontlinie gebildet hatte, waren die Bäume nicht gefällt und zu Brennholz gemacht worden. Wir gingen zu meiner alten Wohnung. In ihr wohnten jetzt Flüchtlinge aus Ostbosnien. Nette Leute, sagten meine Eltern, aber furchtbar ängstlich. Sie würden dich wahrscheinlich reinlassen, damit du dich umsehen kannst, aber es würde ihnen Angst machen.

Wir standen auf der anderen Straßenseite und blickten auf das UNHCR-Nylontuch. Ein Schatten bewegte sich über das Tuch, dann noch einer. Ich konnte mir vorstellen, dass sie ein karges Essen zubereiteten, dass sie zum Geschirrschrank gingen, Teller herausholten und sie auf den Tisch stellten. Dann holten sie die Bestecke heraus und ließen vielleicht eine Gabel zu Boden fallen, spuckten darauf und wischten sie am Ärmel ab. Ich konnte sehen, wie sie die Fußböden fegten und nass wischten, die Badewanne putzten, den Schmutzschleier im Waschbecken wegscheuerten, die Kloschüssel schrubbten, die Teppiche saugten. Ich hatte plötzlich das Gefühl, dass ich aus meinem Leben herausgetreten war und dass ich mich selber beobachtete, dass der Schatten hinter dem Nylontuch ich selber war.

Ich stellte mir vor, ich stehe in der Schlange vor der Wasserausgabe, umgeben von Plastikgefäßen, und plötzlich kommt lautlos aus dem Nichts eine Granate geflogen und schlägt in den Asphalt ein, und die Person vor mir wird augenblicklich niedergemäht. Irgendwie ahne ich, dass mit meinem Körper etwas nicht stimmt, und ich blicke hinunter und sehe mich auf den Knien, die Schenkel zerfetzt und überall Blut. Ich kippe um und schla-

ge mit dem Kopf aufs Pflaster, aber zu meiner Überraschung spüre ich keinen Schmerz. Und direkt vor meinen rasch nachlassenden Augen sehe ich die Rosette, die noch warm ist und sich mit dem Blut füllt, das mir aus dem Kopf sickert. Aber ich konnte mir nie den Augenblick des Todes vorstellen, ich konnte mir nie das langsame Entschwinden vorstellen, und so bleibt meine Vorstellungskraft auf die Rosette fixiert.

Mozartkugeln

«Ausgeschlossen, Sie kommen hier nicht rein», sagte der österreichische Beamte und kniff die schmalen Lippen zusammen, um Pronek zu zeigen, wie sehr er seinen Versuch missbilligte, ohne Visum nach Österreich einzureisen. Die Breite seines Schnurrbarts entsprach in diesem Moment exakt der Breite seiner Lippen. Pronek blickte dem Beamten in die grünlichen Augen, den bosnischen Pass fest in der ausgestreckten Hand. «Aber ich will mich doch nur ein wenig in Wien umsehen», sagte Pronek. «Ich komme gleich wieder zurück. Ich bleibe nicht im Land. Ich bin Ausländer mit Bleiberecht in den Vereinigten Staaten.»

In dem Moment begriff Pronek, dass er ein Oxymoron war.

Ein Asiate, der sich auf seinem Sitz bequem zurücklehnte und die schuhlosen Füße auf seinem Koffer liegen hatte, verfolgte die Unterredung mit freudlosem Desinteresse. Pronek sah ihn an, als könne er zum Kronzeugen höchsten Unrechts werden, aber der Mann wandte nur den Blick ab und betrachtete ein die ganze Wand ausfüllendes Bild der Alpen, das für sauberes Wasser, klare Luft, gesunde Höhenlagen warb, fernab von stinkenden Ausländermassen.

Pronek, der in seiner kleinen Reisetasche gestrickte Socken und *burek* von seiner Mutter bei sich hatte, fuhr mit der Rolltreppe nach oben und blieb dann stehen, um sich die Tür anzusehen, die sich gegen den Uhrzeigersinn drehte; er dachte über einen Versuch nach, durch diese Tür rauszukommen, bis er die stählernen Schranken sah, die diese Möglichkeit ausschlossen.

«Passagier Katzelmacher, bitte melden Sie sich am Informationsschalter», sagte eine geschmeidige elektronische Stimme von oben.

Er ging hinauf, wo sich müde Menschen unbequem auf blauen Sitzen entlang der Wand ausstreckten. Er sah eine bosnische Familie mit erkennbar flachen, kantigen Köpfen. Sie drängten sich auf engem Raum, wahrscheinlich überzeugt, dass sie, wenn sie sich auch nur für einen Moment trennten, Gefahr liefen, einander nie wieder zu sehen. Ein Berg von einem Mann, dessen Bauchnabel herausschaute, mit einer flachen Aktentasche auf dem rundlichen Bauch, die sich dort hob und senkte. Ein afrikanisches Kind in einem Liverpool-Trikot, auf den Schoß seiner Mutter gepackt, mit einem kurzen Blinzeln, ehe sich die Augenlider langsam senkten und wieder schlossen. Ein Mann beim Lesen russischer Zeitungen, die in braunen Socken steckenden Füße parallel auf die Schuhe gestellt. Da war ein Krawattenladen mit Millionen von herabhängenden Krawatten, die sich in Muster und Farbe nur geringfügig unterschieden und einander auf idiotische Weise nachahmten. Eine Gruppe Amerikaner, angeführt von einer Frau in einem der amerikanischen Flagge nachempfundenen Kleid, das sich sternenübersät über ihrem breiten Hintern spannte, schlenderte mit vielen Einkaufstüten aus dem Duty-free-Shop lärmend und lachend vorbei. Er sah, wie einer der Amerikaner, ein großer blonder Mann, seine Redskins-Mütze verlor und weiterging, ohne etwas zu merken, und Pronek empfand so etwas wie Schadenfreude. Er malte sich aus, wie es wäre, wenn er den Rest seines Lebens im Transitbereich des Wiener Flughafens verbrächte und sich mit Taschendiebstählen den Lebensunterhalt verdiente; er würde jedes Mal, wenn eine neue Flugzeugladung Optimismus und Entschlossenheit aus Amerika angeliefert wurde, die Amerikaner ausrauben bis aufs Hemd. Er schlenderte in einen Laden, der mit vielen Mozarts bevölkert war, die ihn von den Deckeln der Schachteln herunter schief ansahen. Alle hatten sie die Lippen zu einer schmalen Linie zusammengekniffen, und irgendetwas schien sie zu bekümmern.

Pronek kaufte sich eine Schachtel Mozartkugeln, obwohl er nicht wusste, wem er sie hätte schenken sollen.

«Passagier Katzelmacher, bitte kommen Sie zum Informationsschalter.»

Pronek kam zu einem Fotogeschäft. Im Schaufenster stand ein kleiner Bildschirm, und Pronek erkannte sich dort. Er blickte nach oben und sah eine winzige Kamera, die wie ein regloser schwarzer Kolibri über dem Eingang hing. Er winkte sich zu, und sein Bild winkte zurück. Zwei verschleierte Frauen gingen in das Geschäft und untersuchten eine Polaroid-Kamera. Er ging nicht hinein und suchte stattdessen das Café «Johann Strauß» auf. Er schlug die Beine übereinander und blickte auf die Tafel mit den Abflugzeiten, und urplötzlich wurde sie von einer Flutwelle von Veränderungen überspült, und Moskau wurde von seinem Platz ganz oben, auf dem Kamm einer jähen Welle, in die Mitte getragen, wo es sich direkt über Bangkok niederließ. Ein Kellner, der ein schweres Tablett auf drei Fingern balancierte, flitzte vorbei und begann dann, Teller abzuladen und vor einen Mann zu stellen, dessen schwarzes Hemd bis zum Nabel aufgeknöpft war; zwischen den

Brustwarzen baumelte ein silbernes Kreuz. Der Kellner stellte ihm schließlich einen gigantischen Krug Bier hin, und der Mann hatte sich bereits die Hälfte davon hinter die Binde gekippt, noch ehe sich der Kellner abwandte. Dann wischte er sich den Schaum von der Oberlippe und blickte Pronek geradewegs in die Augen.

Pronek bestellte ein Glas Mineralwasser, kalt.

Einige Leute saßen im Kreis herum und kehrten den Rücken einem Marmorhaufen zu, aus dem geduldig Wasser sickerte. Ein Mann mit einem schwarzen breitrandigen Hut blickte finster drein; er rauchte und sammelte die Asche in der linken Hand. Ein Mann in einem Tweedsakko mit Ellbogenflicken aus Wildleder und einem grauen Akademikerbart blätterte in einer Ausgabe des *Penthouse*, dessen Titelblatt eine Frau namens Grace mit ihrem Busen zierte. Ein Strom von Menschen ergoss sich durch einen der rechtwinkligen Metalldetektoren, als hätten sie ganz plötzlich feste Gestalt angenommen, als seien sie von einem fremden Planeten heruntergebeamt worden. Sie redeten alle in einer Sprache, die Pronek nicht identifizieren konnte, und klatschten gelegentlich dicht vor dem Gesicht eines anderen in die Hände. Eine Frau schob eine Gepäckkarre, in deren Bug ein kleines Mädchen thronte wie ein Admiral.

«Passagier Pronek, melden Sie sich bitte an Flugsteig Nummer eins.»

Pronek ließ die sorgfältig abgezählten österreichischen Münzen auf dem Tisch liegen, trank das Mineralwasser bis zur Neige und bummelte hinüber zum Duty-free-Shop. *Johnny Walker, Winston, Jack Daniels, Milde Sorte, Jim Beam, Captain Morgan, Rothmans, Smirnoff, Davidoff, Coco Chanel, Jean Paul Gaultier, Absolut.* Pronek ging nach draußen und warf einen Blick auf die Tafel mit den Abflugzeiten. Moskau war jetzt ganz unten und würde bald verschwinden, und er hatte noch über drei Stunden bis zu seinem Flug. Er wollte nicht nach Chicago fliegen. Er stellte sich vor, er würde zu Fuß von Wien zum Atlantik gehen und sich dort einen langsamen Transatlantikdampfer suchen. Es würde einen Monat dauern, den Atlantik zu überqueren, und er wäre auf See, weit weg vom Land und von irgendwelchen Grenzen. Dann würde er die Freiheitsstatue sehen und langsam nach Chicago gehen, Station machen, wo immer er wollte, mit Menschen reden, ihnen Geschichten von fernen Ländern erzählen, wo die Menschen Honig und Essiggurken aßen, wo niemand Eis in sein Wasserglas gab, wo Tauben in Vorratskammern nisteten.

Aber sie würden ihn natürlich nie aus dem Wiener Flughafen lassen, und er musste am Montag zur Arbeit.

«Lassen Sie Ihr Gepäck nicht unbewacht!», trillerte die Stimme.

Pronek schlenderte zum Café «Johann Strauß» zurück und sah, dass der Mann mit dem silbernen Kreuz einen weiteren Krug Bier leerte. Auf dem Teller vor ihm lagen parallel nebeneinander zwei identische, sichelförmige Bratwürste und daneben zwei symmetrische Pfützen aus Ketchup und gallengelbem Senf. Er hatte plötzlich einen Bärenhunger. Er setzte sich, rief den Kellner zu sich und bestellte die Bratwürste. Über dem mit Mozart gefüllten Regal hingen Geigen an der Wand und sahen aus wie flügellose Schmetterlinge. Ein grauhaariger Mann quetschte sich zwischen den Tischen durch, an den Armen und im Gesicht fleckige Spuren einer Gürtelrose. Pronek entdeckte, dass der Mann im schwarzen Hemd einen heranreifenden Furunkel im Genick hatte – eine feuerrote Kugel direkt über dem Kragenrand. Pronek rief den Kellner, auf dessen Namensschild Johann stand, und teilte ihm mit, dass er es sich anders überlegt habe und keine Bratwürste mehr wolle. Der Kellner blickte ihn finster an, kräuselte die Oberlippe, wobei seine Apfelwangen zuckten, und ließ ein Hüsteln hören, das einem Würgen gefährlich nahe kam, sagte aber nichts. In die Runde blickend, zog er seinen Kugelschreiber und seinen kleinen Bestellblock heraus und strich Pronek von der Liste.

«Passagier Pronek, bitte melden Sie sich sofort an Flugsteig eins», sagte die geschmeidige Stimme, diesmal mit einer Spur Verdruss. Pronek begriff endlich, dass es sein Name war, der aufgerufen wurde, und hörte auf, die Mozartfolie von der Mozartkugel zu schälen, die bereits verheißungsvoll herauslugte, aber dann kamen ihm Zweifel an der Verlässlichkeit seiner Wahrnehmung, und er tat den Aufruf als ein weiteres Beispiel einer akustischen Halluzination ab.

«Passagier Pronek, bitte melden Sie sich sofort an Flugsteig eins!»

Und diesmal konnte Pronek nicht darüber weggehen. Er sah sich um und stellte fest, dass ihn alle erwartungsvoll angafften. Er biss in die Mozartkugel, hob seine Reisetasche auf und machte sich vorsichtig auf den Weg zum Flugsteig eins.

Wir sahen sein Zögern, seine schwerfälligen, unentschlossenen Schritte und seine zerknitterten, fleckigen Shorts und sein grünes zehn Jahre altes geripptes Trevirahemd. Argwöhnisch ging er auf das graue Rechteck des Metalldetektors zu, als sei ihm bewusst, dass es danach kein Zurück mehr geben würde.

Er mampfte die andere Hälfte der Mozartkugel und formte die Folie zu einem kleinen Ball. Er blieb stehen und sah sich um, als warte er auf ein Signal oder auf den Applaus des Publikums. Dann blickte er in unsere Richtung, aber er konnte uns hinter dem Flugsteig nicht sehen. Wir warteten, wohl wissend, dass er sonst nirgendwo hingehen konnte. Aber er zeigte keinerlei Verlangen, zu uns herüberzukommen. Nach ein paar wackligen Schritten blieb er wieder stehen, wickelte eine neue Mozartkugel aus, biss hinein und stand dann einfach vor dem Flugsteig; er kaute und lächelte in unsere Richtung, als wisse er, dass wir da waren.

Solange es Menschen gibt

Jahrelang ging ich immer früh zu Bett, aber dann kauften meine Eltern endlich ihren ersten Fernseher. Ich weiß noch ganz genau, dass ich mich in der Ecke unseres Wohnzimmers hinter einem grauen Sessel zusammenkauerte, um mich vor den Bildern einer Kreatur zu verstecken, die drei Beine, einen Schlangenhals und einen faustähnlichen Kopf hatte, dessen einziges, zorniges Auge tödliche Strahlen auf entsetzte Menschen und Gebäude herabschickte. Die Gebäude wirkten wie schwache, groteske Streichholzschachteln im Vergleich mit dem vordringenden Ungeheuer, das sie mit seinem wilden Blick in Schutt und Asche legte. Ich versteckte mich zwar hinter dem Sessel, aber von Zeit zu Zeit riskierte ich einen Blick quer durch das Zimmer und auf den Fernseher, wobei mir der Sesselbezug aus falschem Fell die Wange streifte, und die Schreckensszenen auf dem Bildschirm jagten mich – mit einem Aufschrei – hinter den Sessel zurück. Ich legte mich flach auf den Bauch, der sich krampfhaft zusammenzog, und versuchte mich so klein wie möglich zu machen, und dabei waren mir die geometrischen, bunten Muster auf dem Teppich so nahe wie die Innenseiten meiner Augenlider. Ich weiß nicht, was meine Eltern machten, während ich diese Ängste ausstand, aber ich kann mich erinnern, dass ich allein war – niemand und nichts stand zwischen mir und dem dreibeinigen Zerstörer, nur der Sessel. Er hatte plumpe Armlehnen aus Sperrholz und störrische, ewig quietschende Federn. Bei dem Film, der da gezeigt wurde, handelte es sich wahrscheinlich um *Krieg der Welten*.

Wenn ich krank war, lag ich – wegen des Fernsehers – im Wohnzimmer und sah mir die *Sesamstraße* oder *Survival* an. Neben meinem zerwühlten Bett, einem ehemaligen Sofa, stand dann ein kleiner Stuhl mit einem Aufgebot an Fläschchen, Pillenschachteln und Pastillen und einem Berg aus durchnässten und zerknitterten Papiertaschentüchern. Meine Mutter zog die grünen Rollläden herunter, und manchmal ließ ich den Fernseher außer Acht und tat, gelähmt von einem hartnäckigen Fieber, nichts anderes, als einen Sonnenstrahl zu beobachten, der sich zwischen den beiden Rollläden durchzwängte, sich quer durch den Raum bewegte und – wie der Stock eines Blinden – unverhofft auf verschiedene Dinge deutete.

Zuerst stieß er auf die schlechte Reproduktion eines unbedeutenden sowjetischen Gemäldes, auf dem ein trostloser herbstlicher Waldweg zu sehen war. Der Sonnenstrahl näherte sich dem Bild von links und strich über die verblüffte Gruppe aus düsteren, grauen Birken, als zähle er sie, wobei er sie einen langen Moment in ockerfarbenes Licht tauchte. Dann bewegte er sich über die Souvenirs, die mein Vater aus Zaire mitgebracht hatte und die auf der Truhe aus falschem Ebenholz lagen: ein aufgerichteter Elefantenstoßzahn, der auf eine dunkle Holzmaske mit einem extrem breiten Grinsen zeigte; eine Eule aus gebrannter Erde, mit einer karminroten, orangen und zitronengelben Lasur und mit hervortretenden Augen, die mir in dem Zimmer überallhin folgten. Ich versank in schleppenden, verwirrenden Träumen und tauchte dann wieder auf, und der Sonnenstrahl bewegte sich rasch über die gegenüberliegende Wand, als überquere er eine gefährliche Straße. Wenn ich nach oben blickte, sah ich in dem Sonnenstrahl über meinem Kopf einen Strom feiner Stäubchen aufsteigen, wie Luftblasen, die von einem Taucher ausgehen. Dann bewegte er sich über das schwer beladene Bücherregal, über die steifen Rücken der russischen Mathematikbücher meines Vaters, unbeeindruckt von ihren komplizierten Titeln, und schließlich blieb er am rechten Rand des Regals stehen und beharrte, je nach Jahreszeit, auf einer *Enzyklopädie der Bienenzucht* mit zerfetztem Rücken oder auf einer nie gelesenen, säuberlich aufgereihten, neuwertigen Ausgabe der *Ausgewählten Werke von Henry James*. Danach zog sich der Lichtstrahl behutsam in Richtung des Spalts zwischen den Rollläden zurück, und dann war er verschwunden. Das Zimmer füllte sich zuerst mit türkisfarbenem, dann mit kastanienbraunem Dämmerlicht. Die Nacht brach herein, und die Gegenstände im Zimmer wurden reglos, unscharf, still, und ich lag da und horchte auf das einsetzende Summen der Dunkelheit und mein eigenes Schnaufen, das langsam darin aufging.

Ein Gegenstand, der nicht vergessen werden darf: ein Radio, Modell «Universal», mit einem Sperrholzgehäuse, das immer mitschwang und vibrierte, wenn ich die Lautstärke voll aufdrehte. Die obere Hälfte der Vorderseite war mit einer Art Sackleinwand bespannt, hinter der man, wie Brüste unter einem Hemd, die runden Schatten der Lautsprecher erkennen konnte. Darunter befand sich eine schmale Leiste mit Knöpfen – wie die Tastatur eines Akkordeons, allerdings nur mit sieben Knöpfen. Wenn man auf den ersten Knopf ganz links drückte, ging hinter dem Glas das Licht an, und man konnte die Namen aller Städte dieser Welt lesen: Abu Dhabi, Edinburgh, Köln, Ankara, Bagdad, Warschau, Barcelona, Dresden, Kairo, Athen, Kopenhagen, Moskau, Wladiwostok, Cordoba, Dhakar, Dschibuti, Andorra, Den Haag usw. Der rechte Knopf regelte die Lautstärke, der linke Knopf bewegte den roten Zeiger, der sich zwischen dem Licht und dem Glas mit den Städtenamen befand, hin und her. Allerlei Sprachen verwandelten sich durch atmosphärische Störungen in ein Krachen, Plärren und Heulen oder in ein tiefes Brummen und dann zurück in eine andere Sprache. Ich bewegte den roten Zeiger gern hinter den Namen einer Stadt – sagen wir München – und lauschte dann der unverständlichen Sprache. Ich stellte mir die Leute vor, die da redeten – ihre Köpfe, genauer gesagt, denn ihre Körper konnte ich mir nicht ausmalen. Ich stellte mir einen bärtigen Mann mit rundlichem Gesicht als den Sprecher in Moskau vor, der jeden seiner Sätze mit einem Schmatzer abschloss; eine blasse, blonde Frau in Monaco, die immer trillerte wie eine Lerche; einen zornigen, die Zähne zusammenbeißenden Mann in Lagos. Manchmal versuchte ich zu erraten, wovon sie redeten. Wenn sie mit ausdrucksloser, dumpfer Stimme sprachen, wusste ich, dass sie Nachrichten verlasen; wenn in den Lauten, die sie von sich gaben, ein unterdrückter Schmerz mitschwang, dann wusste ich, dass sie beteten; und am weinerlichen Auf und Ab der Stimmen erkannte ich, dass sie Gedichte vorlasen. Aber manchmal redeten sie einfach, und ich hatte keine Ahnung, was sie sagten: Redeten sie über ihr eigenes Leben? Über ihre Kinder? Über ihre Vergangenheit? Erzählten sie Geschichten? Worüber? Diese bedeutungsleeren Stimmen hatten eine fast hypnotische Wirkung, wie Musik, und ich konnte mir die Umgebung, die Straßen und Häuser und Räume hinter ihnen vorstellen. Ich hörte die sich windenden Straßen Roms mit all ihrer Leidenschaftlichkeit: knatternde Vespas und Menschen auf dem Markt, die sich wegen der Tomatenpreise stritten. Ich hörte die graue Strenge der Potsdamer Stimme: kubische, symmetrische Gebäude mit breiten, großzügigen

Straßen, wo die Menschen winzig und unterdrückt aussahen und wo Polizisten mit angeleinten Deutschen Schäferhunden an den Ecken standen. Ich hörte den Lärm der großen Stadt hinter der Stimme in Kairo: übervolle Straßen, die Stimme auf dem Weg durch eine enge Gasse voll hagerer Menschen in Jutegewändern an Ständen mit Bergen von Obst und fremdartigem Gebäck, und über einer Tür hängt ein Käfig, fast verdeckt hinter Regalen, mit Fischen schwer beladen, und in dem Käfig sitzt ein Hund, ein kleiner, ängstlicher Hund mit großen Schlappohren, und seine neugierigen Augen glühen mit einem roten Schimmer.

Eines Tages schraubte ich irritiert die Sperrholzplatte auf der Rückseite des Radios ab und sah die heißen, staubigen Lämpchen, still, nach irgendeiner unergründlichen Logik angeordnet, wie Schachfiguren. Ich starrte auf die Eingeweide des Radios, atmete warmen, zum Niesen reizenden Staub ein und wusste nicht, wie das alles funktionierte. Verschlungene Sehnen in verschiedenen Farben verbanden die Lämpchen, von denen einige im Innern einen dünnen glühenden Draht in Trapezform hatten, während andere dunkel waren, als schlafe derjenige, der da drinsteckte, wer immer es sein mochte.

Mein bester und einziger Freund hatte wegen seiner langen und auffälligen Eckzähne den Spitznamen Vampir, und als ich sieben war, starb seine Mutter. Sie war eine sehr kleine, dünne Frau, die kaum etwas anderes tat, als zu rauchen und zu tratschen. Dann nahm sie urplötzlich ab, und schließlich starb sie. «Krebs!», sagte man mir. Nach der Beerdigung musste ich zu ihnen in die Wohnung, um kurz meine Aufwartung zu machen. Ich betrat einen kastenförmigen Raum voll wimmernder Erwachsener in Schwarz. Mir wurde ein Glas mit einem warmen, aber farbenprächtigen, feurig orangeroten Getränk in die Hand gedrückt. Alle schienen sie eine bis zum Filter abgebrannte Zigarette zwischen den mit Blasen bedeckten Fingern zu haben. Sie rochen stark nach Schlaflosigkeit, Trübsal und warmem, abgestandenem Bier. Die Männer waren unrasiert und hatten die schwarzen Ärmel müde ein wenig hochgekrempelt. Die Frauen trugen schwarze schweißgetränkte Tücher um die blässlichen Gesichter und benutzten die Tuchzipfel, um Tränen und Schweißperlen auf der Oberlippe abzutupfen. Sie huschten umher und kümmerten sich aufmerksam um die Neuankömmlinge, die zögernd hereinkamen, als beträten sie dicken, zähen Schlamm. Die Uhr an der Wand mit einem bewegungslosen Pendel zeigte zwölf Uhr und zwei Minuten, und die Zeiger standen still – der Sekundenzeiger war zwischen fünf und zehn stehen geblieben. Die Trauernden erzählten mir, die Uhr sei exakt zum Zeitpunkt ihres Todes angehalten worden und sie werde nie wieder in Betrieb genommen, solange sie lebten. Ich fühlte mich unwohl. Eine ganze Zeit lang saß ich mit brennenden Achselhöhlen da und hörte zu, wie sie freudlos noch einmal Geschichten aus ihrem Leben erzählten: dass sie die beste Kartoffelsuppe aller Zeiten kochte; dass sie noch an dem Montag, an dem sie starb, die Wettervorhersage hatte hören wollen und dass diese Woche so heiter und sonnig werden sollte; dass sie einmal in der Straßenbahn einschlief und stundenlang in der Stadt herumfuhr und schließlich an der falschen Haltestelle ausstieg und nicht wusste, wo sie war. Dann leerte ich mein Glas mit dem dickflüssigen Getränk und wandte mich zum Gehen; mein einfältiges «Auf Wiedersehen» nahm im Grunde genommen niemand wahr, bis auf eine junge Frau, die eine Platte mit Hähnchenschlegeln hineintrug und mir im Vorbeigehen mit ihren fettigen Fingern in die rote Backe kniff.

Der Spielplatz lag mitten im Park, quadratisch, von Büschen umgeben, und in der Mitte – als Quadrat im Quadrat – befand sich ein Sandkasten. Es gab auch eine Rutsche und ein Karussell, ein paar Schaukeln und Wippen und sechs Bänke am Rand, verrostet und heruntergekommen, willkürlich platziert, wie Berge. Der Spielplatz war früher einmal mit einer feinen Kiesschicht bedeckt gewesen, die jetzt dünner wurde, und es gab Stellen, an denen die schwarze Erde zu sehen war, hier und da mit Glasscherben bedeckt, die schwach schimmerten wie beleuchtete ferne Fenster. Der Sandkasten war einmal mit feinem Küstensand gefüllt gewesen, aber davon war nicht mehr viel da, und er war voller Kies und schwarzem Dreck, so wie alles andere. Wir rannten umher, Vampir und ich, jagten einander oder spielten Fußball oder balgten uns einfach, umgeben von einer Wolke aus Staub, der uns die schweißnasse Haut und die Zunge verklebte. Wir bekamen einen trockenen und kratzigen Hals, räusperten uns mit einem rauen, würgenden Laut und spuckten dann aus. Die Spucke landete am Boden und rollte ein Stückchen durch den Staub wie eine Gelatin-Murmel, blieb dann wie vor Erschöpfung liegen und sackte zusammen, vertrocknete zu einem staubüberzogenen Nichts. Manchmal ignorierten wir die Wippe, die Rutsche und die Schaukeln und stiegen auf eine große Linde am Rande des Parks. Wir kletterten bis ganz nach oben und blickten dann auf die anderen Kinder herab, als wären sie am Meeresgrund und wir in einem Boot beim Angeln.

Das Kino nannte sich *Arena*, und ich wusste nicht, was das Wort bedeutete. Da es ganz neu war, war alles sauber, und die Farben waren noch kräftig – oder ist es einfach so, dass ich mich sehr genau daran erinnere und dass heutzutage keine Farbe mehr klar oder kräftig ist. Jedenfalls erinnere ich mich mühelos an die grasgrünen Türen mit ihren erdbeerroten Griffen und Schlössern und die atmende, kalte, anziehende, dämmerige Dunkelheit, die dahinter gähnte. In dem Schaukasten links neben den Türen hing das Plakat des – gewöhnlich ziemlich alten – Filmes, der gerade lief. Ich kann mich – mit einiger Mühe – an das Plakat für *Solange es Menschen gibt* erinnern. Da war die Geschichte des Films: «Als eine junge Schauspielerin (Lana Turner) einen jungen Fotografen (John Gavin) kennen lernt, kann sie noch nicht wissen, dass er die Liebe ihres Lebens werden wird. Aber als sie die eigene Karriere wichtiger nimmt als die Liebe zu ihm, kann sie leider nicht wissen, dass sie damit den größten Fehler ihres Lebens macht usw.» Neben dieser Inhaltsangabe gab es retuschierte, plump auf luxuriös getrimmte, kolorierte Standfotos: Lana Turner am Strand, die Augen himmelblau, die Haare golden, die Zähne schneeweiß, die Haut jungfräulich rosig, und hinter ihr eine gemalte Menschenmenge, tausende glückseliger langweiliger Amerikaner, keiner von ihnen in der Masse zu erkennen; Lana Turner steht vor John Gavin, der sie an den Schultern festhält, als versuche er, sie aus dem seidig glänzenden grünen Feld zu heben und vor dem Versinken zu bewahren.

Wir hockten in der Krone der Linde und genossen unsere Unsichtbarkeit dort oben – wir sahen Mädchen auf den Schaukeln und einen alten Mann, der beim Versuch zu lesen auf der Bank eindöste. Hin und wieder lief ihm ein Rinnsal aus Speichel über das Kinn, und dann wachte er mit einem plötzlichen Grunzen auf und schaute sich ein wenig panisch um, als habe ihn sein Traum in Verlegenheit gebracht oder als fürchte er, alles könnte verschwunden sein, während er schlief.

Ein Hund trabte in den Park und blieb beim Sandkasten stehen. Sein Blick ging zu den schaukelnden Mädchen, und dann besah er sich den alten Mann. Wir kletterten in aller Eile den Baum hinunter und liefen auf den Hund zu. Er beeilte sich, von uns wegzukommen, blieb stehen und sah uns an. Seine Zunge, blassrosa und braun, hing ihm aus dem Maul wie ein totes Eichhörnchen. Er sah aus, als sei ihm ein graubrauner Teppich über das Knochengerüst geworfen worden. Er hatte eine gerade, lang gezogene Narbe an der Hinterkeule; vielleicht hatte ihn jemand mit einem Gürtel oder einer Kette geschlagen. Am Hals und am Hinterteil waren beigefarbene Flecken zu sehen, und sein Schwanz war abgeschnitten. Aber er starrte uns an und wollte nicht weichen, und wenn wir auf ihn zugingen, stellte er jedes Mal seinen Blick auf uns von neuem ein.

Im Sommer saß ich oft auf dem nach Westen gehenden Balkon, wo ein Ahorn mit den flatternden Enden seiner oberen Zweige den Blick auf die spielenden Kinder im Park versperrte. Ich konnte nur ihre Stimmen hören und sie immer mal wieder zwischen den Zweigen herumrennen sehen. Sie gebrauchten schreckliche, schmutzige Wörter, und dass ich heimlich lauschte, gab mir Schuldgefühle, aber ich konnte es nicht lassen. Feine Wölkchen aus Zigarettenrauch stiegen wie Seufzer vom unteren Balkon auf und vermischten sich mit dem Duft der Lindenblüten und dem Geruch des warmen Betons und des Staubes, den die Kinder im Park aufwirbelten. Ich saß einfach da und verfolgte das vibrierende Leben ringsum und lauschte dem Mischmasch der Geräusche.

Oft sah ich einen alten Mann mit Strohhut und nicht mehr ganz neuen Sandalen, der in einem chaotischen Zickzack die Straße überquerte und dabei heftig mit den Armen fuchtelte, dass die Schultern hüpften, als explodiere er in einer Serie unaufhaltsamer Schluckaufs; ich sah, wie sein Kopf zuckte, vor und zurück, und wie er einen Schritt nach vorn machte und dann einen Schritt zurück. Er brauchte lange Zeit, um von der Ecke unserer Straße zum Eingang seines Hauses zu kommen. Ich sah sein Gesicht, Zuckungen von Krämpfen und hilflose Grimassen, als werde er fortwährend von Schmerzen überrascht – ich wusste, dass er nichts dagegen tun konnte –, immer in Gefahr hinzufallen. Ich beobachtete ihn und seinen langen holprigen Nachhauseweg, und ich fragte mich, warum das mit ihm geschah und nicht mit mir. Jahre danach erfuhr ich, dass er an einer kräftezehrenden Krankheit litt, die alte Menschen zermürbt, aber da war er längst nicht mehr da, und zurück blieb nur die Erinnerung an seinen störrischen Strohhut, der nie herunterfiel, mochte der Kopf auch noch so heftig zucken. Ich sah seine Frau – eine dicke, müde Person – nur hin und wieder einen schwarzen Pudel ausführen, der von Zeit zu Zeit stehen blieb, ohne die schlaffe Leine zu beachten, und nach einigem Würgen einen Klumpen aus bräunlichem Matsch aushustete.

Die ganze Schule ging ins Kino, und während wir ungeduldig darauf warteten, die Straße zu überqueren, lief ein schlankes Mädchen mit langem dunklem Pferdeschwanz – und viel älter als wir alle – über die Straße und wurde nach einem ohrenbetäubenden Reifenquietschen von einem blitzblanken roten Volkswagen erfasst. Sie flog hoch wie ein abspringender Ball, hing vor unseren verblüfften Augen ganz kurz in der Luft, und dann schlug sie mit einem dumpfen Aufprall auf die Straße. Einen Moment herrschte Stille, und dann fing ein Junge in einem marineblauen Jackett an zu kreischen. Wir wurden rasch weggeführt, und während wir in Zweierreihen gingen und uns gegenseitig an den zitternden Händen hielten, sangen wir schon kurz danach auf Anordnung unseres Lehrers ein Lied: «Mit unserem Genossen Tito, des Volkes furchtlosem Sohn, kann uns nicht einmal die Hölle aufhalten …» Im Kino sahen wir *Schneewittchen und die sieben Zwerge*, und ich konnte den Jungen die ganze Zeit schluchzen hören.

Auf unserem Weg zurück war an der Straßenkreuzung alles wieder normal – das Mädchen und das Auto waren verschwunden. Aber nicht weit vom Straßenrand, zwischen Klumpen aus Dreck und Pfützen aus schwarzem Motoröl, lag ein hellblauer Tennisschuh mit der Sohle nach oben, und an der Ferse klebte ein pinkfarbener Kaugummi. Als ich von der Schule nach Hause kam, regnete es. Der Tennisschuh lag immer noch dort, und ein regenbogenfarbenes Rinnsal, das von einer der Ölpfützen kam, machte behutsam einen Bogen um den Schuh.

Vampir und ich liefen also – jeder für sich – nach Hause und holten die erforderlichen Nahrungsmittel: gekochte Eier, Hühnerköpfe, eine Flasche Milch und dazu einen der verbeulten Emailletöpfe, in denen Vampirs Mutter (sagte er) früher immer Kartoffelsuppe gekocht hatte. Wir sahen zu, wie der Hund die Milch aufleckte und dabei immer wieder den trägen Blick hob und uns anschaute, als versuche er uns zu identifizieren. Aber es gelang ihm nie, und so steckte er die Schnauze wieder in den Milchtopf. Vampir wollte ihn Tito taufen, aber ich fürchtete, wir könnten dafür verhaftet werden, und so nannten wir ihn Sorge – nach einem Spion, von dem ich gelesen hatte und dem ich nacheifern wollte.

Von Zeit zu Zeit stahl ich mich ins Kino, wenn der gelangweilte Platzanweiser nicht aufpasste. Oder ich bat Erwachsene, mich als ihr Kind auszugeben und mit hineinzunehmen, so dass ich keine Karte brauchte. Ich saß dann neben einem Fremden in der ersten Reihe, legte den Kopf zurück und fühlte mich sicher in der Dunkelheit. Bevor der Film begann, erschien eine lächelnde Frau auf der Leinwand – immer dieselbe, mit funkelnden Augen und einer Hochfrisur –, sah uns an und zeigte mit dem Finger auf uns und bat uns, nicht zu rauchen, und daran hielten wir uns auch. Die Leinwand war riesengroß und konkav, als schicke sie sich an, uns zu verschlucken. Die Nahaufnahmen waren gigantisch: Einmal stellte ich zu meinem Entsetzen fest, dass ich in Clint Eastwoods Mund passte, wie eine Zigarre. Ich konnte sehen, wie sich die Textur des Bildes und das Gewebe der Leinwand teilweise deckten. Direkt über meinem Kopf schwebte ein langer Staubwirbel im Innern des fetten, gerade noch konischen Lichtstrahls. Das frisch versprühte Raumspray kämpfte mit seinem Heuduft gegen die von den Besuchern mitgebrachten Gerüche, gegen Schweiß, billiges Rasierwasser und Parfüm. Die kühle Dunkelheit des Kinos glitt über meine Haut und ließ mich die Grenze zwischen der Welt und mir intensiv spüren. Manchmal war mir so kalt, dass ich zitterte, aber ich konnte unmöglich gehen. Drauf und dran, in die Hosen zu pinkeln, die Schenkel am Sesselbezug festklebend, so blieb ich frierend sitzen, bis der gesamte Nachspann zu Ende war; andächtig las ich all diese unaussprechlichen Namen und fragte mich, wer diese Menschen sein mochten. Warum waren ihre Namen wichtig? Was machten sie? Wo waren sie? Lebten sie noch?

Vampir gelang es, mich zu überzeugen, dass die Beeren der in der Linde wachsenden Mistel nicht nur köstlich schmeckten, sondern auch in der Lage seien, mich unsterblich zu machen und mir unvorstellbare Macht zu verleihen. Nachdem ich mehrere Beeren gegessen hatte und mich zu erbrechen begann, rannte Vampir in einem Moment boshafter Eingebung zu meiner Haustür und berichtete meinem Vater, was ich getan hatte, verschwieg aber seinen Anteil an der Geschichte. Als ich dann nach Hause kam, sagte mir mein Vater mit feierlichem Ernst, dass diese Beeren ein tödliches Gift enthielten und dass ich damit rechnen müsse, innerhalb von vierundzwanzig Stunden tot zu sein. Was konnte ich tun? Ich vertraute ihm. Zum Sterben verurteilt, brach ich in Tränen aus, denn mir war für den kommenden Samstag versprochen worden, ich dürfe mit ins Kino, um *Die Schlacht an der Neretwa* zu sehen. Ich bat meinen Vater, er möge meine letzten Stunden mit mir verbringen. Er legte sich aufs Bett, ich zog die Rollläden herunter und machte den Fernseher aus und beendete damit die Quizsendung, die er sich angesehen hatte. Dann lag ich, mit dem Kopf auf seiner breiten Brust, an seiner Seite und hörte das kräftige Pochen seines Herzens, das sich anhörte wie eine Uhr. Ich atmete den Duft seines Aftershave (*Pitralon*) ein und wartete, geduldig ins Finstere starrend, auf den Tod. In einer anderen Wohnung hörte ich eine aufgeregte Rundfunkstimme, die freudig wieherte, denn irgendjemand hatte irgendwo ein lange herbeigesehntes Tor erzielt.

In dem Gebäude über der Straße wohnte im ersten Stock eine alte Frau namens Emilija. Ihr Gesicht zog sich vom Schädel herunter wie ein Gletscher, jede Falte war ein Echo der anderen, und die Haut an ihren dünnen zerbrechlichen Armen hing herab wie Teig. Sie muss einmal eine schöne junge Frau gewesen sein, dachte ich bei mir. Sie hatte immer vornehme weiße Handschuhe an den Händen und wickelte sich ein farbloses Tuch wie einen Turban um den Kopf, aber das machte sie nur, weil sie glaubte, ihre Nachbarn wollten sie mit dem Staub, den sie ständig irgendwie durch die Wände in ihre Wohnung bliesen, zudecken und ersticken. Die Rollos an ihren Fenstern waren das ganze Jahr zugezogen, und nachts sah ich immer einen kargen Schatten, der von einer einzigen, schwachen Lichtquelle auf die Rollos geworfen wurde. Ich sah eine Silhouette mit langen Puppenarmen in der Luft rudern und mit einem fuchtelnden Finger auf irgendetwas oder irgendjemanden jenseits der Rollos zeigen. Manchmal riss sie jäh ihr Fenster auf und rief mit einer durchdringenden, erschöpften Stimme: «Ihr wollt mich vertreiben, aber ich gehe nicht! Nie und nimmer! Zum Teufel mit euch! Ihr wollt mich ersticken! Damit ihr's wisst, ich kann nicht sterben! Ich werde nie sterben, nur um euch eins auszuwischen! Zum Teufel mit euch!» Einmal warf sie mitten in der Nacht eine Flasche Milch heraus und schrie: «Gift! Gift!» Die Flasche zersplitterte auf dem Gehweg, und die Milchpfütze – mit einem seltsamen Umriss, wie ein See auf einer Landkarte – warf funkelnd das Licht der Straßenlaternen zurück.

Aus einem stabilen Pappkarton bauten wir Sorge eine Hütte. Wir legten weiche Handtücher auf den Kartonboden und sogar ein besticktes Kissen, das Vampir zu Hause klaute, während sein Vater auf Sauftour war. Sorge folgte uns überallhin. Er saß vor dem Kinoausgang, während wir uns an den Abenteuern Shafts oder des Agenten X berauschten. Er döste unter einer der Parkbänke, während wir uns auf den Schaukeln austobten. Wenn es Zeit war, nach Hause zu gehen, mussten wir ihn, um uns heimlich von ihm absetzen zu können, mit Knochen und Eiern beschäftigen. Er stank und war dreckig und hatte jede Menge Flöhe, und als ihn eines Tages ein unverhoffter Regenguss abgewaschen hatte, klaute ich aus dem Portemonnaie meiner Mutter etwas Geld und kaufte ein Insektenspray – mit dem Bild eines Kakerlaks, der sich in unsäglichem Entsetzen unter dem dreieckigen, vom Abbild der Spraydose ausgehenden Schatten wand. Wir sprühten also Sorge mit dem Insektenspray ein. Vampir legte ihm den Arm um den Hals, als wolle er ihn zärtlich umarmen, und Sorge stand geduldig da und scharrte ein wenig mit den Hinterbeinen, wie ein Pferd, das gestriegelt wird. Ich sprühte ihn überall ein, besonders gründlich dort, wo die Flecken waren. Als Vampir ihn losließ, leckte ihm Sorge brav das Gesicht ab und trabte dann davon und legte sich unter die Rutsche.

Und dann erschien wieder die Nichtraucher-Dame auf der Leinwand, mit dem gleichen unerschütterlichen Lächeln, und ich verließ das Kino mit einem Strom von Menschen, die nach und nach in den grellen Tag hinaustraten. Ich wurde jedes Mal geblendet. Ich machte dann die Augen zu, und Pünktchen glitten wie Sterne über die Innenseite meiner Augenlider. Alles war ohrenbetäubend: plärrende Autohupen, das aggressive Dröhnen des Verkehrs, das Lärmen und Schreien von Fußball spielenden Kindern, Radiogeräusche aus allen Richtungen. Wenn ich die Augen aufmachte, war die Welt wieder da: rechtwinklig, betoniert, grau und kakophon, weit entfernt von der hypnotisierenden Ruhe der Leinwand im Dunkeln. Ich wünschte mir dann, ich hätte den Film nicht gesehen und könnte ihn noch einmal sehen und noch einmal diese unvergessliche Flut an Eindrücken erleben, aber ich wusste sofort, dass das unmöglich war – denn die Zeit bewegte sich nur vorwärts, wie in Filmen. Ich wusste, dass ich nie würde zurückgehen können, um den Verlust eines kostbaren Augenblickes zu verhindern, und eine warme Woge aus schmerzvollem Kummer durchlief meinen Körper, bis sie meinen Blick feucht und verschwommen werden ließ.

Wir fanden Sorge in seiner Hütte, wo er erstarrt auf der Seite lag, die Beine steif ausgestreckt, der starre Kiefer zu einem schrecklichen Grinsen verzerrt, Gaumen und Zahnfleisch fahl und farblos, die entsetzten Augen weit aufgerissen und glanzlos. Wir wollten ihn mit einem Stecken anstoßen und aufwecken, aber der Stecken brach schnell ab. Wir gruben ein nicht sehr tiefes Loch hinter der Rutsche und legten ihn hinein. Wir stellten den Kartoffelsuppentopf auf das Grab, um die Stelle nicht zu vergessen, aber am nächsten Tag war der Topf nirgends mehr zu finden.

Mein Vater war verschwunden, als ich aufwachte, und ich dachte, ich sei gestorben. Ich wusste nicht, ob ich noch dieselbe oder eine andere Person war, und so wagte ich nicht, mich zu bewegen. Ich versuchte mein pochendes Herz zu hören oder zu spüren, aber alles blieb still. Ein emsiger Lichtstrahl drang durch ein verborgenes Loch in den Rollläden, und ich sah geschäftige Stäubchen in der Luft hängen. In einiger Entfernung hörte ich jemanden schreien: «Leck mich doch am Arsch!», und dann wurde eine Tür zugeknallt. Das Radio war noch an, aber die ekstatische Stimme war nicht mehr zu hören, nur schrilles Geschnatter. Es war dunkel und kühl; ich hatte Hunger, und ich musste pinkeln. Ich schaute auf die schwach schimmernde Uhr an der Wand, aber ich konnte nicht erkennen, ob die Zeiger sich bewegten. Ich stand auf, immer noch unsicher, öffnete die Tür und wurde von einem Lichtschwall überflutet – und mittendrin mein Vater, der sich lustlos die Quizsendung ansah. «Schön, dass du wieder da bist», sagte er.

Als ich die erste Klasse mit bescheidenem Erfolg absolviert hatte, kauften mir meine Eltern zur Belohnung eine Uhr. Sie war rund, hatte große und schlanke, abgerundete Ziffern und darüber ein konvexes Glas. Der Sekundenzeiger bewegte sich ruckartig mit winzigen Schritten, und es gelang mir nie, die Bewegungen der großen Zeiger zu erkennen, obwohl ich sie gespannt beobachtete. Ich sah oft auf die Uhr, fasziniert von der gleich bleibenden Verlässlichkeit, mit der sich der feine Zeiger über die unerschütterlichen Ziffern schwang. Ich fühlte meinen Puls und sah auf die Uhr, und die stetige Übereinstimmung der beiden Rhythmen beruhigte mich. Jeden Abend vor dem Schlafengehen musste ich meine Uhr aufziehen, denn sonst, so sagte man mir, könnte sie stehen bleiben, während ich schlief.

Als ich nach einer Nacht voll beunruhigender Träume aufwachte, sah ich beim Blick aus dem Fenster zwei Nazi-Flaggen: rot mit weißen, augenähnlichen Kreisen und Hakenkreuz-

Pupillen, so flatterten sie drüben am Bahnhof. Man sagte uns immer, dass der Feind nie schlafe, und ich dachte, nun sei alles wieder zurückgekommen. Ich lief zum Bahnhof und rempelte unterwegs eine Frau an – die Hände voller Tüten, die mit schlanken grünen Zwiebeln und dicken Paprikaschoten gefüllt waren –, und diese Frau schien über die Flaggen nicht im Geringsten beunruhigt. Auf den Eisenbahnschienen lagen verwundete deutsche Soldaten mit verbundenen Köpfen, Armen und Beinen, und hier und da sah man Flecken aus karminrotem Blut. Einige von ihnen standen auf, rauchten und lachten. Ein entkräftet daliegender Soldat mit einem großen blutigen Klecks auf der Brust sprang von der Trage und lief mit einem glucksenden Lachen auf eine Gruppe von Soldaten zu, die in einem Güterwagen mit aufgemaltem rotem Kreuz saßen und fröhlich die in Stiefeln steckenden Füße baumeln ließen. Ich bahnte mir einen Weg durch den Wald aus Beinen, die zu der in Massen angetretenen ruhigen Zivilbevölkerung gehörten, und schaffte es bis ganz nach vorn. Gerade gingen zwei deutsche Offiziere dicht am Bahnhof den Bahnsteig entlang, öffneten dann eine Tür und betraten das Gebäude. Über ihren Köpfen drehten sich erhängte, wild aussehende Männer und Frauen an dicken Seilen. Einer von ihnen lächelte mir zu, drehte sich einmal, zwinkerte, machte noch eine Drehung, lächelte wieder und zuckte mit den Schultern. Die zwei deutschen Offiziere gingen wieder entschlossen den Bahnsteig entlang; mit den Händen umklammerten sie die Maschinengewehre aus schwarzem Stahl, die sie um den Hals hängen hatten. Sie öffneten die Tür und gingen hinein. Dann kamen sie heraus, gingen wieder zum Ende des Bahnsteigs, machten kehrt, warteten einen Moment und kamen zurück, entschlossen, die Lippen fest aufeinander gepresst, die Uniformen blitzsauber, und ihre schwarzen glänzenden Stiefel räumten Dreck und Kies gnadenlos aus dem Weg. Sie öffneten die Tür und gingen hinein. Dann sah ich die Kamera, die sich auf schmalen Schienen die Menschenmenge entlang bewegte und auf mich zukam. Immer wenn die Offiziere die Tür öffneten, stoppte die Kamera und fuhr dann zurück ans Ende der Schienen und wartete auf die Offiziere. Die Menschen standen nur da, die Hände in den Taschen, lautlos und regungslos, ein großes Aufgebot an Augen, die den Offizieren wie hypnotisiert folgten. Dann hörten die Offiziere auf, über den Bahnsteig zu gehen, steckten sich erleichtert ihre Zigaretten an und setzten sich auf die Türschwelle. Die Menge ging auseinander, und die Kamera wurde vom Stativ genommen und an einen anderen Ort transportiert. Der Erhängte über meinem Kopf wurde heruntergeholt, verdrehte den Kopf, erst nach links, dann nach rechts, streckte die Arme aus, als wolle er ein startendes Flugzeug nachmachen, und verlor sich dann in der Menge.

Dank

Das Unternehmen Bruno wäre ohne die Unterstützung und Geduld meiner Frau, Lisa Stodder, gar nicht möglich gewesen; als strengste Kritikerin weit und breit und wichtige Nachrichtenquelle hat sie es verstanden, all meine wechselnden Identitäten mit Würde zu ertragen.

Die Agentin Nicole Aragi, Chefin des New Yorker Netzwerks, und Sean McDonald haben dazu beigetragen, den New Yorker Teil des Unternehmens zu Ende zu bringen.

In Chicago haben mir die Spezialisten Reg Gibbons und Stuart Dybek großzügig vertraut. Der Chicagoer Teil des Unternehmens wäre ohne den finsteren Charakter eines Edwin Rozic (in gewissen Kreisen auch «Eddie der Hals» genannt) und die Spezialfußballtruppe Herman Lavoyer nicht möglich gewesen. Mein besonderer Dank geht an George Jurynec und die Ukie-Jungs, die mir in Zeiten der Not ein sicheres Zuhause geboten haben.

Die Spezialisten aus Sarajewo, mit ihren gefährlichen Aufträgen in der ganzen Welt unterwegs, haben bedingungslos an das Gelingen des Unternehmens Bruno geglaubt und dafür ihre körperliche und geistige Gesundheit aufs Spiel gesetzt. Meine eigene Existenz – von der Brunos ganz zu schweigen – wäre unmöglich ohne Gusa und Veba. Die im Omladinski-Programm und Dani ausgebildete Gruppe der Sarajewo-Spezialisten, insbesondere Zrinka, Pedja, Zoka, Senad, Herr Wagner, Drug Tito und Gazda Boro Kontic (der entscheidende Mann im Hintergrund), vollbrachten wahre Wunder an Fehlinformationen und Propaganda. Die Weisheit eines Semezdin Mehmedinovic war moralische und geistige Richtschnur für einen jungen Spezialisten auf dem Feld der Literatur.

Zu guter Letzt sei die Nomadensippe der Hemons genannt, die mich in Zeiten der Not beschützte, während mich meine Eltern, Peter und Andja, und meine Schwester Kristina (immer noch im Kampf gegen internationale Verbrecher) mit Honig, Piroggen und Liebe versorgten und mir damit die Kraft für das Unternehmen Bruno gaben.